雪莉
AUTHOR
BREAKING

CONTENTS

CHAPTER 01 …… 004
CHAPTER 02 …… 008
CHAPTER 03 …… 014
CHAPTER 04 …… 020
CHAPTER 05 …… 026
CHAPTER 06 …… 032
CHAPTER 07 …… 036
CHAPTER 08 …… 042
CHAPTER 09 …… 050
CHAPTER 10 …… 078
CHAPTER 11 …… 102
CHAPTER 12 …… 118
CHAPTER 13 …… 126
CHAPTER 14 …… 148
CHAPTER 15 …… 160
CHAPTER 16 …… 174
SIDE STORY 01 …… 192 兩隻鬼的日常生活
SIDE STORY 02 …… 240 楚門的世界
SIDE STORY 03 …… 282 私奔（if線）
SIDE STORY 04 …… 286 林秋的情書

第一章

算算日子，她似乎已經死很久了。

她的口鼻處還有已經乾涸的黑色血汙，顱骨凹了一塊，是讓人看一眼就從腳底一路冷到頭皮的詭異中式女鬼樣。

她穿著一身髒到看不出本來顏色的睡衣，掰著手指站在那裡緩慢地數數。

可是她數不完，也不知道自己到底在數什麼。

她到底是什麼時候死的？又是怎麼死的？

女鬼睜著灰白色的眼睛呆立了很久，轉頭看向了蹲在爐灶邊燒火的男人，磕磕絆絆地問道：「是不是、你背叛我，我才、變成這樣的？」

男人穿著一身洗到發白的工作服，肩膀處還有個脫了線的破洞，他頭髮剪得很短，鼻梁很高挺，從女鬼的角度上看過去，他的輪廓相當鮮明。

那兩隻粗糙的大手直接掰斷了柴火，男人根本就沒有理會女鬼的胡言亂語。

「是哪個女人、把你勾引走了？我要殺、了她。」

女鬼灰白骯髒的腳踩在水泥地上，一步步的，走向了背對著她燒火煮飯的男人。

「你快說！快說！快說！」

她尖利的指甲戳在男人寬厚的肩膀上，男人伸手摸了摸她的手背，然後隨手捏起她的手腕，把她的手拿開了。

「我沒有別人。」

「是哪個、女人！」

「妳以後不要再去隔壁看那些狗血連續劇了。」男人在爐子上架了一個鐵鍋，看著鍋裡的水珠燒乾後，從旁邊拿起油桶倒了點進去。

女鬼不說話了，她想了一下之前看過的劇情，今晚該放女主角華麗變身之後回去找渣男復仇了。

「買個、電視吧。」她抬起手，按在男人短短的頭髮上。

從外人的角度來看，她就像《咒怨》裡的伽椰子一樣睜圓雙眼，伸手摸上了正在洗頭的主角後腦勺。

「等我結算薪水之後，就買給妳。」男人把一小籃剝開洗好的白菜扔進了鍋子裡，油水相遇的炸裂聲響起，他拿著鍋鏟炒了幾下，沒多久就把菜炒得油油亮亮。

「今晚就、想看。」

女鬼放下按他頭的手，轉而捏著他的衣角拉了拉，「我要、看電視。」

「先用我手機看吧。」男人把炒好的白菜盛進裂了個口的碗裡，又添了兩碗飯。

他坐在桌前低頭扒飯，坐在他對面的女鬼看著面前的食物，沒有半點想往嘴裡塞的欲望。

眼看男人吃完飯，她又開始嚷嚷要看電視了。

男人邊輕聲安撫著她，邊去洗完碗，最後又去洗了澡，穿著黑背心和短褲就出來了，手臂上的肌肉每一塊都充滿力量。

他坐在床上，拿出手機，放了女鬼平時在鄰居家看的那個電視劇，女鬼縮在床角，拿著手機認真地看了起來。

男人沉默地注視了她一會兒，拿出菸盒，坐在床邊兀自抽了起來。

他盯著指尖夾著的菸，白色煙霧飄飄蕩蕩的，看不出他到底有沒有在聽手機裡放的女性激烈爭吵聲。

三根菸過後，他翻身上了床，兩手抓住女鬼的肩膀將她壓在床上。

女鬼還拿著手機專注地看螢幕，男人粗糙的手卻已經解開了她睡衣的釦子，他親吻著她灰白色的肩膀，就和以前任何一次的步驟一樣，從肩膀一路親到脖頸，然後再到耳朵，手指則揉捏乳房。

他一直在專注親吻，呼吸不知何時開始變得急促起來，女鬼頭上那個血淋淋的傷口就擺在那，他像是沒看見一樣，直接褪下了她的褲子，扶著硬物挺進了她的身體裡。

女鬼終於有了一些反應，她轉頭看著男人，男人從她手中拿走手機，摟著她滑了幾下螢幕，給她看了一個男女性愛的色情影片。

他抓住女鬼的肩膀，壓在她耳邊道：「妳照著這個來做。」

「我看不、懂。」女鬼沒有感覺，身體裡雖然有異物入侵，但她感覺不到痛。

男人撐著床板，捏著她的腰從後面不停頂弄她，同時發出沉悶的喘息聲。女鬼看著男人放給她看的影片，腦中一片空白。

她被翻了個身，男人坐在她大腿上用力往她身體裡頂，女鬼被頂了好長一段時間，才被男人翻過去換姿勢。還沒等她反應過來，他就壓上去咬住了她的嘴，下面又被他頂進去了。

就這樣被他壓了好久，女鬼感覺自己肚子裡好像多了些水，男人一身健壯的肌肉野蠻抽搐幾下，然後整個人都壓到了她的身上大口喘息著。

女鬼不覺得重，但這樣多少讓她有點不舒服。

「以後別背著我出去亂跑，不准去鄰居家。」他像來了一場消耗極大的發洩，捏著她的臉，對她一字一句地說，「妳都死了，別再不聽話。」

男人五官端正，有棱有角的，很有男人味，女鬼覺得男人比電視裡的渣男好看多了，但他漆黑的眼睛在昏黃的白熾燈下沒有半點暖意，那深深的注視彷彿要把她吸進一個恐怖的地方。

女鬼看著他，突然覺得全身發冷。

她應該是不會冷的，因為她已經死了。外面下雪時，她看著路上行人一個個都瑟瑟發抖，她一身薄衣服赤腳站在外面，卻沒有半點感覺。

但現在，男人的眼神卻讓她覺得冷。

那種讓人胸口一緊，控制不住想顫抖的那種冷。

第二章

古典的歐式別墅外面有一片綠色草坪，小花園裡放著白色鞦韆和下午茶桌椅，今天太陽很好，淡藍色的薔薇爬滿了鞦韆架，金色的光線將花朵襯得越發嬌嫩。

外面停了三輛警車，封鎖線已經包圍了整間屋子，可以看見有警察正在屋內來回出入。郭大隊長彎腰站在華麗的螺旋式樓梯前，伸手輕輕摸了摸銀杏盆景樹幹上的刻痕，這些痕跡組合起來，有點像是中式的鎮宅辟邪符咒。

這種大盆景通常都被擺放在庭院的石板小徑旁，很少看見有人把它就這麼放在室內。

「隊長，這裡。」助手站在樓梯上朝他揮揮手，郭大隊長將視線從這盆已經徹底枯死的銀杏上移開，轉而跟著帶著手套的年輕男子朝樓上走了。

這棟別墅採光很好，一到晴天，整間房子裡便充滿著明亮的光線。郭大隊長來到二樓，裝修看起來很有格調，但是從一樓就開始隱約聞到的異味，到這裡之後更濃郁了。

臥室門邊有一灘乾涸的血液，站在門口就能看見牆邊靠著一張大婚紗照，相框完全碎裂，照片中男方的五官上有歪歪扭扭的血跡，女方那半邊直接不見了。

郭大隊長拉開封鎖線鑽了進去，他轉頭看見臥室裡有張大床，躺人的地方幾乎被血染透，血是從右邊浸染過來的，枕頭一片黑紅，靠近頭的部位出血量最大。

他在屋內每個角落都觀察了一遍後，才來到了臥室裡的浴室。

豪華的雙人浴缸裡，垂著一隻嚴重腐爛的手，浴缸裡飄著黑色渾濁的血塊與黃色油汙，有蛆蟲在那隻暴露在空氣中的手上爬動。

照片被多角度拍下來記錄後，換好裝備的鑑識人員也就位了，郭大隊長面色凝重，點點頭，其中一位鑑識人員扶了扶防護面罩，把手伸進浴缸裡拔塞放水。

塞拔了，水卻流得異常緩慢，另一人也跟著伸手進浴缸裡撥弄，最後扯出一截已經發臭的大腸。

這個浴缸就是異味的來源，而就在那截腸子被掏出後，水位終於開始下降。很快地，在水裡泡了不知多久的屍體……應該說是屍塊，終於完整出現在眾人眼前。

屍體原來的手臂已經膨脹到了大腿粗細，眼珠被擠出掛在臉上，面目全非，四肢全部齊根砍斷，只剩下被開膛破肚的軀幹連著頭顱，內臟就在屍體身旁堆積著。

郭大隊長咬著牙強忍反胃，而一旁跟著他幹了七、八年的一線助手，早已忍不住噁心感，衝到洗手臺前吐了起來。現場只剩法醫還算冷靜，他上前開始驗屍，先從外觀判斷。

「死者為男性，看腐爛程度死亡時間應該是三個月前。今年寒流來襲，各地大幅降溫，這裡的窗戶被人敞開，室內溫度可達零下十度，有一定延緩腐爛的效果，但最近氣溫回升，冰一化才傳出了屍臭味。」

「只有一具屍體。」郭大隊長在那些不堪入目的斷肢上來回看了幾次，沒找到不屬於該具身體的殘肢，「這家的女主人不在。」

吐完回來的助手皺著眉問：「她是凶手？」

「衣櫃裡的女性衣服都是最小尺寸，看鞋子尺寸推測她的身高最高一百六十公分，一個不到五十公斤，一百六十公分的嬌小女性，要肢解這樣一名男性，就算克服得了心理壓力，實際操作起來也很困難。」

「她可以用電鋸。」助手補充道。

這時仔細看過切割處的法醫也道：「斷面非常平整，的確像是電鋸造成的切口。」

郭大隊長若有所思，在浴室裡偵察了一圈，又去外面同樣屍腐氣熏天的臥室裡轉了起來，他打開粉餅和眼影盒看了看，開口道：「小傑，你有沒有發現這屋子裡少了一樣東西。」

「回隊長，沒注意到什麼呢。」助手小傑想了一下，「但有個奇怪的點是，這戶人家看起來比較崇尚西方信仰，連樓下大廳的壁畫都是耶穌，為什麼會在家裡貼符、掛銅錢？」

「這是一處疑點。」郭大隊長繼續道，「還有一點也很關鍵，這間房子裡沒有一個完整的鏡子，就連粉餅和眼影盒裡的小鏡子也全碎了。」

「哈哈，這家總不能是鬧鬼了吧？」畢竟從事警方工作，太過迷信也會影響案件調查。所以小傑對這些靈異怪聞一概不信，就算看恐怖片，也只當自己是在打發時間。

「嗯……先繼續做證物採集吧。」

郭大隊長在大床邊仔細觀察，拿著鑷子去夾床上的頭髮，他採集了八九根黑色長髮，全部放在證物袋裡，掀開被子查看時，又在被子內側上，夾起了一根染燙過的棕色長捲髮。

這對夫妻之間，還有個女性第三者？難道是情殺？

郭大隊長把這根棕色頭髮單獨裝進了證物袋，貼上標籤小心地保存起來。

忙了整個上午，總算結束現場偵查，他們回局裡通過現場遺留的身分證件，與家屬取得了聯繫。

第二天下午四點，得到消息的家屬趕到局裡來了，郭大隊長忙了一整夜，眼睛都來不及闔上，就得立刻去做家屬詢問。

值得在意的一點是，來的並非死者家屬，而是失蹤的女主人的父母。

一身名牌、看起來相當有氣質的貴婦哭得上氣不接下氣，一看見郭大隊長就拉著他的手臂問她女兒到底怎麼樣了，而她丈夫顯得冷靜許多，但眼窩也是凹陷憔悴。

「您冷靜，先坐下再說。這次發現的屍體並不是您女兒，死者名為杜浚，請問杜浚是您女兒的什麼人？」

夫人淚眼朦朧地張嘴想解釋，可她哭得太厲害，半天說不出話來。

最後是她丈夫接話道：「杜浚是我女兒陸生生的未婚夫，這兩個孩子認識兩、三年了，去年十月訂婚去拍了婚紗照，十二月的時候，他和我女兒去英國旅遊，結果一月份就聯絡不到人了。我問了她的同事、朋友、老同學，能問的人都問過了，她這段時間沒和任何人聯絡過！我們也去報了失蹤，警察那邊幫我們查了她這段時間的行動路線，她根本沒出國，身分證上沒有任何出境紀錄，連杜浚的車都沒有任何行駛紀錄。」

「那您知道杜浚在辭息有這間房子嗎？」

「不清楚，杜浚家裡很有錢，在各地買了不少房產，我也沒想到他會帶我女兒來辭息。」

「您女兒陸生生，平時是個怎麼樣的人呢？」

郭大隊長就坐在夫妻兩人對面詢問，旁邊還有人在做筆錄，談論到女兒的表現，還在掉眼淚的貴婦連忙開口，如數家珍地說起自己女兒的各種優秀。

「生生是個非常優秀的孩子，她從小到大都沒讓我們操過心，不管哪方便都做得很有條理，她愛收拾，又很會規劃，小時候學了好幾門特長和小語種，別的小孩都是哭著學的，只有她，能勸著那些哭著不想學的孩子好好學習，比我們大人說話還有用，從小領袖能力就特別強。

「她爸爸是市立醫院的院長，她自己也是頂尖醫學院碩士，二十八歲就當上了腦科的主治醫師。她還這麼年輕，這麼有前途，她……我的女兒……」貴婦悲從中來，又伏在丈夫肩上大哭起來。

她丈夫也哀嘆了一聲，悲悽地看著郭大隊長問道：「請問您覺得我家生生還活著嗎？」

郭大隊長想到不久前出來的血液檢測結果。

浴室裡的血和床上的血並不是同一人的，這說明現場最早可能有兩個人嚴重受傷，而床上那人的失血程度，幾乎已經達到了致死量，那天是第八號颱風露易絲登陸的日子，狂風暴雨使整座城市都停了電，也幾乎沒有訊號，沒有留下任何有價值的影像資料。

郭大隊長抿了抿嘴，將這事情向兩人說明了一番，又補充道：「還需要做一下ＤＮＡ比對，才能確定這到底是不是陸生生的血。」

如果不是陸生生的血，那就很有可能是那名棕色捲髮女人的血了……不管怎麼看，陸生生在這件事上都有很大的嫌疑。

一名腦科醫生，對人體的組織、血液等不會有太大的抗拒感。除此之外，聽她父母描述，陸生生很早熟，小小年紀就很愛收拾，很會規劃，可能還有點完美主義和強迫症傾向。

這種人一旦極端起來，手段大概也是超乎想像的殘酷。

屍體被發現的第二周，局裡已經因為這起案子開始有些焦躁了，郭大隊長更是忙得雙眼凹陷，一下就瘦了好幾公斤。

死者杜浚是有名的富二代，他慘死家中，屍體還被切成這樣，因為天氣冷的緣故過了三個月才被人發現。無論哪一條被傳出去，都是要被嗜血媒體們生吞活剝的程度，短短兩周已經上五次頭條了。

事件一共有三個關鍵人，陸生生、杜浚、床上那根棕長捲髮的主人，後來查明了身分，名字叫袁冰。

袁冰是陸生生所在醫院裡的實習護士，姿色不錯，有不少人都知道她跟陸生生的男朋友杜浚有一腿，陸生生本人似乎也有所察覺，但她並沒有對此做出任何回應，也沒在醫院裡刁難過袁冰。

事實上，陸生生殺死袁冰和杜浚的可能性是極大的，袁冰此人也在三個月前突然失蹤，一切的一切都指向了陸生生。

但令人不解的問題就在這裡。

床上流的那足以致死的血，全是陸生生的。

雖然可以初步推測說她是在殺死袁冰和杜浚之後自殺了，那她的屍體呢？陸生生的屍體又到哪裡去了？袁冰人又在哪裡？

案情變得撲朔迷離，這段關係裡，恐怕還藏著一個神祕的第四者。

郭大隊長心想，看來第四者一定是與其中一人有著非同尋常的關係。

大概是出於從業多年培養出來的警員直覺……郭大隊長又把注重點放回了陸生生身上。

他說不出這是什麼感覺，非要直觀形容的話，那就是杜浚和袁冰這兩人都太典型了。

一個是典型的海歸富二代，另一個是典型的想靠姿色攀上富二代的女子，這種人的欲望太顯而易見，把陸生生這種從小就完美到誇張的人夾在他們中間，反倒顯得另類了。

他再一次翻看起了陸生生那疊厚厚的個人資料，身分證上的女人脖頸纖細，皮膚白皙，五官每一處都長得恰到好處，純欲而可人，組合在一起就只有美人這兩個字來形容。

這樣的一身皮囊，再加上後面各種證書、學歷、榮譽，就連郭大隊長都只想嘆一聲，如果不是自己住了院由她來負責主治、又或者是涉及到了像現在這樣的刑事案件，陸生生大概是他這輩子都接觸不到的女人。

他一遍又一遍地看，很難說是為了發現什麼線索，他就是想找出陸生生的一點瑕疵。

只不過她光是深陷這種重大刑案，恐怕就已經是她完美的一生中最大的瑕疵了。

郭大隊長休息了幾分鐘，拎起外套準備前往陸生生的生活領域探訪，就在他剛下樓時，從旁邊跑出了一個年輕男警，張嘴叫住了他。

「郭隊，有重大發現！是關於陸生生的！」

第三章

似乎又要變天了，一陣從海面上吹來的風颳過了陸生生手上的辣條和西瓜，她打了個冷顫。

七歲的小女孩就坐在小學前面的花壇邊，日暮將垂，夜色正緩慢地侵襲著四周。

她開始快速地吃了起來，西瓜被她幾口吃完了，皮被她站起來遠遠地拋了出去，她又開始大口地往嘴裡塞起辣條，彷彿在發洩什麼一樣。

陸生生吃得臉上都是辣油，她突然愣住了，前方不遠處，有個背著大蛇皮袋的人蹲下來，撿起了她剛扔的西瓜皮，低頭啃她吃剩下的瓜肉。

「真噁心。」她皺起眉，從口袋裡拿出濕紙巾擦嘴，快步走到了那人面前，蹲下來像看珍稀動物一樣打量他。

她沒看錯，對方的確是那個男孩，她在樓上寫作業的時候，透過窗戶總能看見街上徘徊著一個翻垃圾桶的人。

有時候只有他一個，有時候還有一個老太婆跟著他一起來，他們總愛翻別人家門口的垃圾桶，誰看見了都要在背後嘟囔一聲。

那男孩抬頭看到了她，他嘴裡還塞了滿嘴紅白相間的西瓜皮。

陸生生趾高氣揚地把剩下的半包辣條在他面前晃了晃，「你撿過這個吃沒？」

男孩愣愣地搖頭。

「撒謊，我在學校見過你撿別人吃過的辣條袋了，這個又不能賣錢，你肯定是撿回去像這樣撕開包裝，用手指沾裡面的辣油吃！」

陸生生把手裡那包辣條撕開來示範，她撕得很用力，掉了幾根辣條到地上，那男孩連忙撿起水泥地上的辣條。

陸生生看笑了，猛地一下把辣條全都倒在地上。

男孩撿垃圾的速度很快，一下就把陸生生扔掉的辣條都撿到了手裡，陸生生看他兩隻手髒兮兮的，指甲縫裡還有黑泥。

「你怎麼這麼噁心。」她瞇著眼審視男孩，任誰看了都想捏上一把、雪白又可愛的臉蛋也不滿地皺了起來。

男孩有點膽怯地起身想跑，陸生生一把扯住了他的褲子，他腿一絆就跌倒了，本就不合腳的一雙破鞋甩掉一隻，腳丫子也髒得厲害，屁股又翹又紅，像被人打過一樣。

她連忙起身，抬腳去踩男孩的屁股蛋，邊踩邊笑，「哈哈哈哈，好軟的屁股！」

男孩髒汙的臉上就連屈辱都沒有了，他只是看著地面，任由陸生生踐踏。

陸生生踩了一會兒就覺得沒意思了，她踩死一隻小鳥，鳥還會叫兩聲呢，這男孩就跟個死人一樣，半點反應都沒有。

於是她又蹲下了，佯裝溫柔地伸手拍掉了他屁股上的灰，嘟著小嘴說道：「對不起，痛嗎？」

男孩臉上慢慢有了一點表情，他轉過頭看著不停摸他屁股的陸生生，翻過去想爬開，陸生生索性和他一起趴在地上，張嘴去咬他手裡的辣條，一大截辣條都進了她的嘴裡。

「我們找個沒人看見的地方去玩吧。」她說著從口袋裡摸了摸，拿出了一張紙鈔，「你陪我玩的話，待會兒我請你吃串燒。」

男孩吞了吞口水，他見陸生生咬了他手裡的辣條，自己也連忙大口吃了起來，邊吃邊站起來，重新把腳放進了那雙髒到看不出原本顏色的運動鞋裡。

陸生生帶他出了學校，這個小鎮就只有一處相對來說稍微熱鬧的地方，那就是陸生生家所在之處。鎮子附近四面八方都是村，陸生生走了好久，把他帶到了一塊菜田裡。

她也不知道自己在做什麼，但是男孩一直聽話地跟著她走，中途也不說話，陸生生總覺得心裡隱祕的地方得到了某種滿足，她甚至可以在這裡用石頭把他砸死。

那個念頭一閃即過，陸生生上前牽起了男孩的手，又帶他往回走，對他說道：「我請你吃便宜的串燒吧。」

男孩還是不說話，但他被陸生生握住的手心裡有些出汗了，不用想都知道，他那髒手一出汗肯定更髒。

「你以後要乖乖聽我的話，我家很有錢，你想吃什麼我都可以請你。

「我要是打你的話，你不能反抗。當然我也不是故意要打你的，我在家裡經常被逼著做很多不想做的事情，他們虛偽死了，只想利用我讓他們面子好看。

「之前我求他們讓我養一隻狗，他們說只要我期中考試每科都拿滿分就買一隻給我。後來我拿到滿分，他們的確買了一隻狗給我，但是期末考試的時候我的國語作文被扣了三分，他們就把我的狗殺掉煮來吃了！」

「為什麼？」小孩終於開口說話了，一口方言。

陸生生即便在家也被要求必須字正腔圓，周圍的小孩常因為這點笑她，學她捲舌的樣子來排擠她。

因為除了她，幾乎整個鎮子的小孩都在說方言。

但她在男孩面前，也說起了方言。

「因為我這次沒考滿分，他們就把我的狗殺了，還說什麼只要我下次考滿分，就再買一隻狗給我……真是一對賤人。」

男孩又不說話了，任由陸生生掐著他的手往回走。

又走了很久，天都快黑了，陸生生在靠近鎮上的一個村裡看見了一個串燒攤，她拿出了身上所有的錢，點了一大堆吃的，和男孩蹲在路燈邊大快朵頤起來，一口氣吃了好多平時被禁吃的垃圾食物。

「天黑了，你什麼時候回去啊？」陸生生問道。

「妳什麼時候回去？」

「我吃完就回去了。你不要跟著我喔，被認識的人看見我跟你在一塊的話，他們會笑我，還會去找那對賤人告狀。」

「好。」

「你叫什麼名字？」

「好像叫林深。」

「哪個林深？」

「就是……」男孩想了半天也形容不出來。

「你沒讀過書吧？那這個字你認嗎不？」陸生生用燒烤簽在地上畫了個日字出來。

男孩搖了搖頭。

「不會吧，日你都不認識，那這個字你認得嗎？」陸生生又在日旁邊畫了一橫，是一字。

男孩還是搖頭。

「雖然不知道你的深是哪個深，但我叫陸生生，你不准跟我用同一個字，你改個名字吧。」

男孩瞪大眼看著她，有小蟲子在她頭頂飛來飛去，他想伸手去拍，但最後還是沒敢伸手。

又是一陣從遙遠海面吹過來的秋風襲來，陸生生再一次被凍到打冷顫，「林秋，你叫林秋吧，秋天的秋。吃完快走吧，冷死我了。」

男孩點了點頭，「好。」

三盒串燒很快就吃完了，陸生生開始往家裡的方向走，大概十幾分鐘後，她回到了家。看到在家急得團團轉的奶奶，她哇一聲地哭了出來。

她編了個藉口，說自己被不認識的人搶了錢，不敢回家怕被爸媽罵。

她一口謊話說得流利順暢，問她細節她也答得不假思索，回來之前她還用水壺裡的水漱了口，手也洗得乾乾淨淨。

陸生生被聞訊趕回的爸媽教育了好久才放回房間，媽媽罰她不准吃晚飯，雖然她在外面吃飽了，她還是覺得生氣。

坐在書桌前，她抬頭卻看見街對面的樹旁站著一個小身影。

那條小狗還沒走。

陸生生心裡正憋悶著，一股火氣沒地方發，心想這個噁心的叫化子，難道真敢纏上她？要是惹她不高興了，看她不把他推到馬路上，讓他被車撞死。

她抓著圓規用力扎橡皮擦，把橡皮擦扎得坑坑洞洞，又用小刀開始橫著切了起來。切完之後，她拿出英文課本開始背起單字，明天還要默寫，要是沒默出來，那對賤人肯定又要發瘋。

陸生生又看了一眼樓下，小狗還在那裡站著，不知道他在做什麼。

她突然想，下次一定要讓他趴在地上學狗叫，然後再騎到他背上，玩騎小狗。

她想到這裡，嘴角忍不住上揚了起來，剛剛還狂躁不已的心情，一下子變得興奮起來。

這個小叫化子實在太好玩了，二十多塊錢就能玩他玩個夠。
陸生生已經開始在想下次該帶小狗去什麼地方玩了。

第四章

女鬼站在窗邊直盯著外面，淅淅瀝瀝的細雨帶著泥土的腥濕氣，沒比泥土亮上幾分的天空沉得像是要壓下來一樣。

壓下來，壓下來，壓下來……她發出了詭異囈語。

不能去鄰居家裡看電視，站在窗戶前看天氣成了她鬼生中唯一消遣。

男人還沒回來，她只能經常像這樣，在這間寒酸又漏雨的棚子裡一站就是一整天。

她是什麼時候開始出現在這裡的？她是什麼時候看見那個男人的？

女鬼灰白色的眼睛裡滿是迷茫，她微張著嘴，頭上的破口突然開始流出血液，大量新鮮的紅色血液淌過她的臉頰和脖頸，滑進她髒亂的真絲睡衣裡，這血色看起來一點也不像死亡已久的模樣。

她摸了摸自己頭上的缺口，頭蓋骨上少了一塊，她的手可以直接伸進去。

女鬼的手指探進去摸了摸，黏膩的聲音隨著她翻動的聲音響起，她不痛，但是摸來摸去，她可以非常確定一件事情，裡面少了東西。

恐怕這就是她會遺忘的原因。

莫名的，女鬼好像聽到遙遠的地方有聲音在呼喚她。

那聲音很輕柔，就像羊水給予胎兒的安撫，最近她總會聽見這個聲音。

她閉上了眼，就像睡著了一樣，再睜開眼時，她發現了一件很奇怪的事情。

她不在那個破舊小棚的窗戶前了，她正坐在一張四周點滿蠟燭的圓桌前，空氣中瀰漫的冷清香味讓她聞得非常舒服，忍不住想留下來再多聞一會兒。

對面有一對男女，女的正在看著她流眼淚，不太確定地開口問道：「生生，是妳回來了嗎？」

女鬼疑惑地看著面前兩人，僵硬地一下下扭動著脖子，她發現自己的身體變得沒那麼寒冷了，一種奇異的溫暖正湧向她。

她詭異地適應著這種感覺，而對面的女人還在一遍遍地叫著「生生，生生，是不是妳回來了」，這聲音嘰嘰喳喳地在耳邊不斷迴響，叫得她越來越煩。

靈媒的搭檔，一個中年男性連忙按住了激動的貴婦，說道：「他們可能對自己的身分認知存在問題，先不要問這些。」

「妳剛才在做什麼？」那個中年男性開口向她問道。

女鬼頓了頓，磕磕絆絆答道：「在看、下雨。」

「雨下得大嗎？」

「不、大但是、天很沉，快要、壓下來……壓下來、壓下來、壓下來……」

「妳最後一個看見的人是誰？」

女鬼停止了囈語，像在思考，她角度很大地歪過頭，讓人不禁緊張她會不會就這樣擰斷被她附體的靈媒的脖子。

「那是個男人還是個女人？」中年男人又問道。

「男、人。」

「他對妳做了什麼？」

女鬼的印象裡，男人白天經常不在，等天黑他回來後，就會把她壓在床上，插她，咬她，還在她肚子裡灌水。

「他插、我，咬、我嘴巴，在我肚子、裡面、灌水。」

一旁的貴婦聽得瞪大了眼睛，憤怒地抓住了她丈夫的手腕，臉都被氣紅了。

「是這個人嗎？」中年男人拿出了杜浚的照片，讓女鬼看。

女鬼僵硬地搖了搖頭。

貴婦連忙從桌邊一疊警方提供的資料裡翻出了另一張照片，拿過去貼近了女鬼。

「是他嗎？」

女鬼看著照片上眼神深沉輪廓冷硬的男人，驟然低下頭，桌上的蠟燭不吹自滅。

貴婦等了很久都沒等到回答，中年男人最先察覺到不對勁，他趕緊叫人開燈，跌跌撞撞地過去扶起自己的靈媒搭檔，一看才發現，懷裡的女人已經嚥了氣，七竅開始不停往外溢著鮮血。

中年男人抿起嘴巴強忍悲痛，過去一把奪過貴婦手裡的照片，看了幾眼，又拿起那一堆資料看了起來，他幾近咆哮著問道：「這個人是誰！」

貴婦被這突如其來的情況嚇壞了，她沒想到來前還信誓旦旦說可以幫她找到女兒的靈媒就這樣死了，但是剛才通靈時得到的資訊又讓她心中湧上一陣痛楚。

「我乖女兒真的不在了嗎？嗚嗚嗚她真的不在了嗎……」貴婦比起先前去警局接受訊問的樣子還要憔悴，一雙眼睛哭得又紅又腫。

「是，她死了，她的鬼魂恐怕被這個男人困在了某個地方。」中年男人面色沉痛而嚴肅，他厲聲問道，「妳女兒和他到底是什麼關係！他現在在哪裡！」

「我們真的不知道……警方送來這些資料的時候就說了，他有很大的作案嫌疑，但他半年前就失蹤了。警方查了他的行蹤，他最後的足跡是他的老家赤河鎮，已經差人去找好幾次了，那裡的人說根本沒見他回去過！」

貴婦的丈夫護好了自己的妻子，開口時嗓音嘶啞的可怕：「生生一直都非常懂事，她絕不會做讓我們操心的事，這男人我們從沒聽她提起過。」

「赤河鎮……」中年男人覺得這個地方有點耳熟，他看向眼前憔悴的男人。對方與他對視片刻，鬆口說道：「是，沒錯，我老家也在赤河鎮，但她十四歲的時候就因為我調職到縣醫院的緣故，跟著我們一塊搬到了縣裡。你不了解我女兒，生生她很高傲很挑剔，這種男人這輩子都不可能會跟她有任何交集！」

「那要是這個男人一直纏著她呢！你可以保證你女兒跟他沒有關係，但你能保證他沒有一直跟著你女兒？」

男人頓住了。

這時貴婦像是突然想起什麼，說道：「會不會是這瘋子強暴了我家生生，然後用手裡的影片和照片威脅她？生生不敢說，所以才被他拿捏住了？」

她就像想到了極其合理的理由，哭喊著拍打桌子，發洩心中的不甘和怒火，「這個王八蛋！他到底為什麼要纏上我家生生！嗚嗚嗚我的生生啊，她是個多優秀的女孩子，那個男人憑什麼這麼做！這麼噁心又低賤的人，憑什麼要糟蹋我家生生啊！」

中年男人皺著眉頭，沒有說話，只是盯著照片上這個眉眼深沉的男人，彷彿要隔著紙將他殺死一樣。

林秋。

從警方印出來的通訊紀錄來看，陸生生和這個叫林秋的男人聯繫非常密切，她有一張不是用本人身分證購買的ＳＩＭ卡，裡面只存了林秋一個人的電話。

而那個電話現在已經打不通了。

這就是她和林秋之間所有的聯繫，除此之外，查不到他們的飯店開房紀錄，也查不到她社交軟體上有林秋的存在，甚至連她的朋友、同事、任何與她有聯繫的人，都不知道她的社交圈裡有一個叫林秋的人。

林秋簡直像是沒有存在過一樣。

但陸生生這種高傲又挑剔的女人，偏偏又為了聯繫他，瞞著所有人單獨弄了一張ＳＩＭ卡。

他們之間的關係，到底怎麼回事？

第五章

小叫化子被五個男孩圍在一座很窄的橋邊，這座橋的直徑大概一公尺，旁邊沒有任何防護，全長十七公尺，高度大約三層樓高，橋下是一條水位大概達到小腿的河。

當初修建這座簡陋的橋是為了將兩座山連起來，只不過後來旁邊修了一座更寬敞安全的橋，所以這座橋幾乎沒人在走了。

橋下的河被當地人稱為赤河，河水幾乎環繞了赤河鎮的每一個村子，有許多村子裡的人會專門走到河邊，把自家的垃圾都倒進去，它存在的意義，似乎就是為了容納垃圾。

那幾個小孩逼著小叫化子走這座無論從哪個角度看都十分危險的橋，他們打了他，他髒兮兮的臉上五指印非常明顯。

「上不上去？不上去就把你直接踹下去。」說著，一個體型壯實的胖子伸手作勢要推他，小叫化子嚇得弓起身子，往後退了一步，破運動鞋也踩在了高高的水泥橋上。

「是嘛，就這樣走過去不就好了？」

小叫化子的手腳都在發抖，他轉過身開始往前慢慢走，身體是半彎著的，似乎是隨時做好了要趴跪下來扶住橋的準備。

後面傳來了熊孩子用腳狠狠踩橋的聲音，他感覺到細微的震動，身體抖得更厲害了，而且彎腰走，他的眼睛不可避免地會看見嘩啦啦的河水，以及令人心悸的高空。

他走得越來越遠了，已經走到了三分之一的位置，後面的小孩起哄著大喊：「掉下去，掉下去，掉下去！」

「啊，要摔了！」

「腳滑了腳滑了！摔！摔！」

「憑什麼我們每天都要去上學，就他能在街上閒逛，每天撿撿垃圾要要飯就好了。」有人發起了牢騷。

「誰知道，他每天都臭死了……」

男孩們在那七嘴八舌地扯淡，沒過一會兒，他們的聲音全都停了下來。

五雙眼睛都齊齊看向了一個黑髮披肩、皮膚雪白、穿著小裙子和黑皮鞋的女孩。

她的格調和這裡的每個人都不一樣，背的書包是皮質的，就像電視裡那種有錢人家的小姐。

「我剛剛看見潘老師臉色很難看地往這邊走，撿垃圾的那個老婆婆也很著急地和老師一起過來。」

男孩們一聽，連忙拿起書包就跑。

陸生生轉頭看著他們一個個跑沒了影，又看向了趴在橋中心一動都不敢動的林秋。

「你回來吧。」陸生生朝他喊道。

橋上的林秋還是不敢動，就連回頭都不敢動作太大，趴著的樣子真的很像狗，陸生生差點想走過去騎到他身上了。

她直接上橋朝他走去，林秋看她居然過來了，連忙緊張地開口：「妳別、別過來！」

但是陸生生沒有半點要停下的意思，她走在這麼令人心驚肉跳的地方，就像平時走在鎮上的人行道上一樣平靜安穩。

她不急不忙地踩著邊緣越過了林秋，然後轉身，神色平靜地在他面前蹲下來，一和他對上眼，首先做的居然是「噗」的一聲笑了出來。

她伸手去揉他的頭髮，明明力氣很大，弄得他一直在晃動，可他現在待在橋上，卻已經沒有了之前那種手腳痠軟的感覺。

「我想騎著你過去。」陸生生眼神天真地看著他，林秋被她細白乾淨的手指揉了頭，隱約聞到了自己頭上傳來的異味。

他的頭垂得更低了，眼神閃躲著，說道：「妳上來。」

「哈哈哈哈！」陸生生笑得更開心了，她走上前跨坐在林秋身上，一雙小腳抬了起來，手緊緊掐著他的肩膀，「小狗狗，走吧！」

林秋爬得很慢，陸生生雖然瘦，但長期營養不良的林秋比她更瘦，能撐起她坐在他身上，已經是極限了。

「小狗狗累不累啊？回去買東西給你吃喔。你要多吃點，太瘦了，都撐不起我。」

「你要是摔下去，那我也要摔下去了。」

林秋臉上已經出汗了，他咬緊牙關撐著水泥地，手掌處火辣辣地疼。

「狗狗乖。」她趴在他身上，下巴抵在他的後頸上，林秋呼吸都要停了，他再也動不了，細小的手臂開始迅速顫抖起來。

陸生生聽到他發出了小獸般痛苦的悶哼聲，那是他力竭快要撐不住的前兆。

她踩著水泥板下來，雙手摟著他的腰把他撈了起來，「走啊。」

林秋背脊直不起來，他盡量想往前靠，不讓陸生生從後面貼著他，結果陸生生直接趴他身上，雙手還環緊了他的腰，「臭狗狗，快走啊，我要趕不上回去寫作業了！要是我被罵了，小心我明天拿你出氣。」

林秋大口呼吸著，他太陽穴邊的血管在跳動，臉和耳朵的紅都蔓延到了脖子。

三層樓的高空彷彿離他遠去了，他滿腦子就只剩陸生生。

林秋放慢了速度，但這段橋的距離就只有這麼長，到了之後陸生生就鬆開他了。

女孩身上的溫暖和香甜味道驟然遠離了他。

「生生。」他心癢難耐，叫了她的名字。

「嗯，幹嘛？」陸生生忙拍打著自己的小裙子，她剛剛抱了林秋，恐怕會沾上什麼髒東西。

林秋沒說話，就一直看著她。

陸生生瞧他一臉緊張的樣子，笑著打了他的臉兩下，「怎麼，你還在緊張呀？」

「老師和我奶奶為什麼還沒來？」

「本來就不會來啊，我騙那些人的，要是不這麼說他們不會走。」陸生生把頭上的蝴蝶結又調整了一下，「在學校旁邊看見他們架著你走，就知道你又要被欺負了。」

「我沒一開始就出來幫你，是因為你要自己學到教訓，別老是誰想騎你就這麼輕易地讓人家騎了。我不想騎被別人騎過的狗，我也不喜歡沒用的狗。」

她說著把肩上的頭髮都撩到了背上，總算是整理好了儀表，抬眼看他時，儼然一副高貴又清冷的模樣，一點也不像是個會抱著他咯咯笑的人。

「只有我能騎你，知道嗎？下次再這樣，我就不要你了。」

「好。」林秋低著頭，根本不敢和陸生生對視。

她每天都穿的乾乾淨淨，奶白的皮膚都像是甜的。他好想好想嘗一下味道，但他的口水會把她弄髒。

「你看你這麼瘦，根本就撐不起我。」陸生生扯過他的手，林秋的手掌被粗糙的水泥磨出了血，皮肉裡還摻著沙子。

陸生生拿出水壺幫他沖洗了一下傷口，然後放下書包，從裡面找出了ＯＫ繃，貼之前還幫他舔了舔已經洗白的傷處消毒，一口氣貼了四個，剩下的半盒ＯＫ繃也都塞給他了。

「自己拿回去換。」

林秋拿著這盒OK繃，手指都在不受控制地顫抖，他眼神不聚焦了，呼吸也越發急促。心好像快炸開，耳邊嗡嗡作響，剛剛她柔嫩的舌頭拂過他手掌的時候，他感覺自己頭皮像是被電了一下，酥麻感從背上一路蔓延到他骯髒的大腿間。

身體從來沒有這麼舒暢過。

「你手不好的話我會生氣。」

陸生生心想，玩不了騎小狗的話，就把你扔了。

「嗯……」他小幅度地點著頭，還是不敢抬頭看她。

「走吧，買點東西給狗狗你吃。」陸生生又笑了，伸手攬住林秋的手臂，親暱地在他身上蹭了蹭，「狗狗要聽我的話呀，知道嗎？」

「知道。」

「我要你做什麼你就要做什麼，知道嗎？」

「好。」

「狗狗乖，來摸摸。」陸生生又伸手去摸了摸他的頭，林秋還是想躲，但他腿間的刺激還在繼續，這刺激促使他最終沒有閃躲。

「真聽話。」陸生生心情又變好了，瞞著家裡那對毒蛇做會讓他們崩潰的事情，就連期中考試和鋼琴考級帶給她的巨大雙重壓力都變得稍微有所緩解。

當條狗真幸福……唉，今天多買點東西給狗狗吃吧。

第六章

天色陰沉到像要入夜了一樣，細雨淅淅瀝瀝地落下，砸在男人洗到發白、印著某電器品牌的工作服上。

他坐在漏雨的小棚子裡，許久沒有眨眼，雙目無神到不知道他正在看著什麼，粗糙的手指在桌上不停摳弄著。

過了好久，他的指甲縫裡流出了血，嗓音嘶啞的讓人覺得他光是出聲都異常痛苦。

「……回來，生生，回來。」

這一刻，在那個光線昏暗的屋子裡，所有蠟燭不吹自滅。

靈媒直直垂下頭，七竅開始流出了鮮血，滴答，滴答，一滴滴地砸在她自己的手背上。

女鬼感覺自己的身體瞬間冷到了極致，彷彿被迅速凍住了一般，她做不了任何動作。上一秒，她還站在靈媒身後；下一秒，竟出現在一個完全陌生的地方，還沒等她適應，身體就掉進了一個深深的黑色水潭。

水不停地朝她口鼻裡灌，就在她覺得痛苦到極致、恨不得失去意識時，那些怪異的感覺突然全都消失了。

一切無影無蹤，她聽見了一道極為恐怖的雷聲自頭頂響起，窗外席捲著狂風和暴雨，灰暗的屋子裡被閃電照得亮如白晝，

女鬼發現自己正枕在男人的大腿上，不斷有深紅的血液流進眼眶，然後又沿著眼眶往下滑落。

男人深深地凝視著她，眼神投入而專注，他的兩片嘴唇合在一塊，在看見她睜眼時，

突然低下頭，舔了舔她頭上新鮮的傷。

窸窸窣窣的黏膩聲響了一陣，再抬頭時，男人的唇舌沾染上了血，嘴邊有白色漿液混合著血絲流出，他在咀嚼從她腦子裡掏出來的東西。

女鬼看著他那被欲望填充過後的饜足神色，突然很想跟他接吻。

「生生。」

「既然回來了就別再這麼狠心。」

「來陪陪妳的狗。」

「他在等著妳呢。」

一些畫面迅速自女鬼眼前閃過，地上有幾個裝滿精液打了結的保險套，他赤裸著身，無言地在自己面前流淚，幾乎是匍匐在她白嫩的腳邊顫抖，聲音嘶啞，好像在求她什麼。

那個回應的女聲冷淡中摻著幾分無奈。

「乖，狗狗要聽話啊。」

「你看，你想要什麼是我沒給你的？」

「占有欲別這麼強，我不喜歡你這樣。」

「再這樣你就回赤河去，我不想再看見你。」

「不和他結婚，難道我要和你結婚嗎？」

「你也不是不知道自己的條件，基本上就跟條狗沒什麼區別。又不是說結了婚以後就不讓你上了，我還是把你當成最喜歡的狗狗來看的。」

「杜浚和你沒辦法比的，他在我心裡連條狗都算不了。」

「你乖一點好嗎？別讓我為難。」

女鬼看到這一切後神情恍惚，她搖搖晃晃地在擠壓中睜開眼，發現自己還站在漏雨小棚的窗前，外面的細雨淅淅瀝瀝，周圍安靜得像是從未發生過任何事。

不知何時，身後多了一個正緊緊抱著她親吻的男人。

「妳又出去亂跑，我差點找不回妳。」

他咬著她的耳朵，唇貼著她的耳洞，牙齒上下來回廝磨著她冰涼的皮肉。

「家裡有電視了，以後就乖乖待在家好嗎？」

「妳都死了，都給我吧，我求妳了……」

他的聲音又變成了嘶啞的狀態，她沒聽清楚他後面說了什麼，因為她被他用力壓到了窗前的桌上，褲子被一把扯下，粗長的東西又頂進了她的身體。

女鬼緊緊抓著桌沿，她的睡衣被推了上去，另一張皮肉貼上了她的背脊，他扣著她的脖子壓著她的腰，在她身上一下下頂弄著，把頭埋在她的脖頸間，發洩著身體最原始的欲望。

在桌子上做了一陣，他把她弄到了床上去。她的身體大打開著，他緊緊和她貼在一起，沒有任何花裡胡哨的姿勢，他永遠都最喜歡在操她的時候吻她，和她唇舌交纏，有時候做一次愛要親她一兩百次才肯罷休。

女鬼並不能完全理解男人做出這些舉動的意思，但剛才閃過的那些畫面讓她心裡產生了奇怪的感覺，她覺得很悶，胸口像是要被什麼砸碎了。

她好像欠了男人什麼。

雖然不知道是什麼，但她一定是欠了他的。

這種感覺讓她光是想起來，喉頭就已經哽咽得厲害。

第七章

陸生生第一次在學校看見林秋時，他正被困在一群堵著他嘲笑羞辱的人裡。

他很罕見地乾淨了一次，穿著像是別人不要了丟給他的衣服，背了個舊的廉價卡通書包，腳上的運動鞋還是大了兩號，不過比以前穿著撿垃圾的鞋要像樣一點。

他今天可能還穿了襪子。

陸生生和班裡成績好的女班長走進學校時，首先注意到的不是林秋居然來讀書了，而是她第一次看見林秋穿了襪子。

不知道他襪子的腳趾頭上有沒有破洞。

陸生生腦子裡在想一些很奇怪的東西，唯獨沒想把林秋從此刻的困境救出，她就掃了一眼，然後直接路過。女班長和她一起走過去後，還回頭看了幾次，像是忍不住八卦一樣，和她打開了話匣子。

「生生，妳知道那個人嗎？他是個小叫化子，平時每天就跟他奶奶一起撿垃圾。」

「嗯，好像見過幾次，我看過他翻我家門前的垃圾桶。」

「哎，其實他也滿慘的。」女孩特有的共情與同情心泛濫了，她說道，「我家裡人說，他是從特別深的山村裡出來的，他爸花錢從人販手裡買了個很漂亮的大學生當老婆，但是那個人生下他之後，沒過多久就找機會跑了。」

「後來他爸就帶著他跟他奶奶出來找老婆，來赤河鎮好像也是因為當年山裡有個遠房親戚在這裡打工落了腳，他們想來投奔。」

陸生生聽著嗤笑了一聲：「那親戚根本就沒理他們吧？」

女班長連連點頭，說道：「是啊，所以後面他爸就找地方搭了個棚子，每天去幫那些蓋房子的搬磚，後來攢了點錢，就住到村裡一個廢棄的黃土屋裡去了。但是前幾年冬天他爸在路邊做工的時候，被車撞了，當時他好像要了點藥費就放人走了，結果回去沒幾天就死在家裡。」

陸生生沒說話，只是聽著。

女班長臉上多了幾分憐憫的神色，「當時他家連喪葬費都不夠，還是村裡籌的錢。我有去看了一下，覺得實在太慘，回去還哭了。」

走到樓梯口時，陸生生回頭看了一眼，也不知是不是湊巧，隔了老遠，她都能感覺到林秋好像在看她。

她沒停頓，轉身就上了樓。

放學後，陸生生在學校外面的一間超市挑挑揀揀地買了些小東西，然後又把零食裝滿書包。她一直透過超市玻璃注意著街道，等到街上放學的學生都走得差不多了，林秋那小身板才背著書包從學校裡走出。

陸生生連忙結了帳出去站在門口，咳嗽了兩聲，林秋就像聞到味道的狗一樣立刻抬起頭，看向了她。

陸生生就像沒看到他似的，嘴裡念叨著「好重」，往學校後面的小岔路走。

林秋跟了上來，猶豫了一會兒，最後還是走到她旁邊，聲音很小地道：「我幫妳提吧。」

陸生生板著臉把東西都扔到了他懷裡，「現在才問？看見我拿重東西就應該馬上過來幫我！」

林秋被她當面凶了，越發不敢抬頭看她，習慣性與她前後保持了一段距離，跟著她往偏僻的地方走，就像在尾隨。

陸生生是看見哪裡沒人就往哪裡鑽，最後她甚至爬到了一座長滿樹的小山坡上。

林秋沒被她多看一眼，看起來非但沒有不滿，抱著東西跟在她身後時臉上還一片紅。她在一塊大石頭邊停下來，林秋就老實站在離她三公尺遠的地方不動彈，陸生生靠在石頭上看著他道：「你又挨打了。」

他嘴角都破了，鼻子旁邊也有血汙，林秋像是想向她證明什麼一樣，連忙說道：「我有還手，但是他們人太多了。」

「就是打不過人家嘛。」陸生生手掌朝下按了按，林秋過去把手裡的袋子找了個乾淨的地方放著，在陸生生面前伏下了身。

她翻身趴在他的背上，微微收著腿，雙手抱著他，又體驗起了騎小狗的感覺。身下慢悠悠地在動，但是很穩，她愜意地閉上了眼。

「真沒用。」

「連老鼠都打不過，還把自己弄成這樣。」

「要不乾脆把你丟了吧。」

陸生生冷冷地丟了這麼一句，她能感覺到身下的男孩身體都僵硬了，她聽到了他心臟的狂跳聲。

「不……」他顯然是想說更多話的，可他憋得狠，嗓子眼裡只能冒出這麼一個字來，陸生生猜他恐怕已經在掉眼淚了。

「我每天這麼騎著你，你不覺得羞恥嗎？」她邊說著邊用手按住他心臟的位置，呼吸就噴在他後頸，難得今天沒聞到他身上有什麼奇怪的味道。

「不會的，妳想騎就可以騎。」他終於說出了完整的一句話，鼻音和哭腔很重，是真的哭了。

陸生生在他後頸上大力地親了一口，又去摸他的胸口，「乖狗狗，我每天最開心的事就是騎在你身上了，去石頭那邊。」

果然，林秋的心臟跳得更快了，陸生生因此感到一種亢奮，她感覺靈魂深處有什麼東西正在慢慢鼓動，那東西讓她覺得癢癢的，卻找不到抒發的途徑。

「你來上學是不是為了見我？」她不想管他來上學有多困難，也不想知道他是怎麼頂著那麼多惡毒的視線坐在教室裡的，她就想知道她的狗是不是為了她才做了這一切。

「是，我想白天也能多看看妳。」

林秋的耳朵紅到快滴血了，陸生生伸手揪了他兩下，他也不躲，一點反應都沒有，她直接按住他的頭張嘴含了上去，對著他的耳朵吐氣說話。

「可是你來看我的話，我同學會笑我。」

「我不會去找妳。」他說這話的時候聲音抖得厲害，因為陸生生的鼻息就在他耳根處。

「好乖。」

到了石頭邊上後，陸生生下來了，她站起來都不用做什麼姿態，整個人看起來就變得清冷而疏離。

她在林秋面前蹲下，好奇心很強地說：「你把鞋脫了。」

林秋不明白她要幹什麼，但他還是在另一隻腳上蹭了兩下，脫了鞋。

「穿上吧，另一隻。」

陸生生看著林秋把另一隻鞋也脫了，心裡的猜測得到了驗證，兩隻襪子根本不是一對，有一個還露出了腳趾頭。

她心滿意足地站起來，把在超市買的那袋東西拿了過來，一樣樣地往他懷裡放，「我幫你買了襪子、短褲、牙膏、牙刷、漱口杯、毛巾、洗髮精、沐浴乳、水壺，還有一堆文具。」

放完之後，她又從他懷裡把東西拿過來扔進袋子裡，把自己的書包打開，將裡面塞的零食也都堆到他懷裡。

「我還買了很多麵包餅乾，你早上吃吧，要不你老不長個子，撐不起我。」

林秋從她拿出襪子時就一直愣著不動了，只見對方最後又從書包裡拿出十幾張百鈔，也輕飄飄地扔在了他那一堆早餐上。

「你手裡要有點錢，不然班上收書錢時，老師會拿個本子在班上點名催帳，很噁心。我下周還要去參加鋼琴比賽，要是能拿第一名還能領不少錢，到時候再給你一點。」

陸生生在那裡碎碎念，林秋半天都沒動的嘴終於開口說話了。

「那、那妳怎麼辦？」

「我？」陸生生像是對他的問題感到很不解一樣，「我有錢啊，我不是跟你說過嗎，我家裡很有錢，我爸在這裡待不了多長時間，我外公遲早要幫他升官的。」

林秋不再說話了，頭也低低的。

陸生生把書包扣好，又背到了肩上，站在他面前還是一副高高在上的模樣。

「下次再幫你買幾件好看一點的衣服穿，我不喜歡營養不良又長得難看的狗狗。你以後也不准再去撿垃圾，別再讓人當著我的面說你是小叫化子。」

林秋直點頭，陸生生耍夠了威風，又開始對他採用懷柔手段了，她伸手摸著林秋的臉，盯著他的五官看，輕聲說道：「狗狗，你長得其實挺好看的，可能因為你媽媽的基因好吧。你要讓自己發育好一點，以後才能一直討我喜歡，知道嗎？」

他們對視了一陣子後，林秋不知道發了什麼瘋，用力地抱住了陸生生，他用力嗅著她髮間的香甜味道，好一會兒野獸般的心跳才平復下來。

「生生……」他叫這兩個字時嗓子沙啞極了，像是想說很多，但最後一切全都隱在了山林的空氣與鳥鳴中。

陸生生心裡毫無波瀾，她伸手拍了拍林秋的頭，感受著他放在自己腰上用力的手，心想被男孩這麼緊緊抱著的感覺還滿舒服的，要是林秋能再長點肉就好了。以後沒事還能抱著他玩，這麼大一個人形抱枕，把他放在被窩裡睡覺應該會很舒服，冬天自己就不會冷了。

陸生生從記事起就沒怎麼玩過玩具，一直在學一些令她崩潰的才藝，父母對她苛刻到了近乎變態的程度，各方面都有著極高要求，所以她真的覺得林秋很好玩。

她就需要這樣的人，就像父母對她一樣，她找到了一個合理的發洩途徑，給他一頓鞭子，再給他塞上一嘴糖好好哄哄，好像就可以對他做任何事，又可以拿他當小狗騎，又可以拿他當洋娃娃換衣服，還能扮他媽媽跟他玩家家酒。

她很早以前就對誰都很難產生感情，看誰都覺得煩，但林秋一直都用那種水汪汪的眼神看著她，而且還一直乖乖聽她的話，真的很像條小狗。

陸生生心想，他要是能一直這麼乖下去，她真的不介意就這麼一直偷偷養著他。

第八章

袁冰的屍體在深山的一個大壩裡被發現了，郭大隊長光是帶人進山都花了不少功夫。

報案的那個村民家離這裡有十幾里路，他是為了出來賣山珍養家糊口才跑這麼遠的，結果走在山間的小路上，遠遠就聞到一股惡臭。

他留了點心，沒想到在大壩上遠遠看見水邊浮著一具屍體。

郭大隊長從屍體附近散落的個人物品中確認了這具女屍就是早已失蹤的袁冰，從屍體的腐爛程度來看，她的死亡時間和杜浚一樣，大約也是在十二月份。

而且，她的死亡方式也和杜浚十分相似，都是四肢被齊根切斷，軀幹被剖開，內臟全被掏了出來，只剩小半截腸子還連在裡面，其他內臟大概都已經在這個深不見底的大壩裡了。

「郭隊，現在就剩陸生生和林秋還沒被發現了。」助手小傑走到正在查看袁冰遺物的郭大隊長身邊蹲下，他注意到隊長正在翻一本厚厚的牛皮記事本。

「這是什麼？」小傑不解地湊過去看。

只見郭大隊長慢慢剝開進水後合在一起的紙張，說道：「上次我們申請搜查袁冰的家，在她家發現了一箱從學生時代一直寫到去年八月的日記本。」

「對！」小傑點點頭，「她最後出現的地方也是辭息，最後上了回老家的高鐵，但辭息跟她老家我們都找了，什麼都沒找到，甚至她老家的人還說壓根就沒見她回去過……」

「八月後的日記就是這本了。」郭大隊長將那本牛皮封面的日記本放在了平整的位置上，雙手小心剝開了一頁。

2020.9.18

杜浚這個王八蛋！王八蛋王八蛋王八蛋！

陸生生那個臭女人到底哪裡好？人家根本就沒把他當人看，他還好意思天天熱臉貼人家冷屁股？

去他媽的冷美人，男人全他媽是賤貨。

下次他再在我床上叫她名字，我絕對要把他下面那根割掉。

2020.10.2

聽大少爺說他今天就要去和陸生生拍婚紗照，我問了很久都沒問出來他們是要在哪裡拍。

大概是擔心我去破壞他的好事吧？

還說什麼，她只是看起來性格冷漠，其實是個很純潔的女孩，他願意讓她把初夜留到我們結婚的那天晚上。

我真的要笑吐了，現在的男人腦子裡都只有陰莖了嗎？陸生生那種女人怎麼可能會是保守的人啊？

杜浚玩了這麼多騷貨，換個冷冰冰的就上當了？

這幾年光是聽人說陸生生工作時間避開人去接電話都有無數次了，接誰的電話是要避開人去接的？

還有，她穿著昨天的衣服來上班的時候也不少，身上有幹過那檔子事留下來的味道，就連我都親眼看見過她脖子上和手肘上有吻痕和咬痕。

說不定是個背地裡玩得很開的女人，杜浚這根傻屌。

還處女呢。

作他的處女夢去吧，呸。

這就是一頁紙上寫的內容，小傑臉色有點複雜地道：「雖然是第三者，但這個袁冰態度滿囂張的。」

郭大隊長沉吟一聲，「袁冰覺得陸生生雖然未和杜浚發生關係，但一直在和其他人保持著肉體關係，她會背著人出去接電話，會穿著昨天的衣服來醫院上班，身上有痕跡。」

「背著人出去接電話還滿正常的吧？」小傑說道。

「但是陸生生的確還有一張額外的ＳＩＭ卡，她聯繫的應該就是那個叫林秋的男人。」

郭大隊長說著，又開始小心地翻看起袁冰的第二頁日記。

2020.12.1

今天我當面和陸生生談了，這女人真是奇怪，我說我昨晚才和她男人上過床做過愛，她居然一點反應都沒有。

我告訴她，本來他們說好去英國旅遊，但杜浚因為我的話，改去辭息了，因為他要是去英國的話，這段時間就幹不到我了。

我叫她和杜浚分手，她陸生生才是插足我和杜浚之間的第三者。

水就在她手邊，她卻連潑我一下都懶。

看吧，她根本不愛杜浚，她只是看中杜浚家裡的錢，想嫁過去當豪門貴婦。

杜浚一定會是我的，這種下半身動物，什麼腦子都沒有。

2020.12.3

陸生生就在樓上臥室裡睡覺，杜浚大半夜下來幫我開門，我們在沙發上做了兩次。

但是……不知道是不是因為是冬天，晚上又沒開燈，我總感覺哪裡不對勁。

他把我壓在沙發上的時候，我手摸空了一下，撐到了地面。毛毛的。

手指上的觸感極其冰冷，又有點硬，還很黏糊。

我看了一眼自己的手，上面黑了一片，那瞬間我全身的雞皮疙瘩都冒起來了。我連忙叫杜浚開燈，他還有點不太樂意，後來一看，地上鋪著很厚的羊毛地毯，手上沾染的也只是水漬。

他說，今天陸生生在這喝水的時候不小心把地毯弄濕了。

他媽的，陸生生，又是她！到哪都不讓我順心！

但是為什麼我當時看見手上是黑了一片？水漬會有這種效果？

……

看到此，郭大隊長的眉皺得更緊了一點。他沒有開口，只是繼續翻著袁冰的日記，下一頁的內容讓小傑拳頭都握起來了，忍不住罵了聲髒話。

只剩最上面的一些字還是勉強可以辨認的，下面的字跡全都被水泡散了。

2020.12.4

我住在飯店裡，睡得迷迷糊糊的時候聽見有人在試圖開我的門。

我瞬間嚇醒了，連忙出聲問是誰，外面的人沒說話。

我拿起手機就要打電話給杜浚，外面的人終於開口了，他說「是我」。
一開口就是杜……
……（下方字跡均無法辨認）

2020.12.5
昨晚停電了，監視器沒拍到那男人進來的樣子，要不是杜浚攔著，我就報警了！
今天換了間飯店，杜浚讓我不要老做些這樣的事情吸引他注意，當情婦就要有當情婦的樣子，他又不是沒給我零用錢。
我打了他一巴掌，他氣了，扯著我頭髮把我拽到地上打……
……（下方字跡均無法辨認）

2020.12.10
臉上的傷還在出血。
不知道怎麼了，早上起來一沾水鼻子就會流血，喝水口腔也會流血，去醫院檢查，醫生說沒有任何問題。而且我在醫生面前喝水，那血又不流了。
只要一回去，就照樣開始流血。
最關鍵的是，我今天中……
……（下方字跡均無法辨認）

2020.12.12
我要回去了，這地方我待不下去了，昨天晚上那個男人又來敲門，我問他到底為什麼要這麼做，他到底想幹嘛！

還沒問幾句，我就又……

……（下方字跡均無法辨認）

2020.12.13

辭息機場因為大霧飛不了，我就買了最早那趟晚上十一點的高鐵票往回趕。晚上十二點多時，杜浚打電話給我，語氣很急促地問，那天半夜敲我們的是……

……（下方字跡均無法辨認）

2020.12.14

好不容易在高鐵上睡著，但是作了個很不好的夢。

我睜不開眼，但能聽見外面的聲音，一些男人在談話，偶爾摻雜著幾句女聲。

隱隱約約聽到……

……（下方字跡均無法辨認）

再往下就是這本日記的空白頁了，郭大隊長停了手。

小傑抿抿嘴，抬頭看著旁邊正在驗屍的法醫和助手，喃喃道：「難道林秋十二月的時候也在辭息？」

「你懷疑深夜敲袁冰和杜浚房門的人是林秋？」郭大隊長重複翻看著日記，心不在焉地問。

「不是他還有誰？」小傑一臉篤定，「他不就是典型的因愛生恨嗎？陸生生要和高富帥結婚，他受不了刺激，開始瘋狂跟蹤。不但半夜去敲袁冰和杜浚的門，最後還用殘忍的手段殺害了袁冰和杜浚。」

「床上的血就是陸生生的。」小傑繼續推理，「那天晚上辭息是颱風天，林秋很有可能和陸生生攤牌之後被拒絕，於是他在作案之後，帶走了床上陸生生的屍體，處理了案發現場，大雨一夜就能把所有痕跡都洗乾淨。」

郭大隊長聽他分析，皺緊眉頭想了一會兒，才嗓音沙啞地道：「可是林秋是怎麼做到的？從高鐵軌道步行到這裡至少需要兩小時，而這段高鐵線距離首尾中轉站各有一個半小時的路程。我們可以設想一下，林秋不可能在高鐵運行途中把袁冰帶下高鐵，然後拖到這裡來殺害，所以他很有可能是在中轉站把她騙下了車。可這裡是深山，沒有車道，無法行車，而內心當時充滿恐懼的袁冰也不可能心甘情願地跟著他走到這裡。」

小傑問道：「所以林秋是在其他地方殺了袁冰，然後扛著袁冰及她的行李，把她弄到這裡棄屍？但袁冰的確上了高鐵啊，她甚至還在高鐵上寫了日記！難道林秋在高鐵上就已經攻擊了袁冰，才把她帶出站？」

郭大隊長搖搖頭，嘆了口氣，「但是這個猜測也不太能成立，因為這段時間根本就沒有任何林秋坐車購票的紀錄，現在都是人臉識別加多次檢票驗票才能進站，再加上他肢解人用的是電鋸，這玩意不可能上得了高鐵的。」

郭大隊長補充道：「而且高鐵上人多，除非林秋有本事把袁冰騙出高鐵站，否則他不可能有機會殺害袁冰。但袁冰很大可能就是因為被他威脅才離開辭息，她不可能再繼續聽林秋的話。」

小傑有些愣了，「可是我們問過林秋身邊所有人，他們都說他沉默寡言，和他同事過的也就是物流公司、保全公司和一些水電行，都問遍了，沒聽見誰說他有關係特別好的同事或者朋友啊，有作案同伙的可能性不大。」

「從他的交友情況來看，這個世界上和他關係最緊密的人的就只有陸生生了。」郭大隊長將那本牛皮封面日記小心地拿著，「回去讓鑑識中心的人想想辦法，看能不能把這些字跡恢復一點。」

小傑接過袁冰的日記本，心裡有種很怪異的感覺，指尖好像瞬間變冷，冷得都有點僵掉了。

他接觸的案子不少，卻沒有哪次像這次一樣，讓他光是想起來就覺得後腦勺和背脊直發冷。

彷彿有人正在身後看著他。

第九章

陸生生這次期末考試沒考好，數學丟了兩分，語文丟了五分。

女人拿著考卷指著她錯的地方讓她自己看，為什麼會在這種地方被扣分？要是高考的時候也這樣掉了七分，她以後就不用再考試了，趁早嫁到別人家裡去生孩子當黃臉婆算了。

女人叫她要學著聰明一點，不要每天光吃飯不動腦，她花這麼多錢養她陸生生是圖什麼？就是圖她爭氣，如果她不爭氣，自己還不如去養小貓小狗。

女人壓抑著自己的歇斯底里，用講道理的語氣，對站在牆角的陸生生說著各種惡毒到不像是對女兒說的話。

最後她讓陸生生在牆角罰站，午飯時間點到了，她獨自吃完飯，沒有叫陸生生。

晚餐時間到了，她吃完飯，還是沒有叫陸生生。

八點鐘時，她叫陸生生回房間去洗澡睡覺，陸生生在浴室裡用小刀切了三塊肥皂沖進下水道，心情才平復一點。

深夜，忙碌一天回到家的男人來到她房間打開燈，拉著她的手將她喚醒，小聲說道：「生生，是不是怪妳媽媽？」

「我不怪她。」陸生生睡得迷迷糊糊，可她仍然知道自己該說什麼。

「妳媽媽也是為了妳好，換成別人家的孩子，她根本就不想管。」

「我知道，我一直都知道媽媽是為了我好，所以我真的一點都不怪她。」

「好孩子，妳餓不餓？我讓她下碗麵給妳吃？」

「我不餓，爸爸，謝謝您。」

「生生，爸爸看妳最近零花錢好像用得很快，還夠嗎？」

陸生生想到自己在外面養的狗，毫不客氣地道：「爸爸，不太夠。交新朋友還有和同學維持關係，都需要花很多錢。」

「沒事，不夠我們給妳，先睡吧寶貝。」說完，他摸了摸陸生生的額頭，幫她蓋好了被子。

陸生生閉上了眼，又睡了過去。

第二天，女人準備了異常豐盛的早餐，陸生生毫無芥蒂地吃完，還誇了誇女人的廚藝，女人眼角有些濕潤，塞了厚厚一疊零用錢給她。

「生生，媽媽也是為妳好，別怪媽媽。」

「怎麼會呢。」陸生生拿著錢，笑得天真無害，「媽媽我先去上學了。」

她十一歲了，家裡還把她當七歲來對待，動不動就不讓她吃飯，動不動就叫她去牆角罰站，羞辱她的時候還盡找些冠冕堂皇的理由。

陸生生覺得很噁心，但是這個家庭除了這點不好以外，其餘各方面其實算是很好的。她很小就從父母身上學到了權衡利弊，她可以借助家裡的資源做很多鄉下同學做不到的事，所以她也並不是那麼想要逃離。

只是噁心的時候，她是真的覺得相當噁心，如果不在某個地方撕毀踐踏在那對父母面前的偽裝，她根本控制不住日積月累的負面情緒。

陸生生終於想起了她養的小狗狗林秋。

這幾天忙著複習備考，好像有三、四天沒看見他了。

陸生生再過幾個月就要讀國一了，她在同齡人裡算是長得很漂亮的，小小的胸部開始發育，皮膚白皙彷彿剛剝了殼的雞蛋，雙眼清澈有神，睫毛長而柔軟，看起來纖細又溫柔。

最好看的是她的兩條腿，白白的，又長又直，每次林秋都很難控制住自己的眼神，他總是往她裸露在短褲外的腿上看，說話的時候，說著說著就又看向了她的腿。

陸生生經常就這麼直接把腿伸了過去，讓他舔，有時候她還脫了漂亮的涼鞋，讓他吮腳趾。

他舔的最讓陸生生印象深刻的一次是上個月，那天她穿了長裙，兩人都在樹林裡，她坐在一塊大石頭上，讓林秋從她裙襬裡鑽了進去，然後林秋真的就這麼一路舔到了她的大腿根。

他伏在她的雙腿間舔她的大腿內側，那次陸生生第一次察覺到身體有了一種很奇異的感覺。

他明明舔的只是她的大腿，她卻覺得尿尿的地方有些癢癢的。等他濕漉漉地舔完她兩條腿，陸生生直接把裙子捲到了腰間，她看見林秋喘得很厲害，額頭和鼻尖上都是汗水。

陸生生有點忍不住伸手去下面摸了一把，發現自己白色棉質內褲濕了一片。

「為什麼內褲濕了？」她生氣了，坐在石頭上打開腿指著那塊水漬問他，「是不是你剛剛還舔了這裡？」

林秋就像狼崽在盯著獵物一樣看著陸生生私處濡濕的那塊，沉默地搖了搖頭。

陸生生鼓起嘴重新放下裙子，背上書包就往回走。

「腿都被你舔臭了。」

林秋從後面抱她，陸生生覺得熱，把他給推開了，徑直往前走。

林秋沒說什麼，只是靜靜地跟上陸生生，中間習慣性地隔了一段安全距離，就像侍衛在遠遠守護自己的公主。

陸生生最近才知道林秋比她還大，雖然他比她晚一年讀書，但在學校裡已經長成了數一數二的個頭，他就像是一顆埋在土裡休眠的種子，食堂裡再沒油水的食物，都能讓他發育，三年時間徹底擺脫了當年的營養不良。

就是因為林秋長得實在太快了，所以陸生生才讓他把家裡的戶口本拿出來讓她看，他之前一直都是黑戶，讀書之前人口普查才正式報了戶口。

他戶口本上的名字就是陸生生當時幫他改的那個，叫林秋，至於年齡，比陸生生大了兩歲。

他今年已經十三了，身高居然長到了一百七十公分，在陸生生的要求下，不再去撿垃圾，而是和奶奶一起去鎮上一個打火機廠做工。他每天陪陸生生的時間少了很多，但除了能領低收入補助外，還有做工的錢，糊口是已經夠了。

陸生生越長越大了，早就不需要他每天陪，她讓林秋早早去賺錢有很大一部分原因也是因為她開始有些排斥林秋了。

很難形容的感覺，每當林秋不說話，用他那雙越發深沉的雙眼看著她時，陸生生除了心靈會感到莫名的顫慄，還會有種自己好像要被他抓住鎖起來，產生一種無處可逃的約束感。

他長得不難看，真的。在小學一幫爛豆芽小白菜裡，不管是他的年齡還是他的外貌都讓人覺得他很鶴立雞群。

有很多小女孩寫情書給他，也有很多人看見他就拿他撿過垃圾家境貧窮的事嘲笑他，但他好像渾然不在意。他只會在陸生生面前被三言兩語說到窘迫臉紅，也只會在陸生生面前示弱哭泣，讓他跪下他就跪下，讓他舔腳他就舔腳。

真的……越來越像條狗了。

對，陸生生只有在催眠自己他只是條狗，他不是個人的時候，才能讓自己正視他，並且勉強接受他的接觸。

她心裡很亂，但是她不想被任何人發現這件事，林秋更不行。她總覺得如果林秋一察覺到，她的生活恐怕會發生某種巨大的改變。

這個人就像放在她心裡的垃圾桶，不管她有什麼負面情緒或者陰暗心理，都可以毫無顧忌地往他身上傾瀉，所以儘管對他的性別產生了些許的畏懼感，但她依然做不到遠離林秋……只要他把她那些髒東西都裝起來，她心裡噁心醜陋的東西就不至於漏得到處都是，陸生生不想讓人覺得她是個髒兮兮的人。

所以她被媽媽罵了之後，真的很想見林秋，她需要發洩，她心裡仇恨到想哭，一想到昨天挨罵後跳過她的那兩頓飯、一想到晚上睡得好好的又被叫醒說教，她就恨不得買把刀趁他們睡覺時捅爛他們。

她可以給林秋錢，給很多錢都可以，她想讓他舔她身體，想羞辱他，看他承受著那些東西，卻仍然對她充滿渴望。

只有他這樣的人才能容納她心裡的那些黏稠又惡臭的思緒，並且還那麼急切地想抱她。

陸生生強迫自己上課集中精神，下課再強迫自己微笑社交。她在筆記本上畫滿了奇怪又陰暗的圖案，然後一點點塗黑，再拿去廁所撕碎包到衛生紙裡扔進垃圾桶。

體育課上，她去和那個總是嚷嚷著說林秋好帥的女孩搭訕，三言兩語就把話題拐到了林秋身上，問她為什麼這兩天好像都沒看見他。

那女生說，林秋的奶奶死了，他請了好幾天假。

喔。

陸生生面無表情，心裡也充滿冷漠，她對死這件事毫無共感。認識林秋之前，她喜歡殺那些她能殺的小東西，用小刀切下麻雀的頭，用圓規戳黏蠅板上的蒼蠅肚子，身邊任何人死掉都影響不了她。

每次看見醫院裡有女孩子去墮胎，她心裡都生出一種莫名的快意。她小小年紀就去查閱相關資料，了解到再大一點的小孩是怎麼被墮掉的，那種內心深處被滿足的感覺簡直讓她四肢舒爽。

她以後也想幹這個，小孩就不應該被生下來，提前把他們殺掉，不讓他們來這個世上為大人受苦，才是對他們負責。

這是陸生生的第一個孩童夢想，但是很快就被家裡人給壓下去了，因為不管是家裡的男人還是女人，都不想讓她以後去當婦產科醫生，這和他們的規劃不符，他們希望她以後當腦科醫生。

陸生生憤怒了很久，但是最後她想到做腦科醫生或許可以切開人的腦子，那種爽感讓她心裡又平衡了一些。

可是她還是對幫人墮胎念念不忘。

陸生生知道林秋那個藏在山下破破爛爛的家在什麼地方，但她沒有直接去，而是和成績很好的班長一起回了家，她希望家裡的女人能同意她今晚住在班長家裡。

明天是週六，她想多和好同學交流，想去思考以後該怎麼提升成績。

女人同意了，她幫陸生生準備了全套的日用品和睡衣內褲，讓陸生生去好好放鬆一下，也不用一直學習，玩一玩沒事，玩過之後才能更好地學習。

陸生生就這麼走了，走的時候還故意轉移話題，沒告訴女人班長家裡的電話和具體地址。

她和班長玩得很開心，五點多吃過飯後，六點兩人一起去洗了澡。這時太陽還沒完全下山，陸生生穿著小裙子，看到正好四下無人，於是拿起班長家裡的座機電話放到了耳邊。

腳步聲越來越近，她開始對電話那頭的嘟聲說道：「嗯嗯，我知道了……沒事，我回去吧，沒關係媽媽，好的，我現在就走。」

掛斷電話的時候，班長已經捧著水果盤出來了，上面放著一串黑紫色的葡萄。

「怎麼了生生，妳要走了？」

「是啊，媽媽好像有事要去外婆家，讓我也趕緊回去。」

「可能是那邊有事。」班長遞了遞果盤，「要不妳把這些水果帶著路上吃吧。」

陸生生本來想說這麼重誰想提，可是一想到小狗狗平時都不買水果吃，於是便點頭同意了。

她帶上自己的行李，踩著夕陽的餘暉，往林秋那個破爛黃土屋的方向走了。

腳走得很痠，因為林秋家真的太偏遠了，陸生生走了將近一個半小時。

從學校往家走最多只要七分鐘的陸生生，實在無法想像他要上學的話，每天早上幾點就要起床。

這裡她只去過一次，大馬路她是自己走的，其他時候都是林秋背著她，她直到現在才知道為什麼林秋肚子上一點軟肉都沒有。

可能因為他要幹活，而且他每天來學校的時候，前後加起來有三個多小時都是在走路。

天色暗到已經看不清課本上的字的時候，陸生生終於看見了林秋的家，她心裡的怒氣已經被終於到了的欣慰給磨沒了，回去的路她倒一點不擔心，反正往林秋身上一趴就行了。

她本來還在想該怎麼去敲門，沒想到林秋剛好端著水盆出來倒水，他赤著上身，穿著一條及膝短褲，不知道剛剛在做什麼，頭上濕淋淋的。

他像是端著水盆愣在了那裡，直到陸生生走到他面前往他身上一倒，他這才騰出手來勾住了她。

「有熱水嗎？我想泡泡腳，我快痛死了。」

「我幫妳燒水。」他放下水盆，打橫抱起陸生生，把她放到屋內靠左邊的一張竹床上，然後拉亮了燈。

這老燈泡的照明效果也就比外面稍亮了一點，燈泡上面積滿了蜘蛛絲和灰塵，陸生生看著地上被壓得很緊實的黑泥土，又看了看他家堆的一些很像撿來廢物再利用的瓶瓶罐罐。

牆上有個老氣的手撕小掛曆，還有個印著美女跑車的大掛曆，黃土磚砌出來的牆壁，怎麼看都像是會往下掉灰的，她抬頭看了眼蚊帳上面，果然有幾片不明碎屑。

真的好窮。

陸生生心裡除了嫌棄還是嫌棄，她眼角餘光看見屋子正中央那張特別高的大木桌上掛著一張遺照，上面用破杯子插了幾炷香。她懶得過去仔細打量，索性就往竹床上一躺，盯著那幾炷香緩緩燃燒。

林秋燒了水，從外面進來關上門，他蹲在旁邊點了盤蚊香，然後又去另一邊點了盤蚊香，最後還在陸生生躺著的床邊也點了盤蚊香。

「你想燻死我啊？」她有些刻薄地冷著臉問。

林秋坐在她腿邊，看著她，溫順地道：「山腳下面蚊蟲很多。」

陸生生抬腳踩在了他硬硬的手臂上，然後又滑過去踩他的乳頭，用腳趾甲去摳。

他一手握住了她的腳，看見她白嫩的腳上與地面摩擦的地方有了要起水泡的痕跡，眉頭皺了起來。

「妳怎麼現在過來了？不回家了嗎？」

「我跟家裡說去班長那裡過夜，然後跟班長說家裡叫我回家。」陸生生得意地把腳從他手裡掙脫，繼續踩他，從胸口到肩膀，到他脖子、嘴角、臉頰。

林秋側過頭想去舔她的腳，陸生生直接把幾根腳趾頭塞進了他的嘴裡。

「聽說你奶奶死了。」她邊動著腳丫子在林秋嘴裡亂攪，邊感受著他舌頭貼著她腳趾遊移溫暖又滑膩的觸感。

他雙手捏著陸生生的腳，點點頭。

「那挺好啊。」陸生生又把白嫩晶瑩的腳趾往他嘴裡多塞了幾根，玩得很開心，人也笑了起來，「你看要是你奶奶在這裡，我要怎麼和狗狗玩？」

狗狗終於只是她一個人的狗狗了，陸生生心裡其實想的是這個，她有種獨占了林秋的感覺。

她想讓狗狗完全屬於她一個人，但是這種擁有絕不是雙向的，她還是她自己的，但林秋只能是她的。

他要乖，要聽話。

陸生生把腳抽出來，下床從自己的行李裡翻出一本比巴掌大一點的書，坐在林秋的大腿上，靠在他完全可以包住她的胸膛前。

「你看這個書，我偷偷從張磊那邊拿的。」

封面上是一個坐在單人沙發上坦露雙乳，雙腿大張的黑髮女郎，旁邊的綠植遮住了她的私處，書名叫小姨的香味。

「你說她有我香嗎？」陸生生一臉天真地抬頭看著林秋，林秋的呼吸都重了，他心跳得極快，胯下的東西已經硬到開始青筋抽搐。

懷裡女孩清新的髮香，還有皮膚上的奶油甜味，好像磚頭一下又一下地重重往他頭上掄。

「生生！」林秋忍不住，喘出了一直憋著的那口氣，用力去吻她下顎和耳垂，舔她柔軟的唇瓣和嘴角，用舌頭往她嘴裡鑽，想把她壓到床上去。

陸生生被他突然的強硬給弄傻了，她伸手用力隔開了他的臉，他還是不顧阻擾地想湊上前親她。

她直接狠狠打了他一巴掌，林秋臉頰火辣辣的，終於清醒了幾分。

陸生生感覺自己剛剛被林秋那麼強來地親了一親，腿間也有些怪異的痲癢了，想讓他幫忙揉一揉。

她非但沒有讓已經有些臉色發白的林秋滾，反而更親密地抱著他調整姿勢橫坐在他大腿上，她往他懷裡窩了窩，雙腳規矩地並排踩在竹床上，收回手來把書給翻開了。

第一頁就是男人趁女人睡覺的時候姦淫她的描述，整頁的豐乳肥臀和嗯嗯啊啊。

內容大概就是姐夫趁夜和小姨子偷情，他舔女人香唇和嫩舌，吮她彷彿櫻桃點在奶油上的乳頭，揉她白嫩柔軟的胸部，然後分開她的腿，用舌頭去吸她下體的多汁肉洞。

陸生生看得眼睛有些乾澀，上次林秋舔她腿根害她內褲濕掉之後，她就開始對這些事感興趣了。這本從男同學書桌抽屜裡拿走的淫穢讀物，她已經在被窩裡打著手電筒從頭到尾看四、五遍了。

每次看完，下體都會濕，她邊讀這本書邊用手指蹭腿根的地方，可是不管怎麼摸都感覺差點什麼，夾被子蹭也不好玩。

她想找個沒人的地方和林秋脫光衣服互相抱著，就像書裡寫的那樣，讓他想辦法把她的那裡再弄濕一次。

她很好奇，他要是把雞雞放到她下面那個叫做「小穴」的東西裡，她的身體到底會有什麼樣的感覺？

陸生生又往他懷裡擠了擠……滿腦子都是好想現在就扯下裙子內褲來和林秋蹭，可是她以前都沒做過這些，心裡又有點說不上來的緊張和害怕。陸生生尤其喜歡讀龜頭在汁水橫流的蜜穴入口蹭動的描述，大肉棒就蹭蹭但不整根插進去，只進去一個龜頭就又馬上拔出來。

因為小姨子是個處女，陸生生看到整根進去之後痛到流血，很害怕，所以就不敢往那方面去想。

「狗狗，你有沒有看過這種書？」陸生生翻了一頁，又抬頭看著林秋。

他的臉上除了被她打的印子是格外紅以外，耳根和脖子都是更曖昧的那種紅。

他搖頭，過會兒又道：「但是以前撿垃圾的時候，翻到過一個袋子，裡面有很多光碟片，盒子上有做這種事的圖。」

「你撿回來了？」陸生生最近對這些好奇極了，她想看別人是怎麼做的。

「沒有。」林秋搖了搖頭。

陸生生覺得有些沒趣，她在林秋腿上動了動想調整姿勢，突然就聽到他發出了很悶又很奇怪的聲音，她皺著眉，又動了一下，被他抱緊了。

「生生，別動。」他嗓子都啞了，本來就在變聲期，聲音很難聽，現在更難聽了。

「你敢命令我？」陸生生雙手勾住他的脖子貼著他，手裡的書一下沒捏住，掉到了竹床上。

「我去看水燒好了沒。」他幾乎是把她扔在了床上，起身跌跌撞撞地還扶了一下桌子，到外面另一個貼著主屋修砌的小屋裡去了。

陸生生被他扔在床上，手肘磕得疼，她生氣地穿上鞋，往外走了沒幾步，就看見那個火光跳動的小屋子裡有個黑乎乎的人影。

她借著月光和火光跨過門檻，摸進去一把將那人影抱住了，她的手臂不小心蹭到了什麼，林秋用力抓住了她的手腕，但是陸生生更快的意識到了。

她一手抓住了那個東西，一手在他緊實的小腹上摸，沒有摸到褲子。

「你跑到這來脫褲子？」陸生生揉搓著手心裡滾燙的硬物，她的虎口蹭過最前端，帶下了一些黏糊糊的液體，揉搓的動作變得更滑膩。

林秋喘得厲害，他發出了很壓抑的聲音，有點像啞巴被逼急了的那種嗯嗯聲，他彎下了腰，手也緊緊抓著陸生生纖細的手腕。

陸生生的眼睛逐漸適應了火光，她看見自己身前的人背部肌肉震顫得很用力，一塊塊的起伏，蝴蝶骨在微微顫抖。

好像是自己欺負了他，他正背對著自己哭泣。

陸生生更快地幫他揉了起來，她另一隻手探到下面去玩他兩顆被包裹著的小球，裡面滑滑的，還沒幾下，一股液體就從他的硬物裡噴射出來，濺到燒水的黑色柱形鐵鍋邊緣，澆到了燒成紅炭的木柴邊緣，發出刺啦的炸裂聲響。

第一股噴完之後，他還沒射完，但是一股比一股短促，最後那點都流在了陸生生的虎口上，順著往下淌到了她的手背上。

陸生生想起小姨子那本書裡，男人每次看見女人往外噴水都會說一些羞辱的話，於是她也慢慢揉著林秋依然堅挺的陽具，沒什麼感情地學著說道：「都噴水了，你就這麼欲求不滿？是不是不玩你就受不了？」

林秋還在大口的呼吸，他握住了陸生生抓他陰莖的手，眼眶發熱，有滾燙的液體在眼球上朦朧地裹了一層，火色一照就變得格外閃爍。

「生生……」他哭腔很重，陸生生發現他那根東西又抽搐了幾下，就像有生命的活物一樣，在渴望她。

她莫名覺得好噁心，想鬆手，卻發現自己的手還被他給用力抓著。

「賤不賤？快鬆手，你先把身上的腥味洗了再碰我。」

「生生……」林秋不知道怎麼了，居然低著頭放聲大哭起來。

陸生生本來還想繼續罵，但是罵了幾句之後發現林秋哭得更厲害了，心裡就有點不知所措，還有點心虛起來。

「我不就說了你兩句，有必要哭嗎？我在家裡被那麼說我都沒哭過，我媽說養我還不如養貓貓狗狗，你……你看，其實我覺得在我媽心裡我可能連貓貓狗狗都不如，你在我心裡好歹還是條狗，不對，是愛寵、愛寵！」

「你地位不是比我高多了嗎，我都沒哭，你哭什麼？」

陸生生本來想說你信不信我也哭，可是她醞釀了一會，怎麼樣都哭不出來。畢竟她從小到大哭的次數屈指可數，她實在很難說哭就哭。

林秋還是哭，陸生生只能從他哭聲中壓抑的破碎話語裡聽出他想表達的內容。

他說，我奶奶也沒了，我真的變成孤兒了。

陸生生只能慌不擇言地說，你還有我啊，還有我不是嗎？

同樣的話他重複了好多遍，陸生生說的嘴都乾了，最後索性靠他身上不動了，任由他慢慢哭。

本來就是燥熱的盛夏，她被抓著貼在一個渾身熱氣的男生身上，還隔著他烤了好久的火，人都快要被熱融化了。

最後她額髮濕濕地貼在腦門上，有氣無力地對林秋說道：「你再站這裡，我就要中暑了。」

林秋這才回過神，連忙打橫抱著她，把她帶到了屋外去。

外面的溫度一下就比裡面降了十幾度，陸生生在夜風中感覺到了涼爽，慢慢又活了過來，她抬眼看著天上，發現居然有漫天繁星在閃爍。

「生生，我去兌水給妳洗澡。」

他有點小心翼翼，知道自己把她弄得髒兮兮，她整個人都出了一身汗。

陸生生沒理他，就坐在這個大樹墩上，撐著下巴看星星，吹山風。

過了一會兒林秋提著水出來了，陸生生人也緩得差不多，她伸手去試了一下溫度，差點就叫出來了。

「你有毛病嗎？這麼熱的水是要燙死我？」

陸生生小的時候經常被女人逼著洗能燙紅皮膚的澡，她被燙到大喊大叫，可女人就是不願意幫她加一點冷水，拽著她的胳膊說不燙，再涼一點會感冒。

每次陸生生洗澡都很害怕，像在行刑一樣，後來能自己洗澡之後，她就再也沒讓女人碰過她。

林秋被罵的連頭都不敢抬，那麼大的個子站在她身前硬是給人感覺還矮了一頭，陸生生看他不敢動，嘖了一聲：「去兌涼水。」

林秋又拎了一桶涼水出來，他兌一會兒，她試試溫度，最後林秋兌了小半桶涼水，水溫直接變成三四十度的溫水，她才滿意地叫了停。

陸生生起身將背轉向林秋：「幫我拉下拉鍊。」

林秋本來想進屋了，他猶豫了一下，才撩開陸生生的頭髮，捏住她的裙子拉鍊往下拉了點。

陸生生發現他沒動作了，自己伸手去摸了一下，發現才拉了四分之一。

「全拉下來啊。」

她過來就是為了和林秋蹭的，現在還什麼都沒幹，她不可能因為林秋哭了就放過他，放過他的話她的壓力就沒地方發洩了。

林秋硬著頭皮把她的裙子拉鍊都拉下來了，陸生生也直接把兩邊的肩帶都扯開，裙子脫了掛到林秋身上，接著她又脫了在月光下看起來顏色很溫柔的學生內衣，只剩內褲還穿在身上。

雖然胸部還只發育了一點，可脫了內衣後，陸生生還是覺得有點害羞，她長髮垂在胸前，像是怕冷一樣用手擋著，林秋的視線一直黏在她白皙纖細的身體上，眼睛都看直了。

要不內褲還是不脫了吧……

要不還是叫他進去吧……

陸生生糾結極了，她有點局促，甚至咬起了下嘴唇，最後還是那個蠢蠢欲動的念頭占了上風。林秋不過是她養的一條狗而已，她讓他做什麼他就得做什麼，他不敢不聽她的話。

於是她膽子又大了起來，脫掉內褲，赤裸裸地走到他面前，拿起自己的內衣拉成條攔在他眼睛前，多餘的部分在後面打了個結。

「來幫我洗澡。」

林秋肩上掛的裙子被陸生生拿開放到一邊，他手裡接著又被塞進他拿出來的毛巾，陸生生的聲音在他耳邊響起：「不想我感冒就快點。」

他一聽見這個就更緊張了，連忙彎腰把毛巾浸濕，扶著她的肩膀，在她背上擦洗起來。

陸生生自己抓著長髮，林秋就像不知道該怎麼洗澡一樣，永遠都在那一個地方搓，她覺得再這樣下去恐怕就連身上的汗都洗不乾淨，所以直接拿過他手裡的毛巾，把他的褲子脫了。

那根醜東西已經抬起了頭，正對著她，陸生生直接浸水提出毛巾擦洗他的身體，洗掉了汗水和灰塵，從胸口到小腹，再到下面那根硬挺的陽物，還有筆直的腿間，她都幫他洗了一遍，最後又走到他背後，幫他洗了背、腰身、臀胯。

身材是真的可以，就是他老愛躲。

陸生生盡量無視林秋的心跳聲和身體的顫抖，裝作無事地把毛巾又遞給他，扯下了他臉上的內衣，說道：「重新兌水幫我洗。」

林秋這次沒有不敢了，他赤裸著回去重新兌了熱水出來，站在陸生生身前，面對面將她半摟在懷裡，手伸到後面去洗她的背。

陸生生有好幾次都要貼到他身上去，她都盡量穩住了，當林秋開始彎腰洗她臀部和腿根，那雙手終於在她臀肉上撫摸起來，陸生生還沒來得及躲開，就被他給圈到懷裡抱住。

他大口呼吸，用那種很啞的聲音輕輕叫她名字，手指揉她小屁股的同時，還探進她的股縫裡去觸摸後穴，陸生生羞得想打他，可身體就這麼毫無縫隙的和他緊貼著的感覺又讓她流連忘返。

他的食指和中指從後面摸到了前面，觸摸的同時他又用另一隻手擠了一下毛巾，水液從她腰上順著一路往下，流到了她被兩根手指撐開的小穴眼。

「你怎麼會做這些的？」陸生生不滿自己身體好像被他給控制了，語氣聽起來有些生氣。

「做哪些？」林秋低頭看著她，他其實很緊張，嗓子都在顫。

「你摸我。」陸生生面無表情的樣子很冷漠，林秋立刻把手從她腿間拿出來了，他粗糙的指腹還殘留著軟嫩到極致的觸感。

「生生，對不起。」

陸生生從他手裡拿過毛巾，沉默地蹲下來自己洗了一下，林秋就只敢像隻做錯事的大狗狗一樣站在她身邊。她把自己脖子和耳後也都洗了一下之後，直接進了他家，又上了他的床。

林秋進來的時候，陸生生發現他還穿了褲子，她把發黃的厚蚊帳放下了，林秋關上門，也不過去，就坐在旁邊的椅子上。

她沒吃晚飯，想起了班長給的水果，放溫柔了聲音，開口道：「狗狗，幫我把那個紅色的小袋子提過來。」

剛剛還一臉自我厭棄的林秋，聽到陸生生叫他，立刻就拿著袋子過去了。

見他只把手伸進了蚊帳裡，陸生生直接抓著他的手把他拉了過來，「到床上來餵我。」

她指的是袋子裡的葡萄。

但是林秋的喉結卻難耐地滑動了起來。

「要不要關燈？」他幾乎是有些糾結地問了出來，陸生生讓他躺在那裡，自己就這麼大喇喇地裸著坐在他腿上，靠著他胸口，又拿起那本小黃書翻了起來，「不關，還要看書呢。」

她找了個最舒服的姿勢，在比外面還要暗的情況下看起了書，「餵我吃葡萄。」

林秋真的開始乖乖餵葡萄給她吃，她看的淫穢色情內容他也完全可以看到，女孩有些微涼的身子異常柔軟，好像要沉到他的骨骼裡去一樣。

陸生生吃完葡萄肉，會從嘴裡把皮吐到掌心再反手餵給他，他幾乎是有些眼巴巴地等著舔走她那混含著她口腔溫度和唾液的葡萄皮。

下面那處越脹越大，身體也越來越熱了，勃起的性器貼在陸生生的尾椎骨上，她在書裡看到自己喜歡的地方，突然拿起來對他說道：「狗狗，你看，這個人幫她舔下面，她看起來好舒服。」

「我也可以幫妳舔。」他聲音都啞了，說話時像是胸口被什麼狠狠碾壓著一樣。

「你想舔我下面？」

他臉上很熱，沒說話，只是點了點頭。陸生生想了一下，起身躺到另一邊，用被子墊著頭和背，把腿朝著他分開。

她還在看書，林秋卻看見了她不被任何衣料掩蓋的鮮嫩小穴，她剛開始發育，下面的毛非常稀疏柔軟，林秋趴跪在她身前，近距離痴痴地看了好久，最後才用兩根手指完全撥開了她的蜜穴。

裡面濕淋淋的，透著水潤粉嫩的光澤，他像是受到某種蠱惑，貼上去伸出舌，曖昧地從下至上一路舔了過去。

陸生生纖細的雙腿夾緊了他的頭，林秋舔得更認真了，他埋在她雙腿間，呼吸極為低沉，從一開始的克制舔舐，到最後就像是饑渴的野獸在她腿間軟肉裡放肆汲取甘露。

她感覺身體裡那種麻麻癢癢的感覺變得更強烈了，來回抓林秋的頭髮，腿也合不攏，又羞又舒服。

「好了，不准舔了！」陸生生有點緊張地說道，「你重新坐著，我要換個方法來蹭。」

林秋果然沒有在她腿間私密處多停留，他將從她穴裡吸出的水液都吞了下去，很乖地重新坐了回去，胸口還在因為急促的呼吸而起伏。

陸生生坐在他面前，伸出手指撥弄了一下他又開始往外冒水的雞雞，坐在他面前分開腿搭在他的大腿上。

她幾乎要貼到他身上去了，微微挺著背，手放到兩人下面，用他那根硬物去不太精準地反覆摩擦自己的小穴。

下體接觸到的是和她手指完全不一樣的溫度，陸生生想到這是她狗狗的體溫，身體就像是要被融化了一樣。她完全將額頭搭在了林秋的肩上，看著下面正緊密摩擦的兩人私處，耳朵微微發熱，心裡有種很癢的情緒正在搔動著。

狗狗的雞雞好大，還有點往上翹，她要用手壓下來才能讓他流水的小孔正對著她流水的地方，她還想跟他更親近一點，於是抱著他的腰挪動屁股往前面坐了一些，身子全都壓在他身上。

龜頭在她刻意的來回試探間，有好幾次都無意地陷入了已經濕滑到不行的柔軟肉洞。

「生生！」林秋喘著，抓住她的手，臉上充滿哀求，不知道是讓她不要做，還是做得再徹底一點。

陸生生沒管他，直接抽出自己的手將他推到床上，趴在他身上親起了他的嘴。

林秋整個人都僵住了，也不再亂動，她就又坐到了他身上，像書裡寫的那樣，用自己的小穴壓在他陰莖上來回滑動。

那根硬物在她腿間的存在感很強烈，她坐不下來，屁股只能勉強碰到他的腿根。

「狗狗你下面好大，書裡說大的插進去會很爽。」陸生生貪心地想要他的大雞雞，但是她又害怕。

「生生妳……妳別說這種話。」他的臉已經紅到要滴血了，手擋著嘴，側著頭都不敢直視她。

「為什麼不能說？你是我的狗狗，你哪裡都是我的，所以你這裡也是我的。」她心情莫名特別愉悅，用指甲在他的前端輕輕刮了兩下，引得他又發出了那種很軟很委屈的聲音。

她好喜歡聽他這麼叫，這聲音跟他平時說話的聲線不一樣，讓人想欺負。

「狗狗，你一叫，我下面的水都要流到你身上了。」

他咬著嘴不叫了，陸生生繼續折騰他，他最多也只敢發出悶悶的哼聲。

她壞心眼地去揉他下面的兩顆蛋蛋，他終於忍不住了，這次像是要哭了一樣，帶著鼻音求她：「生生，妳別玩那裡了。」

「誰讓你是條壞狗狗，越玩你這裡越腫。」陸生生在書裡學了一堆調情的話，她撐在他身邊，長髮柔順地垂在他的臉上和胸口上，笑吟吟地用剛在他龜頭上蹭了淫水的手指去插他的嘴，「你這裡騷的不行。」

林秋在發抖，他幾乎是有點饑渴地舔著她放進他嘴裡的手指，攬著她的腰，在她的屁股和前胸來回摸著，陸生生這次沒推他，由著他摸。

他熱切渴求她身體的模樣大概打動到陸生生了，陸生生又低頭去舔了舔他的唇，慢慢擠出唾液流到他的口腔，看著他都吞下去之後，她突然好想和他做書上寫的會讓女生爽到天上去的事。

「你今晚好乖，我允許你的雞雞插一截到我下面去。」說著她用手指比了一個龜頭的長度，長髮隨著動作變換，在他身上換著法撩撥，「你只能進去這麼多，可以嗎？」

「好。」少年的臉已經紅到要滴血了，他頭上在冒熱氣，呼吸也相當急促。

陸生生心想，他看起來怎麼更像是待會兒要爽到天上去的人？男生插進去也會很爽嗎？

「狗狗。」陸生生的手還放在他身上，雖然知道待會可能會發生什麼，但她依然對這件事感到迷惑，「插進去的話，我要怎麼做？」

「妳重新躺回去，就躺剛剛我舔妳的那個地方。」林秋在這種事上想法比陸生生要成熟，陸生生的全部經驗都來源於不久前讀過的那本書，林秋卻早已對她有了不齒的想法。

陸生生不疑有他，分開腿又躺回去了，林秋壓到了她身上，手指摩擦著她的下巴，開始吻她的耳郭。

「為什麼親我這裡？」陸生生覺得癢想躲開，林秋卻一直追著她吻。

「親一親妳就不會那麼緊張了。」

他的聲音幾乎就貼著她耳根響起，完全是屬於異性的聲音，陸生生不適地瞇起眼睛，她終於知道自己每次熱乎乎的在他耳邊跟他說悄悄話，他是什麼感覺了。

心裡難受，耳朵又癢得厲害。

陸生生被他壓著，手有點沒地方放，只能摳著竹床間的縫隙，林秋把她右耳舔得濕濕的，然後又下來親她的脖頸，輕咬她下巴上的皮肉。

「別、別咬。」陸生生聲音都顫抖了，她說道，「會被人看見。」

林秋悶頭繼續舔她，又一路撐著床吮吸到了她另一邊的脖子和耳垂，到她耳朵邊上的時候，他才輕輕「嗯」了一聲，牙齒蹭著她的耳垂，對著她耳洞吹氣，「不咬妳。」

陸生生莫名有種他是她哥的感覺，好像他一直在關照她，明明他就只是她養的一條狗，他憑什麼做出這樣的姿態來！

她心裡又氣又亂，想抬腿踢他，可那條亂蹬的腿卻被他抓住腳踝，壓了起來，她的私密處完全面對著他的勃起。陸生生發現自己心跳急速上升，尤其是他吻她鎖骨，然後用那根噁心的東西在她的下面前後滑動時，她簡直都要發抖了。

「林秋！」她終於叫出了他的名字，很難察覺到的發顫尾音裡帶了一絲求饒的味道。

林秋還在蹭她下面，他開始吸她小小的胸，同樣很小的乳尖彷彿米粒一樣，陸生生伸手去推他，但是被他握住手腕扣在了頭髮邊上。

「林秋，你……你……」她不知道該說什麼才好了，但是那點帶著恐懼的哭腔變得越來越濃。

林秋終於抬頭看她，他臉近看也好看，五官沒有表情，但是眼神很深邃，長相在朦朧又黯淡的光線下顯得輪廓感極強。

他什麼時候變成這樣的？一點以前的模樣都沒有了。

陸生生這一刻以為自己是在看著一個陌生人，他每次用這種眼神看著她，她都不敢和他對視，有種自己馬上就要被他綁住藏到箱子裡的恐懼感。

但她要是不開口，這種沉默會永遠持續下去，陸生生胡亂嚥下口水，聲音顫抖地問道：「你、你還是我的狗嗎？」

他慢慢俯下身，用額頭貼著她的額頭，蹭著她微翹的鼻尖，一眨不眨地看著她的眼睛說道：「我永遠是妳的狗，」

他好像還有好多話要說，但最後都只是被他自己封在了微顫的嘴唇裡，陸生生伸手揉了揉他的唇，抬頭向他索吻，「親我。」

林秋立刻就壓了上去，狂風驟雨般一口一口汲取著她小嘴裡的香甜滋味。

陸生生被吻到連聲音都發不出來了，她第一次這麼認真的和林秋接吻，要不是最初那瘋狂的索取過去之後，他變得極度纏綿又溫柔，陸生生恐怕真的會對這個有些神經質的吻產生心理陰影。

他粗糙的手掌在她身上摩擦，去擠她沒怎麼發育的胸部，陸生生發現親嘴比親耳朵更有感覺，她不停來回搖晃著雙腿，想自己去夾，可是林秋還卡在她腿間，她壓根合不攏腿。

他把陸生生的口水都親出來了，然後又把她的臉給舔乾淨，陸生生嫌棄地說了一句：「你髒死了。」

他又開始親她嘴巴，像是想把自己的髒也過渡給她。

他們抱在床上親了好長時間，陸生生下面肉洞裡流出來的水都已經淌到竹床上去了，林秋的下體被蹭得濕漉漉，已經極度潤滑，他放開她的嘴唇啞聲問道：「還要我放進去嗎？」

陸生生抽了口氣，其實她今天已經和林秋蹭得很舒服了，而且她感覺時間可能也不早，該睡覺了。

但是少了把大雞雞放進去的這一步，總感覺少了精髓，書裡每次都是寫雞雞插到最裡面，女人才會爽到嗯嗯啊啊。

她還沒有嗯嗯啊啊的叫，她也想看看自己要是被林秋插了，會不會變得那麼激動，她覺得她肯定是不會的。

「我只要你放進去前面那一小截。」

「好，就放進去一截。」他直起身，把她的屁股墊得更高了一點，身體前傾，用龜頭去戳她最下方的那個小洞口。

陸生生感覺有些害怕，手放到下面去開始揉起了自己最舒服的地方，她看書裡說這個小點應該叫陰蒂，照鏡子之前她一直以為小陰唇就是陰蒂，後來發現弄錯了，所以摸起來才會一點感覺也沒有。

林秋在她流水的洞口來回摩擦了幾回，然後挺動腰身將那一小截龜頭給插進去了，關鍵是潤滑做得太好，陸生生明顯感覺到了有異物入侵自己的身體，卻不覺得痛。

還沒等她說什麼，林秋就又把那根抽出來了。

她那一瞬間加快了揉自己陰蒂的速度，腿也打得更開了，當林秋又開始在她穴眼上蹭的時候，陸生生不再揉陰蒂，而是合攏自己饅頭片似的飽滿外陰，夾住了林秋的傘狀龜頭，想讓他多在這裡蹭蹭。

他摩擦著她的小陰唇和洞口，呼吸急促，就像在跑步一樣，慢慢地，又將那前端往她穴裡擠進去了一次。

「痛不痛？」他張嘴時嗓音啞得厲害，有在強忍著的感覺。

陸生生嗯了一聲，「就是進去的口那裡被撐得有點痛痛的。」

「那停不停？」他又問。

「不停，繼續做。」陸生生說著騰出一隻手去把那本書翻出來，說道，「你看，人家都可以插進去很多，你才進去了那麼一點。」

林秋聽她清脆稚嫩的嗓音說這些貶低他又很色情的東西，腦子都快炸了，他的腰比大多數男人都動得好，好像不會疲憊一樣，在陸生生手指的收攏中，用力在她陰唇裡穿插摩擦著，時不時還會頂到她的掌心，他用龜頭在她陰蒂上揉了好幾下，又一次插進了她的穴裡。

這一次他沒有只是進入一個前端，而是默默地多埋了一段進去，陸生生毫無察覺，她還在看那些淫穢書籍。

他把外陰抽動換成在陰道裡面抽動，極其小心敏感，不停尋找著更好深入的角度。她的入口一直都是火辣辣的，所以陸生生也沒有在意，林秋實在太溫柔，裡面根本就沒有什麼感覺，她也搞不清楚自己到底被林秋插進去了多少。

穴口被打出了白色黏糊的泡，那種火辣辣的感覺她也慢慢適應了，陸生生覺得她越來越能接受被林秋進去的感覺了。

雖然沒有很痛，但她明顯發現自己裡面夾著一個什麼東西，對方試著在她身體裡長驅直入，可她實在太緊了，那東西動得相當緩慢。

陸生生想伸手去摸下面，主要是去揉陰蒂的，林秋卻立刻按住了她的手，跪著伏在她身上慢慢動了起來，「生生，妳裡面好緊……」

他額頭上都是汗，看起來痛苦又難耐，陸生生不明白他到底是什麼意思，她雖然看不到，可是從其他角度看卻是一覽無餘。

少年粗長的陰莖已經完全嵌進了女孩的窄穴中，他的陰囊時不時還會撞到她的皮膚，幹得極其靠裡，徹底幫她破了處。

他被她夾得肉棒都近乎痙攣了，盤亙在上面的青筋在她密穴裡不停跳動，每動一下射精的渴望都要更強烈更野蠻。

陸生生看他的樣子很不對勁，但是她沒有經驗，不明白如果他全都插進去了，自己怎麼會一點都不痛。

「你到底進去了多少？」陸生生想掙脫他的手去自己摸，林秋直接單手將她雙手都壓到了頭上，想起她剛剛揉陰蒂自慰的樣子，林秋邊在已經沒吸得那麼緊的小穴裡上了馬達似地快速抽動著，邊配合著插幹的頻率節奏揉起了她的陰蒂。

他怕她一發現他全都插進去了，已經徹底地要了她，她會氣到再也不理他。

陸生生的身體慢慢變得奇怪了，她呼吸開始急促，想和林秋說話，開口卻發出了軟嫩又帶著懇求意味的呻吟，最後他操得越來越快，陸生生感覺所有的快感都在朝著林秋每次頂到的地方匯聚。

她的屁股在發抖，陰蒂也被揉得發燙髮熱，她顫著聲音喊道：「太、太快了……要……」

她不知道那種感覺算什麼，書裡稱它為高潮，可是她說不出口，那句話實在讓人覺得實在太害羞了……

陸生生腦子一片模糊，越來越強烈的酥麻感都去了林秋插得最裡面的位置，她的陰蒂也開始不行了，和她自己用手發洩時完全不一樣的感覺馬上就要來了。

陸生生喉頭一緊，呼吸急促，挺起身子放蕩地在床上嬌喘起來，蚊帳外面能看見一個影子正跪在床上賣力地頂弄著一具嬌小的身軀。

「嗯啊……太舒服了，嗯……哥哥……」

他原本壓抑到極致的表情在聽到她神智不清地喊出「哥哥」之後就突然守不住了。

少年操到肩膀都在熱氣中發紅，汗水直流，和突然到來的劇烈高潮一起在她的身體裡發洩了出來。

陸生生還在高潮裡，他的抽動就沒有斷過，直到往她身體裡射出了大量的精液。

她顫抖地厲害，大口喘息吞嚥著，像是脫了水的魚。

林秋拔出了雞巴，貼在她穴口，在她身上緩慢頂弄，吻她吻得像是要把她舌頭給咬下來含到嘴裡。

陸生生累了，她赤裸裸地抱著林秋，在山腳下的小破屋裡窩在他的懷裡。她雙腿白嫩，那彷彿剛出籠的白麵饅頭般的縫隙裡，還在往外流著乳白色濃稠精液，一股股的像是從饅頭裡擠出來的甜奶油夾心。

她一點都不擔心，反正她月經還沒來，她還是個小孩，她不怕懷孕。

陸生生不只清楚這一點，還知道林秋破了她的處，射在了她的身體裡。

但是這又怎樣呢？

她的身體本來就是她自己的，她本來就可以決定洗熱水澡的時候要不要再兌點涼水，她本來就可以決定長大以後要不要去當婦產科醫生，她本來就可以決定該用什麼姿態去面對這個世界。

她不想在二十多歲的時候和一個多金又有高學歷的男人在飯店大床房做這種事，她就是想在現在，在對性最好奇最渴望的這一刻，和她不排斥也不抗拒的男生在破破爛爛的竹床和蚊帳裡破處。

她以後還要繼續和他發生關係，還要繼續被他壓在身下挨更多次操。

又怎樣呢？

又有誰能管得了她？

第十章

陸生生長大了，今年十四歲，少女身高一百六十公分，非但沒有半點長歪的跡象，反而出落得越發美麗清純。

她唇色水紅，皮膚白而清透，是一看就從小嬌生慣養合理飲食培育出來的美人胚子，不再像小時候那樣長髮披肩留著瀏海，她剪短了頭髮，剛過鎖骨，可紮可放，家裡女人說這樣好打理，不影響學習。

追她的男生已經從本校排隊排到了外校。

家裡的女人讓她不要再對著男生笑，她越是對他們好，他們就越是覺得自己有可能。她讓陸生生冷臉，還親自帶她練習，糾正她語氣裡讓人覺得好接近的部分。

女人很焦慮，因為陸生生明年就要考高中了，她的目標只有一個，那就是縣裡最好的那所，她笑著給陸生生放了狠話，如果考不上的話，之後有她好看的。

陸生生聽了只想翻白眼，但她還是很乖地說：「我知道了媽媽。」

她回到房間，又開始切橡皮，過了一會兒，拿出在市場要的黏蠅板，用圓規戳爆胖蒼蠅的肚子，最後把黏蠅板合在一起，大片大片地捏爆它們。

做完這一切，她又把發洩的痕跡藏起來，去洗手間用洗手液洗了下手，坐在椅子上開始自慰。

陸生生想著林秋裸著身體在她身上低喘流汗，抓著她的腰奮力衝刺然後射精，越想越沒有要達到高潮的意思，或許去洗手間裡用假陽具插自己，假裝是他在弄，可能會好一點。

陸生生不想理他，她在生悶氣，她對林秋的忍耐已經快到極限了。

他好像是忘記了自己做一條狗的本分，她升了初中之後，沒過多久他也升了上來，他好像學得挺拚命的，而且年齡也確實大，就破例越了級，被分到隔壁普通班。

到初中之後就有人開始明目張膽地追陸生生了，她對那些人毫無興趣，可林秋總是沒頭沒腦地問她那個人是誰，為什麼她和那人說話還對他笑。

就連組織校園活動，她和男生班幹部一起走，閒聊了幾句，林秋都要刨根問底，他表現得很不喜歡，每次發生了那種事，他和她上床的時候都會弄疼她。

陸生生覺得林秋簡直神經病。

哦，他不喜歡，她就不要社交了嗎？

陸生生總有種被林秋威脅了的感覺，他就是覺得自己操了她，跟她上了床，整個人就有些飄了，一條狗還敢來管她每天在外面和誰說話？

所以他只要一說「妳今天是不是又——」

陸生生馬上就會回「是，沒錯，就是你想的那樣，滿意了嗎？」她毫不留情地懟林秋，然後把他推開，和他冷戰。

本來就很地下的在交流，只要陸生生不和他聯繫，他就再也沒有辦法去聯繫她。

讓人知道他和她有這種關係，是陸生生心底最不能被原諒的禁忌，他根本想都不會想。

他知道一旦越矩，那一切就都結束了。

而且她壓根不在乎他的事，如果他和某個女生有了傳聞，那她恐怕會更名正言順地扔了他。

林秋已經從很多細微的小地方感覺到了一種跡象，陸生生好像開始厭倦他了。

當然這種恐懼也並非空穴來風，在陸生生沒有理他的第四十八天，一次假期之後，他就沒有在學校裡再看見過她了。

當然，關於陸生生的消息也總是傳得很快，她轉學了，到縣裡最好的初中去準備中考，但是明年中考她還是會回來，她學籍還在這裡。

林秋就像丟了半條魂，之前勤工儉學地到處找活幹，現在活也幹不動了，之前每天很努力的讀書勉強爬到了中游，現在直接跌到谷底。

他很久沒和陸生生說過話了，現在腦子裡混混沌沌的，都是她以前抱著他對他笑的樣子。

有時候一覺醒來，他會把夢裡的事情代入現實，一恍惚才意識到，她已經走了，她不要他了。

是想和他徹底斷掉關係的那種不想要他，如果她還願意給他留一絲希望的話，她應該會提前把這件事情告訴他。

林秋一直在想這個問題，他還想找到自己和這個世界的其他聯繫，可他發現一旦陸生生沒了，他似乎也沒必要再存在下去了。

周圍的環境和一切都變得令人難以忍受，他陷入焦慮與抑鬱，退了學，縮回了小時候爸爸搭的那個小棚子裡，就連山腳下的黃土屋都不願意再去，因為陸生生也在那裡待過。

這是種被世界徹底拋棄的感覺，他無數次想去找她，但他怕到時候她會更加無法原諒他。

因為在陸生生看來，一旦外人知道他這種人居然和她產生了那方面的聯繫，她就完了。

他沒辦法從這個矛盾的怪圈裡走出來，沒有陸生生，他活得迷茫又不知所措，可是就這麼死了的話，他又怕她哪一天再回來找他。

這種狀態下，他每天吃的用的都縮短到了勉強夠維持生活的程度，之前攢下的一些妄想用來娶她的錢都花得差不多了，就像他的心也已經破碎到了即將無法修復的地步。

他根本就沒錢。

周圍的煙火鞭炮劈里啪啦放個不停，新年前幾天總是這樣從大清早就開始吵了，但是林秋蓋著夏天的被子縮在床上卻毫無反應。

棚子裡隱約透著點光，能分出現在是白天，卻分不出他到底睜著眼還是闔著眼。

外面有人敲門，敲了三下之後，禮貌地停了一會，過了一小會兒，又響了三下。

沒人回應，那人就自己搬開有點重的大木板，直接進來了。

她有些吃力地把那壓根沒連在棚子上的門搬了回去，擋著風，拎著年貨邊走邊打量著屋內，眉頭就沒舒展過。

「你住的地方怎麼一個比一個破。」陸生生手裡的東西都沒地方放，最後只能擱在地上。

她找了好久才在這棚子裡找到了床上的林秋，乍一看到那消瘦的背影，她以為他已經變成一具屍體了。

心裡咯噔了一下，好像下樓梯的時候一腳踩空了。

她摸了摸他的背，發現他身上涼得驚人，踩空的那一腳好像還在墜落中，她坐在床上，解開羽絨服包住了他。

隱約聽到了這個身體上還有心跳。

最後還是林秋接住了她。

「你怎麼把自己弄成這樣？」陸生生爬上他又髒又臭的床，他肯定好久沒洗澡了，身上的味道重得要命。

他不動，陸生生把他翻過來，去拿了吃的給他嘴對嘴餵了點，又餵了水，大概是嗆到他了，他咳嗽著終於醒了過來。

看到陸生生時，林秋只是眨了一下眼，然後就又側過臉縮成了一團。

陸生生等了他一會兒，在他床邊坐下了，說道：「你也就這點能耐了，光會窩著跟我鬧脾氣。」

「別人家的狗不管扔哪個犄角旮旯兒，自己聞著味都能找過去。你倒好，我就走了那麼點距離，又不是出了國，你差點活生生把自己給熬死。」

「你死了是一了百了，但我以後怎麼辦？」

林秋淚眼朦朧地轉頭看著陸生生。

本來還有一肚子等著說出來嘲諷對方的話，陸生生頓時都說不出來了。

「好了，才四個月，你別這樣。趕緊起來，躺在這等著被冷死？你能受得了，我可受不了。」

光看表情也不知道他正在想些什麼，他穿著那身爛布一樣的衣服，拿著她在家裡收拾出來的證件東西跟著她往外走。

陸生生戴了口罩，帽子，走了一會兒，她轉身去把他那身異常顯眼的外套給扒下來，脫掉自己的白色長羽絨服給他換上了。

再取下自己的帽子把他的臉一遮，總算沒那麼顯眼了。

她就穿著毛衣和加絨的寬褲，看起來身材很好，林秋走上前要把外套脫還給她，她拒絕了。

「你像個人就行了，不然這樣走在我後面別人老看我。」

於是林秋又把她的衣服給捂緊了。

陸生生好不容易走到馬路上，冒著冷風去攔計程車，林秋看著她顫抖的背脊和凍到發紅的手指，突然覺得她是真的把外人的眼光看得比什麼都重要。

明明那也是最讓她覺得痛苦的東西。

最後實在攔不到車，陸生生受不了了，眼角都冷出了淚花。她吸著鼻子跑過去把林秋身上的羽絨服拉開，雙手抱住他的腰，顫抖著緊緊貼在他身上。

「狗狗，快、快、我要冷死了。」

林秋把羽絨服給重新拉上了，他隔著衣服抱著她，沉默地低頭用臉壓著她的頭。他瘦了很多，而陸生生本來就苗條纖細，一件版型寬鬆的衣服裹著兩個人綽綽有餘。

「你知道這裡怎麼才能叫到車嗎？我想去、想去阿……阿噓，去找個旅館住。」

「妳是怎麼來的？」

「你鄰居那對爺爺奶奶，聽見我在跟超市老闆打聽你，說知道你在哪，就帶我來了。」

「他家有車，他兒子打工回來了。」林秋晚上能聽見隔壁有車子發動引擎的聲音，陸生生在他腰上捏了一下，可惜一把肉都沒捏到，洩不了憤。

「你不早說，我還得走回去！」

說著她又窩在林秋懷裡打了個噴嚏，恨不得鑽到他身體裡，用他的血來溫暖自己。

後悔。

問就是她很後悔，實在太他媽冷了。

陸生生滿眼淚水地想著，要是林秋不在了，誰來和她上床？誰來對她這麼包容這麼好？

男人都是狗東西，可他不一樣啊，他是家養的，是她親自從小養著長大的，就算他真是條狗，養這麼久，肯定也養出感情來了。

明明坐一個小時的車就能到她新學校了，最後還得她自己跑來找他，他腦子裡都想些什麼呢……

陸生生感覺自己緩過來了一點，男性的體溫到底還是要比女性的高出不少，直到快走回小棚子邊，陸生生才從羽絨服裡鑽出來。

好在這裡偏僻，否則不管誰看見林秋走路的時候身前還帶著個她，大概都會笑暈過去。

陸生生去敲門了，那家的爺爺奶奶和兒子果然都在過年，她甜甜地說自己是林秋的同學，想拉他去參加同學會，希望他能開車送他們一程，說著又塞了兩百塊錢，對方欣然同意。

陸生生沒去赤河鎮，而是去了相反方向的另一個鎮。這裡她只來玩了幾次，不熟，但她想要的也不是來玩，只要沒人認識她就好。

到地方之後，她直接去一家旅館開了大床房，急匆匆找到遙控器開空調，然後把林秋推進浴室，自己也擠進去，打算跟他一塊洗，順便幫他搓背。

她毫無顧忌地在他的注視下脫了毛衣，頭髮因為靜電有些飄浮，雪白纖細的胴體上還套著淡黃色的蕾絲內衣。

陸生生的胸部尺寸已經不適合學生內衣了，白嫩的乳肉填滿了薄罩杯。

林秋看著她褪褲子，兩條細細的帶子掛在她的鎖骨和削肩上，小腹因為彎曲所以擠出了一點皺痕，他想起學校裡的女生，大多數人胸口總會隔著衣服翹出一個內衣的形狀，但她沒有，她好像任何方面都很得體，和他根本不是同個世界的人。

陸生生脫了衣褲後抬頭發現林秋一直在看著她解內衣扣，有些幽怨地說道：「才多久沒見，你連我內衣扣都不會解了。」

林秋的喉結滑動了一下，他開始脫自己的衣服。

陸生生無意瞥過鏡子，兩人的膚色在暗黃的燈光下呈現出鮮明對比，就像麵包上的奶油一樣，他太髒了，過年了得幫他洗乾淨一點。

「你也就是身體好，這麼熬著才沒出事。」陸生生先去打開蓮蓬頭放了會兒水，看見水霧已經開始氤氳，抓著已經脫乾淨的林秋進了小隔間。

她就站在他身前，低頭在他身上到處抹水，看他原本因為幹活練出來的肌肉都要瘦成了皮包骨，心裡又酸又澀，好多次都張開嘴想痛罵他一頓，可最後嘴唇還是又抿了起來。

她一直擠他，就是想和他挨近一點，他卻老以為自己站的地方不對，跟著動，讓她挨不到他。幾回下來陸生生驚訝的發現自己鼻頭居然發酸了，她覺得自己有毛病，站在他身後，偷偷地想把那種哭意平復下來。

這有什麼，只要她願意，一聲令下他哪裡敢動？哭什麼！真丟臉。

林秋被她擠在那個小小的隔間裡，手撐著牆壁，額頭搭在手指上，陸生生瘋狂擠沐浴乳給他洗身體，臀縫裡都搓了兩遍，給他洗陰莖和睪丸的時候他連硬都沒硬。

她心想他只是太虛了，虛到整個人都沒力氣，誰知道他幾天沒吃飯了。

陸生生怕他暈，洗到一半又憂心忡忡出去打電話問旅館要外送餐廳名片，然後再進去幫他繼續洗。過了一會兒有人敲門，她裹著浴巾出去接了名片，回去的時候發現林秋正站在浴室門口看著她。

他眼神涼涼的，很深很有壓迫感，像是要把她胸口大片白嫩裸露的皮膚給扎出個洞。

陸生生稍微想一下就知道他在介意什麼了，老毛病，他見不得別的男人多看她一眼，更別說是只裹了條浴巾的她。

「是女老闆啦，剛才在樓下的時候你沒看見幫我們開房的是個中年大媽嗎？」

跟他分開許久，陸生生實在很想很想他，又看他這麼一副形銷骨立的落魄樣，說不上來的心疼，一時都沒再生起之前那些叛逆期特有的無差別針對了。

那段時間林秋沒去找她不說，除了不聲不響的輟學還一丁點在找她的消息都沒有，陸生生又煩又賭氣，覺得他翅膀硬了要上天了，自己用了快半年的自慰棒，可每次都欲求不滿，沒有睡林秋來得爽。

當然她覺得她也不是就為了睡他才決定來找他的，她就是努力考了個很好的成績，跟家裡的女人說想回老家看看那些好同學，那女人一時高興想著讓她回去炫耀一番，這才放了行。

她不是來看林秋的，她就是順便……好吧她就是嘴硬。

陸生生拉下浴巾，抓起林秋的手按在自己發育很好的胸部上，有些認輸地軟著嗓子道：「你從小揉到大的，兩個都是你的，就只給你看。」接著她輕聲細語地繼續道，「狗狗想吃什麼？我餓了，我想吃飯，你陪我一起吃好不好？」

林秋變得更沉默寡言了，陸生生不知道他在想什麼，但看他臉色，覺得他心裡好像滿難受的。

她點了一堆平時他喜歡吃的東西，還讓這家老闆去其他家幫忙帶別的吃的，談好了價錢，這才放下手機，回去幫他洗完澡又洗了頭，跟他一起刷牙。

陸生生讓林秋幫她吹頭髮，兩人在浴室的鏡子前站了好久。沒事做的陸生生就東看看西看看，林秋則不怎麼熟練地幫她吹著頭髮，手指在她頭皮上觸摸時感覺很輕柔，陸生生舒服得像隻被少年摸到要打盹的貓，這還是他們第一次做這樣的事。

她突然感覺自己錯過了很多，如果以後能和林秋一起生活，他一定還有更多小驚喜是等著被她發現的。在他身邊待著的感覺，果然比她在任何地方待著都要更愜意，真是太享受了。

可是每當她眼角餘光掃過鏡子，看到的都是對方鬱鬱寡歡的神情，就好像現在開心的只有她一個人，陸生生一時都不知道該怎麼辦才好了。

林秋不說話她就不知道他在想什麼，以前他是隻坦率又傻的狗，現在他是隻啞巴殘廢狗。

她頭髮好不容易乾了，就拉林秋上了床，空調屋裡暖暖的，她趴他身邊撐著下巴看著他，很鬱悶地跟他聊天：「我當時在叛逆期，一聽你說你是不是又跟誰誰誰說話，又看了誰誰誰，心裡就煩。」

「你也不是不知道我爸媽，我在家就像個木偶一樣連動個手指頭都得先讓他們同意，好不容易養了條心愛的狗狗，結果在家被父母控制，在外面還要被狗狗控制，你說我不會崩潰嗎？」

林秋還是沒說話，只是一臉憂鬱。

陸生生又伸手摸住了他的臉，貼上去軟軟地吻他，從他的額頭親到鼻尖、臉頰，然後是嘴角和唇瓣，最後她專注地跟他對上視線。

「我現在變得好很多了，真的。你開心一點，看你這樣我心疼。」

陸生生說著說著，感覺之前在浴室裡憋回去的淚又要出來了，林秋伸手抱住了她，把臉埋進了她的肩窩裡。

她感覺林秋快被哄好了，也懶得管眼裡的水，連忙再接再厲：「我沒有想過不要你，你別胡思亂想了。我就是鑽牛角尖，以後再碰到這種事你就來找我……不是，以後應該也不會再遇到這種事了。」

「妳還會回赤河鎮嗎？」他終於開口說話了，聲音嘶啞，有點嚇人。

陸生生嘆了口氣，「我不會回去了，反正你也輟學了，去縣裡吧。我在學校旁邊租個房子，有空就去找你，你老實點，就在那邊打打工什麼的。」

「可以在妳學校旁邊打工嗎？」陸生生讀的學校他讀不起也考不上，如果他能在附近打工，至少可以增加看見她的次數。

「好啊。」陸生生沒有拒絕，她也想多看見小狗狗守在那裡等她的身影，「狗狗，這段時間我真的很想你，你以後不要再隨便留我一個人了，你要好好吃飯好好工作，照顧好自己，我一看到你，你就要是好好的。」

明明是她隨便留他一個人在那裡，林秋還是感覺自己那顆死了的心又活過來了，他呼吸變重了很多，被陸生生壓住的時候，手也開始在她身上貪婪地撫摸。

他用力聞她身上難得跟他一模一樣的味道，摸她軟嫩的腰，摸她挺翹的屁股，摸她臀縫下隱祕而柔軟的肉穴，甚至還在她的鎖骨和胸口留下了齒痕和吻痕。

陸生生知道他想要什麼，伸手在自己細白的脖子上畫了一大圈，說道：「這個範圍都可以讓你留印子。」

林秋果然按捺不住開始親她了，陸生生抬起腿夾著他的腰，由他在自己身上為所欲為。她今年十四，林秋已經十六了，如果說她還不是很明白留印子的含義，林秋已經是扎扎實實地開始宣示起他的占有欲了。

他把她胸前吻出大片濕漉漉的痕跡，然後又去輕咬她的乳房，掐她的乳頭，陸生生終於感覺到了熟悉的溫度。

她把自己往他嘴裡送，和他在床上肆意縱情，容納他已經勃起的硬物插進她早已濕透的小穴裡，甚至還體恤他虛弱，翻過來爬到他身上打開腿與他交合。

她讓他躺著坐享其成地看她的穴來回吞吐他的性器，在他身上扭動腰肢晃著乳房，讓陰莖能充分沁潤她的身體。

快感在兩人身上電流般地傳遞，她伏到了林秋身上去索吻，屁股還在來回晃動，直到他用力掐著她的臀肉開始顫抖，她貼合著他的嘴唇對他說道：「射進去。」

於是他就一股股地射了進去，光看射精時間就知道這是他積了好久的量。陸生生沒高潮，她做得很累，腰痠，但心裡很舒服，至少他們之間還爽了一個。

她緩過了勁，伸手按住林秋的鼻骨，邊流汗邊喘氣地道：「平時你幹我的時候也這麼累嗎？」

「我不累。」他緊緊抱著她，和她專注地交換著視線。

「你多久沒射了？居然射這麼多。」她親眼看見自己一滴汗水砸在林秋的右頰上，有點想要吻他的衝動。

「不知道，生生，我忘記了。」林秋做了她想做的事，他先把她的頭按下來和她深入的舌吻，最後再將她壓到床上，不肯鬆口地又和她吻了好久好久。

陸生生吻到嘴巴都累了，她翻身到一旁休息，林秋從後面抱住了她。

剛剛那場性事來得快去得也快，從前戲到繳械投降還不到六分鐘。陸生生知道他身體虛，心裡一點想法都沒有，腿裡被他親密地夾進根陰莖的時候，還伸手把他的東西往自己小穴上按了按。

「生生。」他又開始叫她名字，陸生生現在不覺得煩了，也半點都不厭棄他，她很耐心的「嗯」了一聲，等他說話。

「妳什麼時候走？」

林秋聲音低啞，又是靠著她耳朵說的，聽起來有幾分低音炮的質感。

「我多陪陪你好了。」陸生生心軟了一次，她想了想道，「你多吃點飯，精神好一點，我和你去市裡的遊樂園玩，一起看電影，牽手約會，怎麼樣？」

林秋好一會兒沒說話。

陸生生轉頭去看他，發現他眼前一片水霧，在流眼淚。

「你哭什麼？」

他抓緊了陸生生要幫他擦眼淚的手，沉默地抽泣，哭得很凶，眼裡都有紅血絲了。

「我發現我流不出來的眼淚都讓你給流了。」陸生生貼上去舔走了他臉上的淚水，然後又去舔他眼睛，最後堵住了他的嘴，好不容易才壓住了他的淚腺。

「你別想太多，聽話的話，想要什麼我都會給你，你想和我光明正大的牽手、約會、逛街，這些都是可以滿足你的。你今天和明天多吃點，不要生病，身體好些就去怎麼樣？」

「好。」

陸生生點的外送十幾分鐘後終於到了，她付了錢，和林秋一起飽餐了一頓，然後就賴在飯店裡沒出去。

晚上她窩在林秋懷裡看電視的時候，家裡人打了個電話過來，陸生生瞎謅了幾句，掛了電話再回來時，只見林秋一臉緊張地看著她。

「沒事，你怕什麼。」她又坐回了林秋大腿間，躺在之前靠得舒舒服服的那個地方。

林秋把她抱得更緊了，一點也不願意鬆開的樣子，也不看電視了，在她的肩膀和脖子上舔來舔去，還蹭她奶子和下體。

「不能再做了，你身體虛，不聽話就去下面成人用品專賣店給你買鎖精環戴。」

林秋終於收斂了點，但還是控制不住地偷舔她身子。

陸生生沒在意，就看著電視裡的美國老電影，林秋不再抱著她，起身出來從她的肩頭一路吮到了她的每根腳趾。

除了癢癢的，她的心裡也麻麻的。

陸生生覺得這種感覺奇怪極了，什麼時候她也跟林秋一樣，變得這麼奇怪了？她看著他伏在那裡心無旁騖地吮她的腳踝和小腿，抿著嘴唇，很想和他做愛。

但是……

算了，她要及時行樂。

她拿腳去踩他翹起來的下體，林秋抱著她的膝蓋弓著身子任她蹂躪，陸生生分開腳趾把那東西抵在他自己的小腹上，上下搓動，就像在幫他手淫一樣。

「太騷了狗狗，你要是出去賣淫，肯定很多人都願意點你。」

他對她的羞辱毫無反應，要不是心臟越跳越快，耳朵脖子都越發變紅，陸生生都看不出他心裡在想些什麼。

「你這麼會舔，舔人身子的時候是不是滿腦子都想著要操女人？」

「我只想操妳。」

他真的很高，十六歲已經長到了一百八十公分的個子，陸生生對自己把一個小叫化子養成現在這樣還是挺滿意的，她張開白嫩纖細的腿，自己用手指分開穴，說道：「狗狗，來舔舔。」

他根本就沒有男性尊嚴被踩踏的自覺，上去就饑渴地舔出聲。陸生生呻吟著，時不時摸摸他的頭說狗狗好乖，時不時又說聲好爽來鼓勵他繼續。

舔了快十分鐘，陸生生也舒服了，放了林秋的雞巴進來操她穴，這次他不知道是不是吃飽了飯的緣故，抽插的時間久了很多，看來體力已經恢復得差不多了。

野獸一樣的年齡，癒合力極強，體力變態，真的很可怕。

陸生生被他搞得當晚高潮了兩次，第二天早上又做了一次，中午出門去吃了在頓陸生生看來是大補的飯，下午就去逛街，給林秋買了幾身行頭。

林秋雖然瘦了很多，但臉上血色好了也不醜，反而顯得輪廓更堅毅了，男偶像基本上也就他現在那紙片身材，穿上合身的衣服還滿好看的，是個衣架子。

陸生生幫他弄了個黑色鴨舌帽戴著，自己也戴了個一樣的，兩人一起戴著口罩在超市晃了一圈，最後去吃了個火鍋，又縮回了旅館。

訂了隔天上午十點的票去市裡，然後繼續羞恥地調教小狗，不停地做愛，抱著他睡覺。

再隔天，陸生生準時起來了，她在林秋赤裸的懷裡做了個美夢，醒來的時候心情特別好，可惜吃過早餐她就把那個夢忘得一乾二淨了。

她拉著林秋去坐車，路上太無聊了靠著他蒙著臉睡了一路，醒了也不動，就跟他扯淡，說自己在家裡被迫害的全過程。

他耐心地傾聽，她讓提意見才出聲說兩句，陸生生享受他懷抱的時候，總算有種這幾個月的積鬱和壓力被一掃而空的感覺。

她的狗狗還是那隻狗狗，好哄又聽話，總是用水濛濛的眼神專心地看著她，眼裡也只有她一個人。

陸生生跟他出了站，搭計程車去離遊樂園最近的地方，找了個旅館住下，接著在陌生的城市吃喝玩樂一天，第二天上午還是做愛，裸著身子抱在一起睡覺，中午才出門。

他們一起吃完午餐，然後就去了遊樂園，玩了過山車、自由落體、大擺錘、觀光列車、水上漂移。

大冬天的出了一身汗後，兩人又去坐了大摩天輪。

天已經完全黑了，陸生生在摩天輪上跟林秋調情，就差脫褲子做了。她玩心大發，跟他玩猜拳，輸了還耍賴一局，結果還是她輸。

沒辦法，誰叫她玩情趣不直接命令林秋幫她舔，非要衝著自己運氣不好的時候硬來，老天爺可沒有林秋那麼眷顧她。

跟他在一起這麼久，陸生生第一次伏下來跪在他腿間幫他口交，她低眉順眼扶著他的陰莖耐心地舔吮吞吐。在摩天輪一圈即將轉到底的時候，林秋滿臉通紅的難得強硬了一次，他壓著她的後腦射在了她嘴裡。

陸生生爽快地吞掉了他的東西。

林秋本來還擔心陸生生會不會因此生氣，但她壓根就連提都沒提，一副底線都不知道飛到哪裡去了的樣子，整個人已經玩嗨了。

她看見小朋友在騎五光十色的旋轉木馬，羨慕得不得了，非要拉著林秋一塊上去高高低低地轉了好幾圈。

下來後，兩人才慢慢悠悠地離開了遊樂園，到外面去吃了一頓肯德基。

林秋好像很喜歡垃圾食品的味道，不僅吃了漢堡，還幹掉了一個全家桶。

陸生生胃小，嚷著喊餓叫得最凶的是她，但其實真開始吃，她只吃了一點就吃不下了。回去的時候林秋牽著她的手，一起在路上消食，他淨往人多的地方鑽，兩人都沒戴口罩，感覺他就像是想讓全世界都看見他牽著的是陸生生。

「今晚吃的是不是不合妳胃口？」他突然問道。

「沒有啊。」陸生生說道：「鹹鹹的，油油的，特別香，我喜歡。」

「妳沒吃多少。」

「胃被餓小了，我開始發育之後那女人就控制我的飲食，她手裡一直握著本科學養豬指南，你懂的。」

林秋沒忍住笑了出來，陸生生在城市霓虹和路燈的光線下，看見他眼角的暖意像是把夜晚的濃霧都驅散了。

她突然想起了林秋的母親，如果她當年逃跑的時候帶了林秋一起，那這個少年現在是不是會有一段完全不一樣的人生？

他可能會住在一個這樣的城市裡，心裡或許有些煩惱，但和朋友們聊天說笑的時候更多，每次笑起來就像現在這樣，好看又生動。

他個子高，會不會去當運動員？會不會能寫一手好看的字，會不會自己養了一條寵物狗，而不是被人當成寵物來養……

陸生生有生以來第一次跟別人共情了，她不知道為什麼看見林秋笑了之後心裡會這麼亂，她很希望他以後能再多像這樣笑笑，明明他笑起來那麼好看。

「林秋。」她拽了拽他的手，骨節分明的，都沒幾兩肉，但是掌心裡又粗糙得很。

「嗯？」他轉頭對著她，發現她此刻看他的眼神異常柔軟。

「你做我男朋友吧。」她說出這句話之後，感覺心裡憋悶的感覺頓時好了不少。

林秋眼睛一眨不眨的，也不說話，陸生生又有點看不穿他在想些什麼了，她繼續道：「你先是我的男朋友，然後才是我養的狗。你知道我家的情況，我不能讓你認識我身邊的人，但我不會再去理其他異性了，因為你是我男朋友，我想聽你的話。」

遠處海面吹來的晚風有些涼了，風颳過了他的睫毛，像是因為不堪寒冷，所以他的眼皮才在不受控制地細微顫抖。

「你要不要我當你女朋友？」陸生生雖然才十四歲，但她想談戀愛了，她覺得她也差不多是在和林秋談戀愛了，畢竟談戀愛才能做的事，她幾年前就和林秋全做了。

只不過那個時候她就是好奇、叛逆罷了，什麼都不懂。

但現在陸生生覺得她應該都懂了，她知道得清清楚楚，明明白白，她就是喜歡林秋，只有身邊那些故作成熟的大人才會說她什麼都不懂。

小孩子懂什麼談戀愛，懂個球。

她想說，你們大人才懂個球，你們都懂，怎麼不去談個戀愛試試？一個個全跟身邊的人把日子過成這副德行，還好意思說我。

林秋伸手牽住了她，有點局促，還有點靦腆。

「生生，我真的喜歡妳很久了，小時候第一次看見妳，我就覺得妳不是我能碰得了的人，我也一直都覺得能在妳身邊當條狗就可以了。我知道我前段時間很僭越，妳生氣也有理由，妳……」

他頓了一下，眼皮抖得越來越厲害了，眼前又霧濛濛一片，表情卻還是正常的。

「不要給我太多希望，不然我會想要更多。」

陸生生皺了皺眉頭，心想林秋以後要是想公開的話，那她肯定完蛋，畢竟經濟基礎決定生活水準，她很大機率是過不了苦日子的，她也不是那種有情飲水飽的人。

「好吧，那當我沒說。」陸生生很認真地轉頭就走，只剩林秋還站在原地，肩膀不停發抖，按著額頭哭得壓抑又痛苦。

「你怎麼又哭了？」陸生生皺眉看著他，她覺得自己真的理解不了林秋。

她本意是想把自己打個蝴蝶結送出去讓林秋開心的，但他非但沒接受她的好意，居然還自己把自己給難受哭了。

他到底圖什麼，大家都開開心心的不好嗎？

陸生生只能折回去，俯身去看林秋的臉，越看越不知道該怎麼辦才好。主要是雖然她抓不到他哭的點，但看見他難受，她也挺不舒服的。

「好了好了，狗狗別哭了，我還在你身邊呀，你就先珍惜一下眼前人吧。我再過幾天就要回去上補習班了，到時候就沒時間見你了。」

林秋臉上全是淚，他明明才剛擦了一次，卻因為她說出口的那句話，眼睛瞬間又變得霧濛濛。

他哭得可真快啊，陸生生有點驚嘆地想著。

就和那種一兩歲的小孩子一樣，嚇一嚇他眼淚說來就來。

「你別哭了，都是我不好，我們不要在外面哭了，回去了好不好？」陸生生不停拍著他的背安撫他。

林秋強忍著那種想哭的哽咽感跟她一起往回走，不知道是想到什麼，回去路上也沒再跟她說一句話。

晚上她要和他做愛，他拒絕了。

陸生生氣了，脫光衣服撲到他身上去強吻他，扒他衣服，他強硬地把她按住了一陣，直到陸生生凶了他一句，他才收了一身力氣，自己縮在旁邊睡覺。

她鑽進被子，在他腿間給他口交了很久，親到最後她自己都睡著了。

第二天，林秋人就不見了，連句話都沒留。

陸生生被氣個半死，她出去找也找不到，在房間等了他兩天沒等到人，家裡又在催，只能收拾東西回去了。

她給林秋買的那些東西，也全被她扔進了外面的垃圾桶。

懶得管他死活了，又不是沒其他男生可選，她願意的話那些男的一個個都排隊等著當她男朋友，哪裡輪得上那個小叫化子？

陸生生回去之後暴躁學習，心裡一肚子火沒地方發，看見誰都像林秋，她根本就靜不下心來。

被補習班隔三差五的測驗和那對夫婦日日夜夜的威脅壓住，陸生生焦慮都無處發洩。

她冒著冷，大冬天去洗了個冷水澡，最後還渾身發抖地泡在了滿是冷水的浴缸裡，第二天起來就發了燒。

她迷迷糊糊在床上躺了三天，吊了幾天點滴，精神總算恢復不少，學習狀態也終於回來了。

陸生生每天都去培訓班，直到有一天，她在每天都會路過的一家西餅店裡看見了林秋。他在裡面打工，陸生生進去挑了一堆，然後二話不說就給了他一耳光，冷漠地把東西放到他面前。

「去結帳啊。」

旁邊的老員工上前就要指責她，林秋攔住了，一直說「沒事」、「沒關係」。

陸生生付過錢，眼尖地看見他外面套著的工作服下面，是她那天扔進垃圾桶裡的衣服，心裡一委屈，又想讓他脫了還給她，又想他怎麼又瘦了，鼻頭酸得眼淚都快掉出來。

她用力把那袋剛裝好遞過來的甜品都用力扔在他懷裡，捂著臉轉身就快步跑掉了。

林秋就是條狗，他就是條狗！

沒走出多遠，她就被林秋拉住了，陸生生看見他是拎著那袋甜品出來的，那些負面情緒藏都不想藏了，哭著問他：「你是不是有毛病，非要這樣才開心嗎？我就不能對你好了是不是？我知道有很多事自己現在都還做不到，可你就一定要現在都得到嗎？」

「我不要了，現在這樣就可以了。」他低著頭沒看陸生生，聲音還是很冷靜。

陸生生鼻涕都哭到嘴巴上了，她邊吸邊擦，狼狽得要命，「你就是有受虐傾向，不踩著你羞辱你給你栓根狗鍊，你心裡就不痛快！」

「對，我就是這樣。」林秋還是用那種毫無起伏的語氣肯定陸生生的話。

陸生生氣極了，用力推了他一把，轉身就跑。

她回去之後邊哭邊在家裡電腦上搜男M要怎麼調教，要怎麼做才能讓他們痴迷，要怎麼折磨他們才會爽，看完後清除了搜索紀錄，第二天又去了那家甜品店。

林秋還在裡面打工，陸生生趁那些女店員沒注意到她，給林秋看了眼自己寫的一張紙條——問他現在住在哪。

林秋寫了地址回去，離這有點距離，在村裡，得坐班車，但房租非常便宜，只要預支一點薪水，他就能在那裡住一、兩個月。

陸生生向他要了鑰匙，去補習班的路上找人配了一把，回去的時候又把鑰匙還給了他。之後她只要一抓著機會，就撒謊跑出去，去那相對來說比他之前住的地方都好的小破屋子裡，折騰林秋。

她在他身上寫羞辱的字，讓他戴跳蛋和肛塞去上班，給他插那種帶長尾巴的塞子，騎在他身上讓他爬，她開始更色情地騎小狗，有的時候甚至還讓他張嘴給她接尿，然後她再貼上去吻他髒兮兮的嘴，跟他一起變得越來越沒底線，將這段關係變成了真正的ＳＭ主僕。

他們相容性強得驚人，林秋早在幾年前就已經被她調教好了，反倒是陸生生在對他做那些毫無底線的事情時，心裡要克服的阻力會更大一些。

她怕林秋痛，還怕他不舒服，她有種自己在一點點消磨林秋自尊的感覺，這種感覺讓她午夜時分醒來時，滿身都是汗。

可是她又無法拒絕折磨林秋之後得到滿足的那些統治權和支配欲，那天晚上開房他居然不聽話？不想要她？

既然不聽話那現在為什麼還跪在她身邊？後面的洞被她用手指幹，前面的陰莖還在流著水。

他到底是後面有感覺，還是因為是她的手所以才有感覺？

陸生生壓根就頂不住林秋沉浸性欲的小聲喘息，少年變完聲，嗓音變得清透了不少，她很多次都恨自己怎麼沒多長根陰莖，林秋下面怎麼沒多開個洞。

要是她能上林秋，絕對要把他上到腿都合不起來，床都不下去，看他還敢不敢再扔下她跑。這種事要是還有下次，她肯定會去打條鍊子，把他找個小黑屋拴起來，沒日沒夜地幹著玩，幹到他服為止。

陸生生對這事執念太深，自從兩人進入了那種關係，她成了林秋的主人，她想操林秋的念頭就沒一天消停過，反而隨著時間越發無法自拔。

學校開學後，陸生生白天上學，下午放學就去上補習班，時間再怎麼緊湊，也總能看見她在林秋那裡守著。

十五歲生日那天，陸生生白天在同學和家長的簇擁下切完蛋糕過完生日，凌晨就披星戴月偷偷溜出了門，搭計程車去了林秋那裡。

她向林秋要禮物，他說要什麼都可以，於是陸生生淫心大發，把他身上最後一個地方也解禁，戴上假陽具操了他好久。

她要了他後面，他有點出血，應該是痛的，但前面居然還被她操射了。

陸生生這麼些年加起來，真的是快把林秋給玩透了。

但她一點都不膩，她對他那天出的血耿耿於懷，又喜歡又心疼，有點默默理解了男人在看見自己心愛女人和自己初夜後破處流血的滿足感。

最後陸生生自己灌了腸洗乾淨屁股，帶著東西去找他操。她雖然玩林秋，但心裡非常清楚的知道林秋也想上她，他那根東西會有欲望，她下面的洞也會對他有欲望。

林秋跟她做了，走後門，他前戲很足，就像十一歲那年她都沒發現他整根都插進去了一樣，陸生生懵懵懂懂趴跪著只是覺得有點脹，被他幹了很久，陰道一直在往外冒水，像在上廁所。

她沒出血，不管是前面開苞還是後面開苞，林秋都沒在任何層面上讓她受過苦。

陸生生那天晚上突然有點害怕，她才十五歲，還是個小孩，林秋已經十七了，他快十八了，馬上就是個成年人了。

他變成大人之後，還會讓她插屁股嗎？還會這樣陪她胡鬧折騰下去嗎？

她突然沒由來的在年齡上產生了自卑感，她第一次在林秋面前自卑，覺得要是自己比林秋大很多就好了，就可以在很多事情上更好的保護他。

林秋抱著她睡覺的時候，陸生生心裡難受到不行，覺得自己不夠強大的同時，她還怕林秋哪天就遇到年齡更大、氣場更強的女人了，怕他去找那些女人睡覺。

之後陸生生就開始變得很好說話了，她色厲內荏，不管是操他還是讓他操，都是罵罵咧咧的對他說些難聽的話，可動作卻一次比一次溫柔。

同樣的場景下，她說「林秋哥哥我真的好愛你」和「小騷貨這麼愛雞巴不如去找男人幹算了」，就算換過來也毫無違和感。

她看他的眼神早就開始不對勁了，陸生生就跟嗑藥上頭了一樣，覺得林秋恐怕就是這個世界上最好最寵她的人。她甚至想著，要是能就這麼跟他過一生該多好，反正她要是錯過了林秋，以後肯定就再也遇不到比他更好的人了。

第十一章

在林秋愛情的滋潤下，陸生生大考發揮得好極了，以第一名的成績進了家裡指定的最好的高中。

那裡是寄宿高中，她住在老師家，能見林秋的時間更少了。

陸生生想林秋，但她又找不到能見他的方法，直到有天她聽說後門那裡送餐的男生長得特別帥，頓時就「咯噔」一下，心想不會吧？

那天下午她特意打扮了一下，抹了些口紅，去接餐，發現來送餐的真的是林秋。

她心想他怎麼又去門口的速食店打工了？成天換著方法來勾引她，心裡又癢又難受。讓她只好在接外送的時候摸他的手指，撓他的手心，有時候還寫好長的信塞給他。

但他每次都回得很簡短，除了讓她好好讀書不要在學校裡玩男人，剩下的就是讓她少吃速食，多去食堂。

指望著靠他跟自己說情話來續命的陸生生氣得半死，一放假首先做的不是回家，而是跑去林秋那裡窩著宣示主權，把他渾身親過一遍，然後被他反過來壓著操，做到腿軟連腳趾頭都動不了，身子骨麻癢到連聲音都發不出。

他不讓她在這過夜，不想讓她被老師盤問，所以每次上完床陸生生都會被他拎去洗乾淨，然後又整整齊齊送回學校。

陸生生覺得自己高中過得好幸福，就連每天寫題目都沒那麼枯燥了，高三的複習一輪接一輪，模擬考也一輪接一輪，她狀態好得要命，主要還是她心態已經發生改變了。

她覺得以前的自己太現實太虛偽了，她老把自己局限在父母給她界定的天地裡，但其實她完全可以跳出那塊天地，闖出自己的世界來。

要是林秋能一直陪著她，陸生生覺得自己就是能一直開始無敵狀態的超人，她什麼困難都能戰勝，以後一定能考上好大學，然後畢業，跟林秋一起好好過日子。

她馬上快十八歲了，已經開始覺得自己十四歲的時候很白痴，完全就是腦子缺根筋的狀態，林秋這麼賢慧的男人，想要的就是一個名分，她居然還老想藏著掖著，只是為了以後能夠一直啃老？

陸生生滿腦子都是跟戀人一起構建新家庭的畫面，老實說她真的很想和林秋結婚，生日那天她叫大家出去吃飯，非要去林秋打工的那家店，大家一起吃飯的時候，她腦子發熱拽來在廚房忙的林秋，當著同學老師的面就想宣布自己和他的關係，結果卻被林秋近乎暴力地拒絕了。

被打斷了。

陸生生有點不明白，她還想開口，林秋直接把杯子給推到地上，用玻璃碎裂聲制止了她。

「……」

他一言不發地走了，陸生生還想跟上去，被老師同學給拉住了：「生生，怎麼回事？」

「這廚師是不是有病？」

「生生妳認識他嗎？」

陸生生不知道自己怎麼回事，心裡被剛剛那句「這廚師是不是有病」給割得鮮血直流，她好像有點明白林秋為什麼這麼生氣了，他可能覺得自己不配認識她。

可陸生生很委屈，她今天十八歲生日，他怎麼能這麼對她？

他是廚師又怎麼了，會做飯的男生多厲害啊，她什麼都不會做，以後還不得靠他來養活嗎？這有什麼可自卑的。

「生生，妳爸爸發地址來了，他在飯店餐廳訂了位子。妳看我就說妳家人會幫妳辦的，讓妳別這麼早嚷著餓跑來這兒吃了。」

「飯店餐廳？哇，孟老師，我們可以去嗎？」

「生生爸爸說讓生生也帶朋友們去。」

「那太好了！走吧走吧生生，別理剛剛的事了，妳今天生日，妳開心最重要！」

陸生生覺得自己從沒那麼痛過，她只想找個角落躺著發呆放空，什麼也不幹。但身邊的人都在簇擁著她，她被強行架上了計程車，又被架上了飯店餐廳的桌前，面對一堆陌生人，被盛裝打扮過的媽媽和爸爸拉去介紹給誰誰誰。

對面像是醫院裡的人，她扯著嘴角笑，隱約聽見家人給她介紹時，前面都會帶個她以後準備學腦科，要當醫生的。

陸生生心想對，她現在就想把自己腦子給挖出來，沒腦子做人就不會累了。

她在席上喝了一點酒，回去的路上，她站在飯店門口等車，聽到旁邊的店鋪放著過時很久的老音樂，她曾經隱約聽到林秋哼起過。

她鼻子驟然一酸，再也控制不住情緒，眼睛發熱，剛做出想哭的表情，眼淚就掉了下來。

陸生生蹲在路邊嚎啕大哭，她緊緊抓著自己的衣服，莫名想到以前自己根本都是個不會流眼淚的人，直到喜歡上林秋之後，她開始哭得比誰都多。

她身邊多了人輕聲安慰她，最後就連送客回來的父母都開始問她出了什麼事，陸生生邊流眼淚吸鼻涕，邊說我不想十八歲，我想回到十四歲。

要是十四歲那年她沒回去找林秋，就這樣讓他凍死在那個小棚子裡，她現在就不必這麼難過了，他們都一了百了。

陸生生情緒失控的那晚，被室友安撫了好久才睡下，大家都笑她喝多了酒居然一直嚷嚷著要回到十四歲，還哭得鼻涕眼淚直流。隔天陸生生聽到，也只是對他們笑，看起來一副很尷尬的樣子。

距離高考只剩最後一個月，陸生生不知道該怎麼面對林秋，也不知道他會怎麼回應那天的事，索性沒有再出過校門，每天就睜著雙眼寫題目，看書，寫題目，看書。

她食欲降低，早上刷牙會乾嘔，每天聞到食堂的油膩味就想吐，同學好心幫她帶了白米粥回來，就那麼點粥她能從早上喝到晚上。

陸生生去超市買零食的頻率倒是變多了，沒事就有人看見她拿著包辣條邊嚼邊做題目，她發胖了，吃零食胖起來的，她自己倒沒什麼感覺，直到高考前一天她被母親拐彎抹角地說，生生妳考試壓力大很正常，但是再胖下去就不可以了，妳去新學校也不想被同學指指點點說臉好看就是身材差吧。

陸生生點頭說對，回了房間，又麻木地掏出幾盒麻辣鴨脖，去洗手間偷吃。

胖就胖了，她就算胖成球林秋都不敢嫌棄她，反倒是她魔鬼身材天使臉孔名校畢業，反而會讓他比較自卑。

陸生生有個大膽的念頭，她想故意考試落榜。

但是當天晚上，林秋也不知道從哪裡搞來了陸生生家裡的座機號碼，給她家裡打了個電話。

還好不是她媽接的，是打掃阿姨接的，阿姨說是陸生生同學打來的，陸生生就去接了，結果一聽，才發現打來的是林秋。

陸生生愣了一下，面色沒變化，手指卻絞緊了電話線。

「生生。」他叫了她一句，「那天真的對不起。」

「是不是太久沒幹你，膽子就大起來了？」陸生生捂著話筒背著阿姨，小聲對電話那頭放狠話。

那邊停頓了片刻，說道：「妳明天要好好考試，細心一點。」

「你應該盼我落榜。」

「妳家會讓妳一直重考，沒完沒了。」

「怎麼？沒完沒了的人是我，又不是你，你怕什麼？」

「妳不用這樣的。」

「我怎麼樣了？」

「妳命好，不用像我這樣活。」

陸生生氣得又開始鼻子發酸，她差點扯斷了電話線，眼前霧濛濛一片，想抓著林秋的領子拚命用額頭去撞他鼻梁，不讓他知道什麼叫血的代價他就不知道收斂一點，這傢伙越來越狂妄了。

真就是條賤狗，賤狗配賤命，再配她這還要往上倒貼的賤人，絕了。

陸生生想掛電話又捨不得，林秋也不說話，最後是她媽出來說「生生，別和同學聊了，今晚要早點睡」，陸生生這才應了聲知道了，放下了電話。

她提前吃了避孕藥，避開了生理期，考試的時候也很認真，沒有腦子發瘋亂填一通，早點去讀大學就能早點離開家去一個陌生的地方，到時候和林秋談戀愛也方便得多。

陸生生這麼想著，專心發揮，考完了人生中最重要的一場考試，她想第一時間聯繫林秋告訴他自己好好考了，她才發現自己根本沒記過林秋的聯繫方式。之前一直都是只要想見他，他就隨時在她身邊等著她今晚翻牌子。

陸生生有點悶悶不樂，又去大吃了一頓，她有了點暴食的習慣，她覺得這都是被林秋害的。

在家的幾天，女人給她弄起了減肥餐，帶她去健身房，生怕她一直胖下去，陸生生只要一運動過度就肚子痛，她覺得可能是避孕藥吃的內分泌有點亂，人也提不起勁，就對她說自己高考結束累得很，下半個月再減肥。

女人雖然很不樂意，但也好歹是同意了。

直到高考分數出來了，錄取通知書都送到了她手裡，陸生生的姨媽都還沒有來。

原本開始發胖的身體，好像開始針對性地集中在她的肚子上，她的四肢再腫也就那樣，但她的肚子就像是被吹大了的氣球，每週都在變鼓。

陸生生又驚又喜，買了驗孕棒回來，確定自己懷孕了，連忙收拾行李連夜逃似地說要去學校附近熟悉環境，跑去養胎了。

她覺得自己瘋了，未婚先孕，而且還是在大學開學前的暑假懷孕，從她高考前一個月就開始乾嘔反胃來看，到現在至少快三個月了，怪不得肚子都硬了。

她有林秋的孩子了。

陸生生在新租下來的房子裡托著腮盯著自己新買的花束，嬌嫩的玫瑰花很美，她伸手戳了戳花瓣上的水珠，心想林秋什麼時候才能找到這裡來？

如果說小時候的林秋是怕被人發現所以才不敢來找，現在他只要稍微打聽一下就知道她被X大醫學院錄取了，陸生生高考結束就有了自己的手機，新電話號碼也告訴了好多人，他打聽一下肯定能找到的。

可是那傢伙就是沒有聯繫她，一點要當爸爸的自覺都沒有。

陸生生覺得他還是欠操了，以前自己不懂事的時候拿他當狗養，他乖得跟什麼一樣，可現在狗狗這個詞從她嘴裡說出來，最多只能算是林秋的一個暱稱。

他自己可能都沒注意到，但陸生生發現了，林秋現在可以輕而易舉地讓她生氣，他躲著她靠在牆角抽菸的背影都能讓她日夜掛念。

陸生生去醫院做了個檢查，她孕期吃過避孕藥，擔心會對胎兒有影響。

這是她第一次自己去婦產科，有幾個孕婦身邊都有男人跟著，陸生生摸了摸自己的肚子，心想林秋只是沒過來，他要是過來了，肯定做得比其他對都好。

萬幸是這胎似乎沒什麼太大問題，陸生生得知自己肚子裡這個已經十三周，超音波裡能看見胎動，已經有了人形，她找了一堆育兒的書開始看，順便幫自己弄起了營養餐。

從沒下過廚的人，為了照顧好肚子裡的寶寶，第一次開始洗手做湯羹。前幾次差點把廚房給弄沒了，後來她還是買了水果，去請了鄰居家的中年阿姨過來幫忙。

對方很有興致地教她怎麼按照食譜做飯，還跟她聊起了寶寶的事。

陸生生說自己老公在打工很辛苦，可能還要過段時間才回來，她在這邊養胎，但是年輕沒有經驗，老公是孤兒沒有爸媽，也幫不了她什麼。

阿姨又問那妳的父母呢？

陸生生搖搖頭道：「我不懂事，嫁過來的時候爸媽都不同意，我喜歡他對我好，性格又好，就硬嫁了。」

那阿姨大吃一驚，問了她家裡的情況，差點沒激動地跳起來，手一直在恨鐵不成鋼地拍大腿。

「妳怎麼這麼衝動呢？妳這條件想要什麼沒有？妳圖什麼？圖一個男人對妳好？圖一個男人性格好？這些能當飯吃嗎？妳這就是從小沒吃過虧的，被嬌養著慣大了！」

陸生生有點傻眼，她沒想到阿姨會這麼激動，早知道她就少說兩句了，聽她指著自己一頓說教，她肚子都開始隱隱作痛。

「妳要信得過阿姨，就聽阿姨一句勸，妳和他家境差距太大了，差的還不是一點而已！而且像這種從小窮到大的男人心裡多半都有點問題，妳怎麼知道他不是對妳別有企圖？妳大好前途擺在這裡，今年才二十二歲，想找什麼人沒有啊？妳就找個把妳一個人扔在這裡，讓妳天天叫外送餐來養胎的男人？」

陸生生不敢說自己才十八歲，半個月後還要去學校，只能硬著頭皮拿出了附和媽媽的套路，跟阿姨你一句我一句。

誰知說到最後這熱心腸的阿姨以為自己說通了她，居然勸她去墮胎，還說她能陪她去，陸生生差點忍不住要跟她翻臉了。

「阿姨，我再想想吧，好歹先跟我對象商量一下。」

「閨女我也聽妳說這麼多了，妳那男人要真有良心，就該好好和妳爸媽去交涉溝通，這才是解決問題的正途！他要是想用孩子拖著妳，那他就絕對不是妳說的那樣，是個性格好又對妳好的人。」

陸生生開始煩躁了，她就像被踩中了痛處，強忍著心裡的氣，送走了阿姨，然後就想去找同學打聽林秋的電話，問問他到底是怎麼想的。

但當陸生生準備撥出電話時，她又很緊張，她想到十八歲生日那天他的表現，莫名開始恐慌。

其實林秋一直都很聽她的話，從小開始就是，但這次他未必會聽她的，讓她把孩子留下來。

她不敢了，其實冷靜下來想想就知道那阿姨說的其實有道理，不然自己不會氣成那樣。但是要怎麼辦？真的去打掉這個孩子？她都說了她不在乎，她可以跟林秋一起認命，誰讓她喜歡他，嫁雞隨雞嫁狗隨狗，大不了她也打工，就算她什麼都不會，沒讀完大學，也不至於說養不活自己。

再加一個這麼小就出來討生活的林秋，他們兩個難道還養不活一個孩子嗎？

肚子又開始難受，陸生生覺得自己不能生氣，她扶著腰揉著肚子，想到裡面躺著的是林秋的種，對自己身體不適的怨氣又消了幾分。

這孩子……也不知道是男孩還是女孩，不過生出來應該都會長得好看，畢竟爸媽基因這麼好，像她還是像林秋，都不會醜。

陸生生還是沒等到林秋來找她，她縮在租屋處裡，吃了大半個月的營養外送和自己粗製濫造的營養餐，迎來了開學。

她是真的沒有覺得生活艱難，她只會在切菜時切到手，假裝是林秋在幫她吮手指貼OK繃的時候才覺得難受。

她很希望林秋能來照顧她，但她又隱約覺得林秋好像累了，就像她不知道他從什麼時候開始抽菸，不管強烈要求他戒多少次，都還是能從他手指和衣服上聞到淡淡的菸味一樣。

或許林秋真的想走了，他可能已經不願意再在這段感情裡當一個被外人眼光壓榨的叫化子。留在陸生生身邊，他就必須被那些比較與惡意從骨子裡往外碾碎每一寸自尊；離開陸生生，他可以從這個世界裡汲取到更多他本可以得到的東西。

不然怎麼會這麼久了，林秋連看都不來看她一眼？

陸生生覺得自己也是個很卑劣的人，因為她對這個孩子的用心不純。

她不是真心想當媽媽，她只是想完全得到、牢牢套住林秋，就像小時候一樣，他的眼裡只能看見她一個。

哪怕搭上她的人生，搭上她的一切，她都不在乎。

之前那些曲線窈窕的衣服現在一件都穿不下了，陸生生去買了很多寬鬆遮孕肚的衣服往身上套，鞋也盡量挑舒適的穿，她又剪短了頭髮，這次只敢過下巴一點，因為懷孕了洗頭都不方便。

很多讓她覺得崩潰的事，都因為這是林秋的種給忍過去了。

林秋為她忍了那麼多，她不過是為他生個孩子怎麼了，陸生生很光輝的想，她不幫他生，那他這輩子恐怕就要斷子絕孫了。

陸生生盡量降低自己在學校裡的存在感，她謊稱自己身體不好，想辦法造假證明，逃了軍訓，跳過很多迎新活動，媽媽要來北京看她的事她也一直往後推，說自己忙暈了讓她晚點再來，甚至還跟她發了火，耍了脾氣。

但她也不知道自己還撐得了幾天。

她肚子還在變大，孩子四個多月了。

有一天她穿著大衣去外面買水果，打算給自己補充點維他命C，結果在學校外面的公車等待處看見了她想了好久的人。

林秋看起來又瘦了，和他本來就輪廓分明目光深沉的長相配起來，更性感了。

陸生生想朝他走過去，他卻先一步掐滅了手裡的菸，幾步走過去抓著她的手臂捏了捏，又去按她的肚子。

「你幹嘛！」她沒見過林秋這麼嚇人的樣子，當即就要被他這一副凶樣給嚇哭了。

「妳懷孕了？」

「你凶什麼，這又不是別人的，是你的種。」

他又開始摸她肚子，就像在試探什麼洪水猛獸一樣，表情難看得要命。

「陸生生，妳是不是讀書讀傻了？這是現在能有的嗎？」確定她的肚子起碼都已經坐穩胎了，林秋的語氣更衝更難聽了。

「怎麼就不是現在能有的了？早就有了，我高考之前就有了，怎麼你敢射就不敢認嗎？」

「是我的，我認，但我不要。」林秋擺出一副混跡社會多年，與平時對她時百依百順的模樣完全不同的嘴臉。

她才發現他這雙眼睛的深邃和低沉，不是為了對誰表達愛意而存在的，而是為了震懾，是為了恐嚇。

她根本就不明白他在外面這麼多年到底經歷過什麼。

陸生生想逃，她覺得林秋已經不是那個林秋了，他恐怕被魔鬼附身了。

他用力抓著她的手，就要攔計程車，陸生生知道林秋肯定是要帶她去醫院，說話時聲音都帶上了哭腔：「我要，我要，林秋我要他。這個孩子是你的，求求你把他留下吧，我想要他。你不要說這樣的話，我們一起把他帶大好不好？」

他緊抿著唇沒說話，計程車停了，他把陸生生推了進去，她手裡的水果在路邊撒了一地。

「你是不是有病，我要孩子跟你有什麼關係，你有什麼權利讓我墮胎，我就是要！你快放開我！」

林秋抓緊了在哭鬧的陸生生，讓司機開去醫院，然後在她額頭上不停吻了起來，「生生，生生，妳就聽我這一次，妳現在不能要孩子，以後再要可以嗎？現在這個真的不是時候，妳還要上學！」

「你就是在放屁，你根本就不想跟我在一起了，你自卑，覺得自己配不上我，你這麼久沒來找我就是想跟我斷了，你以為我什麼都不知道？你敢走？你這個王八蛋你居然敢甩我？你是不是想死？」

陸生生哭得厲害，她情緒很激動，推搡林秋，還扇他耳光。

林秋被她打慣了，連吭都不吭一聲。

「你就是條沒膽子的傻狗，你不爭取我幫你爭取不行嗎？非要看我跟那些有錢人高富帥結婚你才滿意是不是！」

「他們能配得上妳就行……」

聽到林秋還接她的話，陸生生更氣了，用力狂打他。

前座司機都看不下去了，說道：「小妹妹，妳男朋友也是為妳好，他肯定是愛妳的，妳這麼打他，不像話啊。」

「怎麼不像話了？他要拉我去墮胎，我打他還不像話？你趕緊給我停車！聽見沒有，停車！」

林秋先用眼神示意司機不要聽陸生生的，再抓著她氣到發抖的手，用力親著，眼神哀求地看著她道：「生生，我真的求妳了，這個孩子妳不能留，妳學習壓力會越來越重，妳一旦分心照顧孩子就顧不上學業，而且妳家裡不會同意讓妳生的。」

「生了你不會養嗎？你就自己養個孩子還養不活嗎？非得指望我？」

「妳覺得妳真的能生下來嗎？妳媽媽早晚要來學校看妳，到時候看妳肚子這麼大，她恐怕會更強硬地拉妳去墮胎。她早晚要知道這件事，妳孩子一旦生了，這麼多年維持的家庭關係就破裂了。」

「你覺得我很想維持這狗屎家庭？我恨不得他們都一場車禍直接去世你知道嗎？」

「我不是那個意思，只是妳真的沒必要為了這個小孩把自己人生搞得一團糟，妳現在這樣下去就非常好，名牌大學畢業，繼續深造也好，去醫院上班也好，到哪裡都有人給妳鋪好了世界上最好走的路。妳不要和我一樣，我真的不想看到妳以後跟我一樣……」

說到最後，林秋哽咽著哭了，他凶不起來了，還是得求她。

陸生生眼圈發紅，想哭又一直往回憋，她感覺自己心都灰了。是，林秋是在為她好，他是真心的為她好。

陸生生心想，她小時候想往洗澡水裡兌點冷水就沒人肯給她兌，說燙她是為她好，後來肯給她往洗澡水裡兌冷水的人又求她把孩子給墮了，也說是為她好，反正所有人都是在為她好，就只有她不好。

她表情一會兒扭曲，一會兒委屈，眼淚都憋回去好幾遍，最後還是一股腦全流出來了，在車上捂著臉聳著肩，哭得像是要把這輩子所有的眼淚都流乾一樣，怎麼止都止不住。

到醫院之後，陸生生不再反抗了，林秋陪她去婦產科做了檢查，把她的超音波圖收起來，然後約了明天上午前來手術。

一切都快速得令人害怕，陸生生一夜沒睡著，好不容易天亮了瞇了會兒，她又夢見自己在產房裡生孩子，難產，林秋在外面跟醫生說一定要保住她。

醒後發現只是場夢，肚子裡孩子還在，健健康康的，陸生生盲猜是個女孩，她不太自然地側了下身，不敢翻身睡覺。

真的，她倒情願孩子不在，她已經做完了手術，現在只是在緬懷過去。

林秋在她學校旁邊等她，陸生生出去就又看見他靠著電線桿在抽菸，手裡拿著超音波圖，翻來覆去地看。

她心裡煩，走上前時林秋就已經把菸掐滅扔了，紙也疊起來收好了。

「要不別墮了，留著吧。我都起好名字了，要是女孩就叫林夏，男孩就叫林寒。」

「妳幫人取名字就這麼愛用四季。」

「你不叫林秋的話，我還真的不記得我是什麼時候認識你的了。」

一輛空車拐彎開了過來，林秋伸手攔了一下，「走吧。」

陸生生看著林秋的眼睛，好像比昨天又黯淡了幾分，仍然是黝黑的，但是看東西的時候卻不再那麼亮了。她說不上來心裡是什麼滋味，恨林秋？也不恨，她可以理解他。

要恨就恨他們命都不好吧。

「給我也來根菸。」她看著林秋說道，「反正孩子也不留了，讓我發洩一下心情。」

林秋不想給，最後陸生生直接向計程車司機要了一根，他給點了火，算是當了幫凶。

陸生生深吸了一口，然後長長地吐了口氣。

流產手術比想像中快，做的時候她滿腦子裡全是自己小時候的夢想，她想當一名可以每天從別人肚子裡夾斷小孩四肢再掏出來的婦產科醫生。

做完手術後，陸生生的夢想又變了，她想讓天底下所有的墮胎醫生都消失，無痛流產麻醉一過真他媽的痛，怎麼不把她子宮也順便切了，直接拿掉這個煩惱根。

「狗狗。」陸生生就像沒有心一樣，縮在車上臉色慘白地撐著腮幫子，看著還有些神情恍惚的林秋道，「過不了多久我就又要變瘦了，學校裡會有一大幫追我的優秀男生。」

「嗯。」林秋嘴唇起皮了，不知道多久沒喝過水。

「你別讓人知道我墮過胎，也別在別人面前暴露自己跟我的關係，知道嗎？」

「我知道，我不會留在這裡，我會回赤河。」

「怎麼，回赤河去娶妻生子？還是回你那小破棚子裡終老一生？我又沒有生你的氣。」

陸生生拿過他的手，放在自己胸口上，讓他聽自己的心跳，「你心在我這裡，你還能去哪？」

兩人都沉默了一會兒，陸生生又道：「其實仔細想想，現在這樣的確挺輕鬆的，我之前給自己灌了好多雞湯洗腦，甚至連嫁雞隨雞嫁狗隨狗這種屁話都搬出來了，我當時腦子滿不正常的。」

陸生生孩子沒了連哭都不想哭，她情緒壓根就沒波動，她就覺得子宮縮得很難受，明明都沒了，疼痛卻仍然折磨著她，現在誰能讓她肚子不痛就好。

林秋看著她，只是靜靜地聽，沒說話。

陸生生靠在他肩上，找了個舒服的地方窩著。

「我知道你是為我好，我不怪你……謝謝你。」她閉著眼，一夜未眠的睏意湧上，迷迷糊糊地睡著了。

林秋抿了抿嘴，看著外面一閃而過的陌生風景，眼裡只有呆滯。

生生，就算跟仇人都能相處得很好。

她在她媽媽面前也是這樣的。

她在為她好的人面前，說話總是溫溫柔柔，不管對方怎麼對她，她都不會生氣，還會認錯，會永遠符合所有人的期待，走在最讓人崇拜羨慕的那條正軌上。

林秋抿了抿嘴，有眼淚流到嘴角，然後又順著他的下巴往下淌。

生生……對不起。

生生。

第十二章

郭大隊長來到了赤河鎮，這個小鎮因為沿海緣故，近年來經歷了高速發展，已變得截然不同。

他吹著海風，四處走訪，找到了陸生生的老家住址。那裡是鎮子最繁華的地帶，已經整個都更改成了購物中心，不剩半分從前的痕跡。

郭大隊長和當地警方一起繼續一個個聯繫林秋以前的小學和初中同學，跑了許多家，也打了很多電話，總算得到了為數不多的好消息。

有個自稱是陸生生高中同學的男人，說他認識林秋。

中午的時候，他們見了面，男人穿著休閒線衫，身材挺拔容貌俊朗，整個人看起來很有朝氣而且意氣風發。

和兩位警察握手後，他坐了下來，順便放下了賓利的車鑰匙。

「能和我們說說你和林秋之間發生的事嗎？」助手小傑問道。

男人不好意思地道：「我跟林秋算是情敵吧，我高中三年一直都很喜歡陸生生，但生生眼裡只有那小子，所以我當時沒少找他麻煩。」

「找他麻煩？能具體說一下是怎麼樣嗎？還有，你又是怎麼知道陸生生和林秋有關係的？」

「喜歡一個女孩當然會觀察她的一舉一動，三年了，我不只一次看到過他們之間有曖昧舉動。當時我以為是林秋單方面勾引生生，所以一直找學校附近的混混揍他，也雇人找過他打工的店的麻煩，可他抗壓性真是太強了。直到高考那年，有天晚上我看見生生為了安撫他，居然主動拉他在小巷裡發生關係，我……」

說著說著，他像是想起了什麼不太好的事，臉色也變得有些微妙，「當時我很恨林秋，我更氣生生為什麼會喜歡那種人。那次我偷拍了照片，因為我在生生面前一直都是比較有原則的形象，所以我只有拿著那些照片去威脅林秋。」

「你威脅他做了什麼？」郭大隊長皺眉問道。

「你們別把我想得那麼壞，我最多也就是讓他離開生生而已。我嚇他，說如果他再聯繫生生就把那照片發給生生家裡人看，但林秋那傢伙是真的變態。」

男人在說這些時，眼神慢慢變得恐懼，「他就像塊甩不掉的狗皮膏藥，為了拿回陸生生的照片，不管是高考前還是高考結束後的暑假，那段時間他幾乎每天都在我家門口守著。」

「你們知道嗎？他還會時不時溜進我家，把我房間翻過一遍，有時候甚至直接藏在我家裡，趁機翻我社交軟體來刪照片！報警也沒用，不管我走到哪他都跟著我！我去西藏旅遊時，回來的時候甚至能在朋友拍的照片裡看到他在我身後！我受不了，主動找上他刪掉了那些照片，之後就出了國。我不知道他是不是經常這樣躲在生生家裡，反正那變態真的嚇到我了。」

下午的時候，他們接到了當地警方打來的電話，說讓他們趕緊回局裡一趟。

郭大隊長跟小傑過去了，那邊的人來不及解釋，直接拉著他們往現場去。

「我們接到你們那邊的通知之後就開始查林秋的住址了，但是這些年城市變化太大，找不到他以前住的黃土屋和小棚子了。」

「這點你們已經跟我們講過了，所以又出了什麼情況？」

「就，怎麼說呢……這事其實有點玄。我們這前天來了個說是做驅魔的人，我知道你覺得很扯，我也知道這很扯。他那天來了一次，請我們配合他，我們都沒理，他就走了。剛剛他打電話來報案，說他找到了屍體。」

「陸生生的屍體？」小傑眼睛都睜圓了。

「不是，是男屍。」那警察伸出了三個手指頭，晃了晃，「足足三具，而且死法跟杜浚和袁冰是一樣的。」

郭大隊長深吸了一口氣，表情越發凝重。

案發現場是在一個廢棄工廠，周圍滿是雜草，但是中間被石子壓出了一條路，一下雨就會積出大大小小的水坑，但總歸是比爛泥路好一點。

已經有警車停在旁邊了，正在拉封鎖線，郭大隊長出示警證後和當地警方一起進去了。這間工廠很大，裡面有很濃的瀝青味，旁邊還有巨大的原料儲存倉，看起來是一個被封停了不少年頭的攪拌站。

工廠內部很寬敞，他們直接進了很靠裡面的一個大廠房，每扇窗戶都被黑色膠帶封死了，外面明明陽光明媚，可一進到這裡面來，就必須得用手電筒才能看清楚東西。

地面是粗糙的水泥地，上面像是被水浸透了一樣，黑黑的一片。

郭大隊長將手電筒的光打到了左邊，那裡有兩張桌子，還有個開著的櫃子。桌子上面一邊擺了麻將，一邊上面攤著一堆撲克牌，地上也有散落的撲克牌。

他朝那邊走了過去，光線在地上的牌上來回照，最後他蹲下去，用手指摸了摸牌面上像是噴濺上去的黑色黏液，手指抿了抿，看樣子像是血。

他又站起身，將手電筒打了過去，剛被照亮的黑暗中驟然出現了七八個模糊難辨的人影。

那瞬間郭大隊長的心臟有些停擺，他手指關節泛白，靠得更近地去照牆角裡站著的那些人影，可無論怎麼照，光線都照不穿他的臉。

「郭隊，屍體在這邊！」

小傑叫了一聲，郭大隊長手一抖，手電筒掉到了地上。

他連忙回頭應了聲好，再蹲下來撿起手電筒時，發現這個鋼塑廠房下面缺了一塊，但是缺口處卻未往裡透光。

他拿起手電筒在這旁邊又照了照，果然在一個不怎麼起眼的角落，發現了一扇緊閉著的門。

還有個小隔間。

郭大隊長沒意識到自己呼吸都變急促了，他一步步走了過去，手放在門把上，用力往下一按，還沒來得及推，門就被輕輕地從裡面拉開了。

他眼前一片白光，睜開眼時發現裡面是一個開著手術無影燈的簡陋手術室，床上流了大灘鮮血。

就在這個小隔間裡，放了十幾個大冰櫃，他走了進去，打開了一個冰櫃，赫然發現裡面堆滿隨意交錯的人類四肢，以及被切割下來還睜著眼的頭顱。

郭大隊長難以接受眼前這一切，他拿著手電筒的手在瘋狂顫抖，以至於當他被周圍的人一拳打倒在地時，嘴裡還在不受控制地發出怪聲。

「郭隊，你醒醒！到底怎麼回事！」

郭大隊長睜開眼睛時，發現自己還在那個廠房裡，他又轉頭去看了左邊的那兩張桌子，麻將桌和牌桌後面並沒有立著七、八個模糊難辨的人影。

他就像瘋了一樣，跑去推那扇位於最角落裡的門，可是當他把門推開之後，看見的卻只是一個普通到不能再普通的雜物間。

裡面根本就沒有手術床、無影燈、十幾個冰櫃，裡面有的只是亂七八糟的紙箱和幾張廢棄的桌椅掃帚。

剛剛看見的那一幕讓郭大隊長心驚肉跳，小傑拉他出去的時候，郭大隊長看到了被找到的那三具屍體。

他們的四肢就那麼雜亂地堆在旁邊，被開膛破肚，裡面的內臟全都被掏出來了，三個軀幹你挨著我、我挨著你，就那麼面朝天倒在地上。

都是陌生面孔，沒有林秋。

郭大隊長用力壓下了自己正瘋狂鼓噪的心跳，連忙跑過去抓住了那個帶他來的警察問道：「那個驅魔人在哪裡？我要見他！」

「我……我問一下。」那警察一看郭大隊長這麼不對勁，也只能順著他的話回。

半個小時後，郭大隊長在警車旁看見了一個中年男人向他走來。

男人長相普通到讓人很難產生記憶點，他穿著簡單的黑色夾克，裡面就套了件白T恤，下半身一條水洗牛仔褲，穿著雙運動鞋，一點驅魔人的感覺都沒有，更像路上擦肩而過的普通路人之一。

「郭警官，你好，聽說你找我？」

「你是第一個去那裡面的人，你只有看見三具屍體，還有沒有看到別的？」郭大隊長還有點不知道該怎麼組織語言，畢竟他那一刻看見的畫面直接顛覆了他大半輩子的經驗，人還有點回不過神。

「我看見了。」男人平靜地說道，「不只三具屍體，但其他具屍體我都還沒有找到，說出來也沒人會信。」

他說著又打量了一下郭大隊長有些發白的嘴唇，問道：「你也看見了？」

「啊？」郭大隊長回想了一下剛才自己看見的畫面「我看見一張手術床，還有無影燈，裡面有十幾個冰櫃，裡面凍著人頭和肢體，手、手術床……」

「上面有很多血，對嗎？」中年男人反問道。

「是，可是這些和陸生生的案子有什麼關係？」郭大隊長說道，「從林秋的行動軌跡來看，他半年前回到赤河後就失蹤了。而三個月前，杜浚、袁冰甚至還有陸生生，全都死了，現在又翻出了三具陌生人的屍體，這些難道都跟林秋失蹤有關？」

「我不能從案情分析上提供幫助，這不在我的業務範圍內。」中年男人和他正式打招呼，「我叫李渡，是個驅魔的，之前曾經成功招到過陸生生的魂，我能確定她已經死了，而且她現在很有可能正和林秋待在一起。」

「她都死了怎麼還能和林秋待在一起？」郭大隊長一直都不太相信鬼神之說，但這行幹久了，敬畏之心倒是多少有一點。

「兩個方法，一個是他囚了陸生生的魂，一個是陸生生死不瞑目地跟著他。」

郭大隊長渾身一震，和李渡四目相對，突然覺得有點冷。

「你沒事為什麼會摻和進這麼大的案子？」郭大隊長對這個驅魔人的動機表示懷疑。

「最早是受人所托，我和我的搭檔被陸家請去找陸生生，結果她鬼氣反噬太凶，招魂時我的搭檔當場斃命。我搭檔跟了我很久，我不能讓她就這麼白白死去。」

郭大隊長猶豫了一會兒，說道：「這個案子可能很危險，你現在抽身還來得及。」

「我見過的危險不少。」李渡笑道，「人死後一旦變成鬼，留下的就都是執念，人的執念不會說謊，他們總是傾訴些很恐怖的東西，但那就是最真實的人性。」

「好吧，李渡，我叫郭樹，如果方便的話，這段時間希望你能幫我一起查一查這件案子，關於鬼神這方面的事情我的了解實在有限。」

郭大隊長鬆口了，因為不管是在杜浚那棟別墅裡發現的中式驅魔符、碎掉的鏡子、大量奇奇怪怪的東西，還是袁冰那處處透著詭異卻無論如何都無法修復的日記，都讓他覺得調查無從下手。

「沒問題，有事提前聯繫，我隨叫隨到。」李渡向郭大隊長伸出手，郭大隊長用力抓住他的手握了握，算是和他達成了一致。

第十三章

酒吧裡光線曖昧，空氣中充斥著濃重的酒氣，在舞池裡扭動身體的男男女女充分發散著自己的荷爾蒙，一切都叫人目眩神迷。

「生生，妳想去跳舞嗎？」學生會的會長單手支著下巴笑盈盈地看著她。

陸生生攪拌了一下杯裡的檸檬和冰塊，轉頭往那黑洞般的光線區裡看了一眼，搖搖頭道：「我不會。」

會長將手搭在了她穿著吊帶短背心的柔嫩肩膀上，手指無意地揉搓了一下她海藻般的濃密黑髮。

眼前的女孩性感、漂亮，五官透著一股無辜而純透的少女氣息，人間尤物不過如此。可惜她壓根就不在乎男人，她只是在例行社交，因為他家境好，在學校裡有一定的地位和話語權，所以她才願意應他邀請出來玩。

陸生生是個很會撩撥男人欲望的人，她渾身上下都寫著隨便插幾下就會流出很多水，散發著已經熟透了的蜜桃味。可她性格裡就是有那種不可侵犯的威嚴感，就像戴著一條上了鎖的貞操帶。

會長追了她很久，她都不為所動，只要他越界一分，她就會立刻將彼此的關係拉遠。

她人很好，是那種讓人不想去怪她的好，現在的女孩子性格都太強，太過於特立獨行，但陸生生一直都溫溫柔柔地很為他人著想。這種體貼和分寸讓人下意識想要認為，她做的一定都是她覺得是對的事，哪怕那件事情本身可能錯了，但她人也沒錯。

「我帶妳去跳吧，只是去體驗一下而已，不會把妳弄丟的。」

會長再次向她發出了邀請，這是難得可以與她親密接觸的機會。

「好吧。」陸生生隨手將頭髮往後挽了一下，濃密的髮香散在背上，會長在她身上看到了早年港風女星的影子，美得天然又獨特。

當兩人一起在音樂的節奏裡擺動身體，接觸變得越發親密時，會長幾乎有些意亂神迷了，他看著陸生生好奇打量著一切的眼光，沒忍住抱住了她，俯身在她頸間用力吻了一口。

「生生，妳知道我有多喜歡妳的，做我女朋友吧。」他是這所學校綜合條件最好的男人，他長得不算特別俊朗，但勝在身材好，有典型的北方男人身高，不管是穿衣風格還是生活愛好都小有品味。

他是本地人，家境優渥，有車，還在北京最好的地段有套屬於自己的房子。關鍵是他的家庭背景，身後的關係比誰都硬，陸生生踩著他上位，全家都能少奮鬥十年。

眼前這個人對陸生生父親的事業幫助極大，家裡要求她必須和他把關係套好點，如果可以的話，跟他交往也沒關係。

陸生生採納了前面幾點，那句跟人家交往也沒關係，被她直接忽視掉了。

「我怕男人，真的……」陸生生被吻了之後，往後踉蹌著退了一步，漂亮的雙瞳已經充滿水霧，「我小時候在街上被一個叔叔拉進了小巷子，他上來也親我這裡，還把手伸進我內褲裡……我一直都不敢和媽媽說，我那天好痛。」

男人宛如晴天霹靂，手指都開始顫抖。

「對不起，我知道你對我很好，但我覺得自己不乾淨，而且我真的很怕男人碰我……」陸生生哽咽著慢慢靠到他的胸前，像是強迫自己親近他，卻又發自內心覺得害怕一樣。

會長努力控制住將她攬進懷裡安慰的衝動，擔心她害怕，扶著陸生生的肩膀讓她站直了，「生生……妳放心，我不會把這件事告訴任何人的。我……我會慢慢幫妳克服這個陰影，妳別擔心，我會一直等妳。」

陸生生眨眼時還掉下了一顆晶瑩的淚珠，她抿著唇點點頭，乖順而依賴，但那個殘酷的消息還是對男人的心靈產生了極大打擊。

他需要冷靜。

「我去一下洗手間，妳在吧檯坐著吧，稍等我一下。」

「嗯。」陸生生在吧檯上坐下，目送他離開，然後轉頭，看向了低頭正沉默著的調酒師。

她雙手交叉支著下巴，朝他吹了聲口哨。

他抬頭看向她，過了一會兒，從下面摸出一張紙巾遞給她。陸生生沒接，直接把臉湊了過去，他在氣頭上，沒慣著她，直接將紙巾放在桌上。

陸生生笑出聲，自己輕輕地拭去了眼角和臉上的淚痕，然後故意撩開了頭髮，脖頸間的紅痕和她微紅的眼角讓人浮想聯翩，一副被欺負了的模樣。

「我想吃你雞巴。」陸生生的身體被酒精攪得發燙，會長營造的曖昧氣氛很好，那一口直接親得她下面都濕了，現在大概已經汪洋一片了。

林秋看著她，臉色和他的輪廓一樣堅硬，他面無表情的做事，手法熟練地給人調了一杯酒推過去，然後去找人說了些什麼，從吧檯後走了出來。

陸生生笑著有些歪歪扭扭地往女廁走，隔間有人在打電話的聲音，她走進旁邊那個，林秋進來剛關好門，陸生生已經蹲下抱著他的腿，解開了他的拉鍊，掏出他還軟著的肉根大口含吮起來。

她抵著他的工作服吃他的雞巴，眼裡酒意迷離，林秋看不出她是想吃他的還是想吃別的男人的，他從她的臉上就只看出欲求不滿和饑渴。她像是恨不得把他整根都吞進喉嚨裡去一樣，喉嚨裡都發出了咕嚕嚕的聲音，口水流到了脖頸和鎖骨，明明很難受，卻還是深深地含著他，幫他口交。

林秋用力抓著她的頭髮把她的頭給拉開，她瞪著他，揮開他的手，繼續上去吃。她還想往喉嚨裡塞，可撞得太猛了，沒幾下她就開始乾嘔，轉頭就往馬桶裡吐酒。

把身體裡多餘的酒精吐掉之後，陸生生總算好受了一點，林秋輕拍著她的背並遞紙給她，陸生生擦乾淨嘴巴，解開牛仔褲連著內褲一塊脫下來，然後沖了下水蓋上馬桶蓋，趴在了水箱上，對他翹起了屁股。

「進來。」她眼神還迷離著，林秋已經被她舔硬了。

他喉結滾動，右手按著她的臀瓣，拇指在她濕潤到有些泛濫的小穴入口摩擦了幾下，撥開小陰唇，將龜頭抵了上去，緩緩插入了她比平時還要熱上幾分的肉穴中去。

沒進出幾下他也發出了難耐的低喘，他明明沒喝酒，卻也像她喝了酒一樣，下身變得又熱又敏銳。他在她體內衝撞時彷彿一直在被帶電的甬道電擊，每一次抽插都刺激又爽快，他沒忍住動得更快了，抓著她的腰用力往裡頂，啪啪啪的聲音不絕於耳。

陸生生被操出了更多淫水，她含著自己的手指面頰酡紅，嬰兒似地發出不明嬌喘。

隔間打電話的女人似乎被兩人放蕩的攻勢嚇到了，傻愣了一會兒，說了句「我操」，用力敲了一下門板。

「你們要做不會回去床上做？」

陸生生無聲笑得像個神經質一樣，軟著嗓子邊喘邊小聲抱怨：「男人生氣了當然得及時哄，跑了怎麼辦？」

林秋一手探進她短上衣裡去抓她奶子，一手捂住了她胡言亂語的嘴，瘋了似地頂撞她的腰和屁股，陸生生嗯嗯亂叫，腿有些站不穩了，她將食指中指伸到下面去揉陰蒂，臉色

潮紅到彷彿皮膚都冒出了曖昧的熱氣。

旁邊的人受不了離開了，林秋用力揪了一下她的乳頭，把她翻過來抱起掛到了自己身上，陸生生直接甩掉一邊褲子，光著條雪白修長的腿，淫蕩地用力夾著他的腰，下面的交合就沒有停過，他一直在用力幹她。

「妳想著他變這麼濕？」林秋咬她嘴唇和舌頭，陸生生舔了他嘴角，他唇上有短短的鬍碴，心想男人味果然是又刺又硬的。

「只是一時的新鮮感。」

「妳居然濕成這樣……」林秋用力咬著她脖子，悶聲狠狠操她，像在洩憤。

陸生生捂著嘴笑，然後又捶了捶他結實的後肩頸。

「我只是濕了。」陸生生撫過林秋的臉，引導他漆黑又憤怒的眸子望向她，在迷濛的光線下伸出舌頭與他接吻，「但我又不跟別人做。」

陸生生像在跟老人家推銷產品一樣，邊給林秋嘗甜頭，邊一刀刀誅他的心。

「我沒和他交往就已經對你夠好了，你也知道他是什麼條件，雖然你比不過人家，但他永遠都操不到我……」

林秋眼睛泛起了紅血絲，他喘著氣用力在她身上發洩著心裡的負面情緒。

陸生生被插得呼吸越來越急促，她享受著年輕肉體帶給她的性快樂，理所當然地達到了極致的高潮。

她洩完欲，渾身每一個毛孔都特別舒暢，抱著林秋在廁所強制性地親了他好久，這才饜足地鬆開他，重新穿好衣服攏好頭髮，就連穴裡被他射滿精液也沒有多做清理。

早期陸生生也會認真避孕，但後來她還想要孩子，卻發現自己怎麼也懷不上了。

她也懶得去做檢查看自己是哪裡出了毛病，懷不上就不懷，就連自己可能不孕這件事她都沒刻意和林秋提過，是他自己後來慢慢發現的。

他問，陸生生避而不談，像是想驗證什麼一樣，他也不再用心避孕了，可他就是無法再讓她懷上孕。

陸生生有時候想想還想笑，林秋的心思是真的挺深的，如果他想要孩子，他就該讓她去調理去治療，但他沒有提過，一次都沒有。

大概是想著反正她這輩子也不可能光明正大懷他的種，他也不願意把她的身子調理好了幫其他男人繁衍後代，所以乾脆消極應對。

嗯，既然他沒那個意思，就算了。

陸生生對他總是很有耐心，就像他能在自己承受範圍內容忍她對他做一切欺壓行為一樣，陸生生覺得就算哪天她真的叫林秋去賣淫陪富婆，他大概都不會反抗。

這段關係越來越不正常，卻也同時變得越來越穩定。他們的感情就像當年那個健康卻不被允許存在的小孩一樣，無法在陽光下穩定成長，於是鑽進黑暗的角落裡，變成了越發陰森醜陋的畸胎。

陸生生最後還是從會長那裡榨取到了她家裡想要的東西，她吊著這個男人兩年，若即若離，在父親被調到市立醫院後，終於成為了會長的女朋友。

一時衝動，但也更像是一種水到渠成。

林秋對她的選擇向來都沒什麼話語權，但那段時間他脾氣很差，陸生生一度懷疑他會眼不見為淨，離開她去別的地方。她如履薄冰，但其實他什麼都沒做。

他承認了陸生生別人女朋友的身分，然後成為了她的地下情人。

陸生生自己也心虛了，她向林秋保證，她最喜歡的人只有他，她也只讓他一個人上。

從大學到讀完研究所，她應家裡要求向會長索取了很多來自她家庭渴望的資源，可她沒有和會長上過床，哪怕是她爸混上院長那天，她都沒有獻身給他。

那次會長也對她發脾氣了。

但之後馬上就沒事了，因為陸生生長得漂亮，哭起來更漂亮。她有很多手段，隨便耍個幾招男人就受不了，沒人能拒絕美人的要求，哪怕她做的是錯事，她也肯定不是錯的人。

會長對陸生生的愛情濾鏡非常厚，他覺得這麼好的人，拿捏著他的心，只要能給他糖，哪怕得先打他一頓他也甘之如飴。

她任何方面都表現得十足十像會長的女朋友，她體貼，會撒嬌，人也溫柔大方，除了矜持的不和他發生關係外，他們牽過手，接過吻，也當眾秀過恩愛，就連陸生生自己都不知道自己有沒有動過心。

偶爾有那麼幾個晚上，她和林秋做完愛，會在他去洗澡的時候兀自坐在床頭抽他一根菸，然後翻看隨手從會長家裡拿來的英文書籍。

等林秋回來，她就讀尼采給他聽，緩慢地念那些簡短又很有味道的詩歌。林秋很少發表感想，大多時候都是躺在她大腿上靜靜地睡去。

這與另一個人截然不同的反應讓她唏噓，然後她就會想起讀詩歌這個愛好是會長幫她養成的，他說喜歡聽她溫柔的聲音，她用緩慢而輕柔的語調讀書，可以滋養人的心靈。

那個精神世界與物質世界都豐饒富裕的男人，有時候真的像個小男孩。他是個虛榮的人，也是個功利心勝負欲都很強的人，他說陸生生是他的靈魂伴侶，她一眼就看穿他骨子裡偏愛浪漫與夢想，雖然現在他提起那些的時候都嗤之以鼻，但他真實的內心和外在表現其實差距極大。

只有她能看見他，理解他，包容他。

笑話，她陸生生什麼都能包容，她當初連六個月不洗澡的小叫化子都能下手，然後把他愛到欲罷不能讓他神經都錯亂，只要她想，有什麼是她包容不了的？

陸生生摸著林秋上臂結實的肌肉，一邊笑自己如國文老師般的催眠能力，一邊又會莫名想到另一個人交付給她的天真。

會長對她的真實人格一無所知，就像他喜歡的理想國，她在他精神中以最美好的形象存在，可那個陸生生只是一個虛構不存在的幻影。

除了林秋，世上沒人愛真正的她。有時她也會覺得空虛寂寞，抱住林秋的同時，甚至能感覺到自己生命中還有無數細微的美好在不斷流逝。

陸生生有點不滿足，為什麼她就只能得到一份愛？她曾偷偷地想得到更多，可踏出第一步時她的方向就已經錯了，是她自己選擇將自己割裂成了兩個人，開頭就已經註定真實的她無法得到更多，她的精神比叫化子還貧窮。

所以陸生生只能依賴林秋，從他身上汲取更多養分，用來滋潤從小到大都缺乏關懷與照顧的卑劣的自我，她只在極少數的時候會因為自己不被人愛而傷感，大多時候還是冷酷無情的。

她的人生正如那句名言所說——生命是一襲華美的袍，長滿了蝨子。她一直知道會長和她的閨蜜有一腿，不如說從她看見那個家境貧窮又渴望追求精神生活的女孩的第一眼起，她就知道她和會長總有天一定會越界。

畢業那年，陸生生撞破了這段關係，親眼在床上捉了奸，會長求她再給他一次機會，他說他心裡只有她，他只是忍不住欲望，因為陸生生不讓他碰。

陸生生平靜地和他說，你明知道我對那種事有陰影，還用我最難受的事來噁心我，我以為你和別的男人不一樣，原來是我想得太美了。

如果是別人就算了，但你剛剛睡的女人，她還是我最好的朋友。

陸生生收割了雙份心頭血，閨蜜覺得自己沒臉再見她，會長又腆著臉求了她半年，畢業後，這兩個人都沒有留在她的生活裡。

她終於功成身退，有天晚上吃飯時跟林秋隨口提起自己和會長分手了，那次睡前林秋吻遍了她，野狗似地在她身上留下了數量恐怖的痕跡。

他的話越來越少，但他的心沒一刻變過，陸生生也一樣，所以她能毫不猶豫地戳破綺麗的愛情泡沫，只是為了能不再受限制地擁抱他。

但她也不是鐵石心腸，這麼來一次會讓她心裡最柔軟的地方崩潰決堤，她殺敵一千自損八百，有時候總會想自己為什麼要過著這樣的日子，太累人了，比當初生下孩子和林秋一起出去打工養小孩還累。

不久後，陸生生正式進了醫院，開始上班。

她終於開始覺得自己的人生過得快了，畢業之後身邊的人就一波接一波的換，平平無奇的日子就像流水，悄無聲息地拽著她的年齡往前不停狂奔，轉眼就是一年復一年。

只有林秋還一直單純地跟著她，也只有縮在林秋懷裡的時候，陸生生才會覺得鬆口氣，好像時間不再流逝得那麼迅速，一切都在讓她感到舒適的區域裡沒有變過。

家裡不容許她停下來，轉頭就介紹了杜浚給她，她就像玩會長一樣的玩杜浚，一模一樣的套路，連話術都沒變過。

男人好像都吃這套，陸生生都疲憊了，林秋也不想再管了，他習慣當她情人，不管正主是誰陸生生都是那套，她在他面前接杜浚電話的時候，他比她還清楚她下句話會說什麼。

她白天正常上班，晚上就等著在她社區做物業管理的林秋上來幫她修水管，有時候是脫光衣服修上一夜，有時候是休假日，大白天就把他騙上來做飯，然後做愛。

陸生生不會做飯，但她的廚房一直都有被人使用的痕跡，她的冰箱永遠井井有條，裝滿了她想吃卻又不會料理的食材。她加班到深夜，一回家就能在微波爐裡拿出熱一下就能吃的飯菜，吃完的碗只要扔進水槽就會有人來幫她洗乾淨，就連材質不同的衣服也總被洗得規規整整。

林秋簡直就是陸生生從小養大的家生奴，不僅乖巧聽話懂事不鬧騰，還能隨時隨地提供性愛服務，他的維護成本幾乎為零。

陸生生和林秋算是半同居關係，陸生生是A棟十二樓的一戶業主，林秋則住在社區頂樓最廉價的團體房裡。

這裡地段好，所以房租也貴，冬冷夏熱，沒有空調。她一個人住的房屋面積，他那邊擠了至少六、七個人一起住。

林秋從不會主動介入她的社交生活，能自力更生之後他也再沒拿過陸生生的錢，他總能在她身邊找到一份工作，他也只在她打電話來的時候才過去陪她過夜，他們之間完全只靠多年形成的習慣和那一通電話聯繫。

林秋就像她杯子裡的水，陸生生每天都會無意識地喝幾口，他的存在感普通到就好像他已經不重要了一樣。

只有在忘記喝水口乾舌燥的時候，陸生生才會格外想見他，但她平時一門心思都放在水以外的事情上。

大家只會為了上班、加班、通勤、塞車、工作難題、升遷問題、家庭和事業上的各種事煩心，有誰會天天擔心自己哪天突然喝不到水？

林秋就是一個這樣的存在，他是陸生生的必需品，但他從來都不會被她拿出來向大家展示炫耀，他只是默默地支撐著她，維持她一切生命活動。

陸生生真的太習慣了，她工作越來越忙，事業也越走越高，她和社會的聯繫越發緊密，可她沒一天不想從醫院辭職、和杜俊分手，跟林秋結婚。

但她也只是想想，因為結婚是兩個人的事，這件事林秋甚至連想都不去想。

她不只一、兩次的用杜浚刺激他，但那都僅限於試探，林秋也會因為她的行為生氣，他卻絕口不提讓陸生生放棄已經擁有的一切。

陸生生幾乎要恨他了，有一次她和林秋終於吵了起來，她崩潰地問他，她就只是想拋棄這一切讓他帶她走，真的這麼難嗎？

林秋坐在那裡捂著臉說不出話，半晌，他顫抖著開了口。

「妳拋棄一個試試？」他喉結滑動，放下手看向她的時候，眼眶裡甚至有眼淚在打轉。

「妳現在就打電話，告訴妳爸媽妳要跟一個修水管的結婚，再打電話讓妳醫院的同事來參加婚禮，最好再把妳的老同學都叫上，告訴他們陸生生馬上就要跟林秋結婚！」

陸生生感覺自己解放了，她拿起手機就撥給了媽媽。電話被接通，陸生生的心跳得飛快，她聽到電話那頭的聲音，緊張得就像小時候第一次向嚴厲的媽媽提出自己的要求。

「媽。」

「生生，怎麼了？這麼晚了還不睡，對皮膚不好的。」

「媽，我有件事想跟妳說。」

「嗯，妳說，寶貝，媽媽聽著的。」

「我有一個特別喜歡的人，我想和他結婚。」

「妳是說杜浚嗎？」

「不是杜浚，是另一個人，他對我特別好，我想嫁給他……」陸生生不知道自己怎麼回事，話到嘴邊說得越來越結巴，她很緊張，腦中一片混亂，甚至不知道該怎麼向她媽介紹林秋。

電話那頭遲疑了片刻，聲音明顯冷了下來。

「他家裡是做什麼的？他人又是做什麼工作的？比起杜浚怎麼樣呢？」

陸生生口乾舌燥，「媽，我真的很喜歡他，他對我真的很好，我嫁給他的話以後一定會過得很幸福，只要你們肯支持我，我這輩子就圓滿了！而且我一定會比以前更努力去工作去生活——」

「生生，妳先回答我上一個問題，他家裡是做什麼的？他又是做什麼的？跟杜浚比怎麼樣？」

「他性格比杜浚要好！他是孤兒，他在……」

「生生！」電話那頭的聲音明顯變得憤怒了，「妳不小了妳知道嗎？妳已經二十八了，還把自己當小孩，想隨便跟人談戀愛就談戀愛嗎？妳能不能成熟一點？」

「我為什麼不能隨便談戀愛？」陸生生突然就哭了，「我從來就沒有隨便跟誰談過戀愛，都是你們叫我跟誰談，我就得跟誰談。你們能不能別老控制我，讓我做自己想做的事都不行嗎？」

「陸生生，妳真以為自己很厲害？要不是我們幫妳打關係鋪路，妳能這麼年輕就到這個位置上？要不是我對妳嚴格要求，就妳這耐性能考上醫學院？妳能考上研究所？說不定早就跟妳國中班長一樣嫁人當黃臉婆了！」

「不是……這明明都是我自己努力做到的啊……」陸生生哭得上氣不接下氣，音調都歪了。她覺得她媽就是個流氓，把她的一切都搶走了，還非要說這些本來就不是她的。

她從來沒這麼脆弱過，就算和林秋吵架吵得再凶，她都沒有像是變成了一個被家長戳著鼻梁罵的小丫頭。

「好啊，不關我的事，妳也不看看現在這個社會都是怎麼吃人的，妳醫院裡還有個姓劉的女生，人家比妳勤快，比妳努力，比妳嘴甜，比妳聰明，比妳學歷好，妳覺得為什麼你們主任只看得起妳？有什麼機會為什麼都讓妳上？我聽妳爸說了，人家讓妳去跟看專家手術，妳還挑三揀四的。唉唷，還嫌累，不想加班，想早點回家，妳自己聽聽，妳今年幾歲？當自己還小？懶成這副德行，要不是我們幫妳頂著，妳早被那姓劉的小姑娘踹下來踩得灰頭土臉了。」

陸生生二十八歲了，還是輕而易舉就被家裡罵到連話都說不出，她蹲下來，縮在那裡撇著嘴，邊掉眼淚邊抽泣，哭得停不下來。

手機是開著擴音的，這一刻陸生生覺得自己在林秋面前什麼臉都丟光了，她以為她能做到一切，但她現在就連第一步都沒邁出去。

林秋幫她掛了電話，然後把她拉起來按進懷裡，支撐她站著，用臉壓著她的頭，把她整個都裹住了。

「沒事，家裡人說話都這樣，他們太了解妳，才能戳到妳軟肋。這些都不是真的，平時就算拿著放大鏡照妳，也沒人能從妳身上看到她剛才說的那些不好的地方。」

「但我是真的不愛整理房子，不愛掃地洗碗，我上班也老想著早點回來休息，我是真的懶，我比不過她。」陸生生哭得他身上都是眼淚和鼻涕，她臉都紅了，髮絲都胡亂黏在臉上，又髒又凌亂。

「生生，不是妳的問題，所有人都不想加班，妳爸媽自己也想早點回家休息啊。而且妳沒有不愛收拾，只是東西都先被我收了，都是我的錯，妳只是沒機會動手而已，妳真的一直都很優秀。」

陸生生抱著林秋哭得更厲害了，她不停對他說對不起，然後他又不停對她說沒關係。

她從來沒讓林秋親耳聽過她家裡人教訓她的那些話，她現在才意識到，自己從小到大沒少把這些話搬出來朝他傾訴。

林秋比她成熟多了，他甚至比她更清楚她能承受的底線在哪裡。

之後，陸生生好長一段時間都不好意思面對林秋。大概是知道自己吃癟了，她把自己放得更低了，想更多地去迎合對方。但直到她真的開始做了之後，才總算回過神來，她和林秋之間明明那麼親密，實際上兩人的生活卻已經發生了極為徹底的割裂。

陸生生不知道他每天都在做什麼，她想興致勃勃和他說些什麼話的時候，卻發現他根本就理解不了她想表達的意思，更別提回應她。

就像黃臉婆和外出上班地位越來越高的男人一樣，她的氣質與眼界和他差得越來越遠，有時候兩人好不容易能在一起靜靜地待上一天，陸生生卻死活找不到話題能和他說上一句。

她也會和他說一下醫院裡的事，他只是聽，偶爾也會給她意見。陸生生按他說的去做了，結果就把事情徹底搞砸了。

她親身體驗過，所以她知道林秋不是什麼都懂，相反他有時候知道的還不如她多，陸生生也想關注他更多，但她甚至找不到林秋的任何興趣愛好。

他每天都在做相同的事，那就是圍著她轉，打發時間的方式也就是去給她家搞大掃除，幫她做整理收納。

他無趣極了。

但她能說她不喜歡嗎？不能，她必須要喝水，只是她也會想偷偷去嘗嘗鮮榨果汁或奶茶的味道。

陸生生終於發現他們根本就沒辦法天天待在一起，他們之間發生不了更深層次的交流，強行和林秋聊天的話，連她自己都會覺得尷尬，與其這樣甚至還不如沉默著不說。

而林秋則在更早的時候就已經意識到了這一點，所以他很久之前就沉默了。兩人一起攀登人生的高峰時，永遠都是落後的那個人更累更無助更辛苦。

他不願意讓陸生生放棄一切去跟他結婚，一是他知道她根本就扛不住那麼大的壓力，二是他知道自己真的完全配不上她。

所以，林秋心甘情願做她的情人，他不要求結婚，只是溫順地幫她把該料理的都料理好，在她想要的時候用身體滿足她。

陸生生覺得這不夠，她這麼愛林秋，她不該只給他這麼點東西，但林秋根本不向她提任何要求，哪怕他無法跟她展開話題、無法陪她天南地北的聊天，從生活到領域到圈子全都說不到一起去，他也像是毫不在意，只要她不愛別人，不和別人做愛，能繼續這樣偷偷地只屬於他，他就滿足了。

他把她當成傳家寶般供奉在明亮潔淨的水晶櫃裡，供人觀摩，不允許別人染指觸碰，就連他自己都戰戰兢兢，不想玷汙她。

但陸生生向來就不是被拱上天會發自內心開心的人，所以她借力打力，用自己神明的身分來更有力地控制林秋的一舉一動，她讓他每一根頭髮絲都完全屬於她，她終於徹底占有林秋了，她的精神卻越發寂寞空洞。

有一天陸生生在翻魯迅的書，看到了書裡的一段話，情緒突然湧上，眼淚流到止都止不住。

她坐在冷清的大房子裡，想起了小時候掛著破掛曆的黃土屋，想起了那晚又黃又厚的蚊帳，想起林秋灑在她耳根的熾熱呼吸和自己聞到的濃濃蚊香味。

那時他們的心緊貼在一起，他們的身體如此渴望著另一個人的溫度。

陸生生在家裡翻來覆去地找，在昂貴的原木桌上點了盤蚊香，貪婪地聞著那個味道，邊流淚邊一遍又一遍地看著書籍裡的那段描述，心臟就像被行刑一樣——

> 「啊！閏土哥——你來了？……」
>
> 我接著便有許多話，想要連珠一般湧出：角雞，跳魚兒，貝殼，猹……但又總覺得被什麼擋著似的，單在腦裡面迴旋，吐不出口外去。
>
> 他站住了，臉上現出歡喜和淒涼的神情；動著嘴唇，卻沒有作聲。他的態度終於恭敬起來了，分明地叫道：「老爺！……」
>
> 我似乎打了一個寒噤；我就知道，我們之間已經隔了一層可悲的厚障壁了。我也說不出話。[1]

陸生生捂著臉，先是覺得好笑，林秋小時候真的很土，可笑了之後她就開始哭，哭到最後甚至雙手抱頭，縮成了一團不停顫抖。

她真的不明白自己和林秋之間到底哪一步走錯了，為什麼一切會變成這樣？

他們明明一直相愛，現在卻像是誰都過得不幸福。她快受不了了，再這樣下去，她怕自己對林秋那麼濃烈的愛，最後都會被漫長的寂寞和空虛一點一點地消磨殆盡。

她甚至惡毒地想拋棄林秋，想把這顆毒瘤趕出自己的生命。

那種全然的混亂讓她頭腦越來越不清醒，強烈的負面情緒每天都在衝擊著她的心情，陸生生愛上了蝴蝶標本，自殺的念頭每天都在變強，她只能不斷服用抗抑鬱抗焦慮的藥物。但即使藥量越來越大，她還是不受控制地想讓她和林秋的感情永遠留在最美好的那一刻。

1 引用自魯迅《故鄉》。

每當午夜夢迴，她都會被自己恐怖又荒涼的夢境嚇到哭泣發抖，可是叫林秋來抱著她睡，她又覺得透骨的冷。

她排斥著已擁有的，然後緬懷著過去，彷彿他們已經變成了兩個會呼吸的死人。

那天晚上，她在浴缸裡泡到熱水變冷，終於在十點的時候拿起刀片，劃開了自己的手。

泡在從淡粉慢慢變成血紅的水裡，陸生生夢見了小時候的林秋和自己，還迷迷糊糊地看見十四歲那年自己把他從那個小棚子裡帶出來的情景。

她突然有點明白那時林秋躺在那裡等死的心情了，她好孤獨，感覺整個世界好像都在排斥她，不願意接受她。

沒有任何地方是她的容身之處，除了記憶，也沒有任何地方能容納她的感情。

再次睜開眼時，陸生生看見林秋在車後座抱著她，臉色慘白到就像失血過多的不是她而是他。

「我沒事。」醒後她才發現自己沒哭，夢裡那種悲慟的感覺也隨著涼風逝去。

陸生生割得不算深，林秋也發現得早，及時幫她止了血。

林秋有些懵地看了她一眼，他手足無措，嘴角有淚痕，她很久都沒在他臉上看過這樣的表情。

陸生生低頭看著自己手腕上的止血藥物和繃帶，開口道：「回家吧，我自己縫。不然明早全醫院都要開始傳陸生生割腕了。」

林秋聞言，便讓司機開回出發地，說話時他聲音抖得厲害，陸生生發現他的手也很涼。

她握住他的手指，含到了嘴裡，然後呆呆地看著他的下顎。她想和他天長地久，又想把他趕走自己一個人獨活。

陸生生覺得自己做過最後悔的事就是十四歲那年回去找他了，但她做過最不後悔的事也是那年找回了他。

大概就是因為這兩個相悖且永遠無法實現的願望，所以她最後才想放棄自己的生命，讓美好永遠留在那一刻。

陸生生被林秋又抱回了家中。

她叫林秋把她的醫療箱拿出來，然後開始自己消毒，打了點麻藥，在他的幫助下咬著牙邊哭邊把傷口縫了起來。

之所以備有麻藥跟縫合工具，是因為以前林秋在幫人裝水電的時候割傷過，那次她幫他處理傷口的時候家裡什麼東西都沒有，再後來她就留了整套專業裝備。

沒想到初次使用，居然是用在自己身上。

林秋替她煮了碗粥，吹著餵給她喝了，家裡的掛鐘敲響，十二點，他的臉色還沒從那種失血過多的慘白裡恢復過來。

陸生生心酸得厲害，她摸著林秋的手吻他，林秋終於低頭哭了出來，他用力抓著她沒受傷的那隻手放在唇邊親吻，身體抖得就和他嘶啞的聲音一樣。

「生生，求求妳別留我一個人。妳不在的話，我不知道怎麼活……」

陸生生想說「我們殉情吧，你先走，然後我馬上就去陪你」，但是她看著眼前會動會哭的林秋，又不忍心讓他變成一具冰冷的屍體。

她反握住林秋的手，有些扭曲地看著他，說道：「林秋，我想結婚了。」

他抬臉看著她，哭得狼狽又不堪，陸生生拿出紙巾幫他擦了擦，平靜地看著他說道：「其實人就算不談戀愛，自己一個人也可以過得很好。我這不是說要和你分手的意思，我只是覺得以後不要再把彼此綁得這麼緊了。」

「妳想結婚……」林秋像是想說他可以娶她，但他就連說出這句話來都覺得像是玷汙了自己的神。

陸生生等了他一會兒，繼續說道：「塞給你都不敢要的東西，你為什麼就不肯鬆手？」

「我要，我娶妳！」大概是被陸生生這悲憫又無情的表情刺激到，他抓著她的手越發激動起來。

陸生生反問他：「那和我結婚之後呢？還跟現在一樣嗎？一切會發生什麼變化嗎？」

他沉默了，瞪大著眼與她四目相對。

陸生生抽出了自己的手，往後退了一點，「就算和你結了婚，也不會有任何變化。我們仍然無法交流，仍然各過各的，我才二十八歲，但我覺得我活得好像已經八十二歲了。」

她不再抬眼看林秋，也沒讓這沉默延續太久。

「要不你走吧。」

「生生……妳想要我做什麼，我都可以學起來，但請別趕我走，我不知道我還能去哪。」他眼前都是水霧，他明明比陸生生大兩歲，還一副害怕像是隨時會被送養的小孤兒。是，他還是個孤兒，他這一生，眼裡都只有陸生生。

「對不起。」陸生生看著別處，眼淚突然湧了出來，她花了好長時間才壓住那來勢洶洶的痛苦，啞著嗓子道，「我就是每天都很想去死，我不想活了。」

這話的攻擊性對林秋幾乎是碾壓性的，他終於站起了身。

陸生生在林秋起身的那一秒就反悔了，她撲上去抱住他，脫他的衣服親他，也不管自己手腕上的繃帶溢出鮮血，把他按在地上與他呼吸交纏，賣力親吻，喘息著做了起來。

林秋不再溫柔，像隻被狠狠刺激過的野獸，在她身體裡射了兩次。

陸生生因為性愛分泌出了一些能讓她愉悅的激素，她吻著他肩上被她抓破的血痕，柔情似水。

林秋抓著陸生生的頭髮讓她看著他，陸生生頭皮被拽得有些疼，但她只覺得這疼痛恰到好處地安撫了她。

「陸生生。」

「嗯。」她舔了一下乾澀的唇瓣，吞了吞口水。

「不要結婚。」

他收緊了手，疼得她眯起了眼睛，「憑什麼不能結婚？憑你娶不了我？」

「妳不能背叛我。」林秋翻身把她壓在身下，用力掐住了她，看著她一點一點窒息，最後還是鬆手了，眼裡透著濃濃的無助與痛苦，「我把什麼都給妳了。」

聞言，陸生生咯咯笑了起來，腦中的理智線終於被繃斷了。

那夜之後，她從那種鬱鬱寡歡意志喪失的狀態裡走出來，恢復了生機和活力。

她買了很多漂亮衣服，上班會化精緻的淡妝，變得比以前更像陸生生。

她不再糾結自己和林秋沒有共同話題，也不再糾結自己和杜浚雙方家庭日漸融洽的關係。

那晚自殺未遂後，她大概是找回了十四歲之前的狀態，她乾脆地將那些會讓她矯揉造作又瘋瘋癲癲的情緒都丟給了林秋，開始一個人快樂地發瘋。

反正她死也離不開林秋，林秋也死都離不開她，與其兩個人一塊正常，不如就讓他一個人正常，讓她當個瘋子。

這樣的話，他們之間至少還能快樂一個，不是嗎？

第十四章

調查結果出來了，倉庫裡那三具被肢解的屍體，和林秋之間的關連似乎並不多。這三人都是鎮上出了名的混混，其中一個還是林秋的鄰居，這幾年他們很愛躲在林秋父親搭的棚子裡吸毒，更多時候都在打牌賭博。

把林秋小時候居住過的棚子當毒窩——這就是他們之間唯一的相關處。

這些資料都是郭大隊長拿著照片去詢問當地人才知道的，詭異的一點是，多年過去，附近鄰居家的房子都還在，棚子卻憑空消失了。

村民們也都覺得很奇怪，但林秋這個人已經被他們逐漸淡忘了，他有十多年沒回來過，他住的地方也沒人會在意存在與否。

就連提供這些資訊的村民，在看到眼前空蕩蕩的一幕後，都撓著腦袋有點不太確定自己說過的話了。

郭大隊長還在繼續查，但是那個工廠顯然不是一個很重要的地方，除了那三具屍體外，其他什麼都沒發現，案發現場簡潔乾淨到令人絕望。

他實在束手無策了，只能又去找了那位姓李的驅魔師。

「林秋的案子到這三具屍體就算是查到頭了，你能找到那些裝著殘肢的冰櫃在哪裡嗎？」郭大隊長第一次靠神佛破案，他面上無光，出門的時候連助手小傑都不好意思帶。

李渡坐在一間餐廳裡吃魚，沿海地帶物產最豐富的就是魚蝦海鮮，他喝了一口鮮甜的魚湯，放下小瓷碗道：「我之所以能找到那三具屍體，是因為我去了林秋那個鄰居的家裡，拿到了他的遺物。」

「你為什麼會去那個鄰居家？你怎麼知道他死了？」
「……」李渡沒說話，低頭吃了一口魚。
郭大隊長看他不搭理自己，猜到他大概是不想說，只能換個方向繼續問。
「那你能找到陸生生的遺體嗎？陸生生的遺物我們警方就能提供！」郭大隊長說道，
「我有預感，只要找到陸生生，我們就一定可以找到林秋。」
「那是肯定的，但那恐怕不是件好事。」李渡夾了一口魚放進嘴裡，咀嚼嚥下後，搖搖頭道，「死了這麼多人，他們太危險了。」
郭大隊長腦子裡都是那張手術床和十幾個冰櫃，他情緒開始激動起來，「可是如果一直弄不清楚他們生前到底經歷了什麼，這一切就永遠都會是謎！」
李渡放下筷子，定定地看著郭大隊長的眼睛道：「其實我已經找到了陸生生鬼魂所在的準確位置，你可能會覺得很奇怪，但她現在就處在那個消失的棚子裡。」
「她就在那？」
「沒錯，那個棚子沒有憑空失蹤，它只是被移到了亡故之人的世界，我猜陸生生或許就被藏在那裡。」
「你怎麼越說越玄……啊對了。」郭大隊長鬆了鬆襯衫釦子，從包包裡拿出了一份資料，正是他剛拿到的袁冰的日記原件，還有一些杜浚在別墅裡的照片。
「你看這個，這是介入陸生生和杜浚關係的小三留下的日記，還有這些照片，是我在杜浚別墅裡發現的，有什麼特殊含義嗎？」
李渡先是翻看了杜浚別墅的照片，然後抽出了幾張照片和郭大隊長說：「這些符都是驅魔鎮鬼用的，尤其是這些銀杏樹槐黃紙，沒有十幾萬塊錢請不回來，是找業界有名大師做過法事的，鎮壓的都是極凶殘的厲鬼。」

「那跟他家屋裡的鏡子全部碎掉有關嗎？」

「鏡子通常可以連接另一個世界，可能是因為經常在鏡子裡見到鬼，所以才在恐慌中打碎了家裡所有能反射模樣的物品。」

「所以我們現在可以確定，杜浚、袁冰和陸生生，他們死前曾遭遇過鬧鬼事件？」

「……看來是這樣。」

「那你再看看這本日記，上面的字跡有可能被修復嗎？」

李渡在郭大隊長的要求下，戴上了手套，翻閱起日記。

看不清楚的地方依然看不清楚，他主要閱讀了後面的部分，搖頭說道：「它們不想暴露出來的事，沒人能從物證上找到更多線索。」

郭大隊長有些失望，袁冰的日記算是目前最能重現那段時間發生過什麼的東西了。

「郭警官，相信你很明白，對於法醫和你們警察來說，現場和屍體是會說話的。」李渡話鋒一轉，「對我們從事靈異行業的驅魔人來說，死去的鬼魂也能重新開口說話，我可以用這本日記招來袁冰的魂。」

郭大隊長睜大了眼，與對方對上了視線。

「但是我也和你提起過，我的搭檔就是死在與鬼魂通靈的過程中。做這件事的話，恐怕會有一定的危險……」

「可以保證還原袁冰的日記嗎？」

「沒辦法百分之百保證，但百分之六十到七十的可能性還是有的。」

「做。」郭大隊長毫不遲疑地同意了，他說道，「你讓她上我的身，最好能問出這本日記後面到底寫了些什麼。」

郭大隊長是說到就要做到的硬漢派，他跟著李渡去飯店開了一間房間，看著他布置了一切，最後在屋子角落裡擺了一臺攝影機。

「你想問袁冰的只有紙上這些嗎？」李渡讓郭大隊長坐在自己對面，兩人對視著，漆黑的屋子裡只有蠟燭的光線幽幽搖晃。

「嗯，就這兩個問題──是誰殺了她，她的日記裡都寫了什麼。」

「好的，我知道了。」李渡將紙鋪平放在桌上，示意郭大隊長閉上雙眼。

郭樹的眼前一片漆黑，隱約聽到了對方念著一些他根本聽不懂的話，他一心專注地分析著那些話，慢慢覺得自己的十指開始莫名寒冷。

他皺起了眉，寒意一點一點地侵入他身體。冷，他唯一能感覺到的就是冷，他開始失溫打顫，身體瘋狂顫抖。

慢慢的，冷的地方開始不只有指尖，他的脖頸、腳、大腿、胸腔，也都冷得讓他再也受不了。

他的意識都被完全冰凍住了。

李渡看著眼前僵硬活動著身體的郭樹，他的動作卡頓乾澀，彷彿一個剛上完潤滑油的老舊機器人。

「你是男人還是女人？」

郭樹直勾勾地盯著驅魔師，他開口時卻發出了一個冰冷的女聲。

「女人。」

「你認識袁冰嗎？」

「我就是袁冰。」

李渡呼出一口氣，她的狀態比陸生生要好多了，至少她還很清醒。

「袁冰，我們正在調查有關你死亡背後的真相，這本日記是破案的關鍵證物，能不能請妳讀一下？」

李渡將日記毀損的部分翻出來，放到了她的面前。

她有些發白的眸子盯著那些字跡，停頓片刻後，開始讀了起來。

2020.12.4

我住在飯店裡，睡得迷迷糊糊的時候聽見有人在試圖開我的門。

我瞬間嚇醒了，連忙出聲問是誰，外面的人沒說話。

我拿起手機就要打電話給杜浚，外面的人終於開口了，他說「是我」。

一開口就是杜浚的聲音，我很生氣，杜浚這個人精蟲上腦連現在幾點都弄不清楚，但是好在來的人是他，剛剛他不說話就一直在敲門，我真的有點被嚇到。

我走過去就想幫他開門，可是開門前我突然猶豫了一下，先湊到貓眼上去看了一眼……

不是杜浚！

外面站著的那個黑黑的影子絕不可能是杜浚！他比杜浚至少高了一個頭，可他剛剛開口說話，聲音分明就是杜浚的！

我快嚇死了，馬上打電話叫飯店的人上來，然後就縮在床上不敢動了。

過了一會兒，飯店的人上來了，他們在外面敲門，我又湊過去在貓眼上看了一眼，這次來的是兩個穿著飯店制服的人，我馬上開了門。

沒想到一開門，外面走廊一片空蕩蕩的。

我知道我要慘了，關上門轉頭，就看見那個黑黑的影子站在我後面，我看不清楚他的臉，但我看到他的眼睛，他在盯著我。

2020.12.5

昨晚停電了，監視器沒拍到那男人進來的樣子，要不是杜浚攔著，我就報警了！

今天換了間飯店，杜浚讓我不要老做些這樣的事情吸引他注意，當情婦就要有當情婦的樣子，他又不是沒給我零用錢。

我打了他一巴掌，他氣了，扯著我頭髮把我拽到地上打了一頓，他居然打我？他居然敢打我？

我氣到發抖，我明明沒說一句假話，杜浚肯定是被什麼髒東西給纏上了，來壽息之前我從沒遇到過這樣的事，誰知道是不是他做了什麼虧心事，害我也要一起擔心受怕。

夠了，這種愛動手的臭男人就留給陸生生吧！我這樣的條件，想找什麼樣的人沒有？鼻子和額頭上的傷又開始流血了……杜浚，你這混蛋！趕緊去死吧！

2020.12.10

臉上的傷還在出血。

不知道怎麼了，早上起來一沾水鼻子就會流血，喝水口腔也會流血，去醫院檢查，醫生說沒有任何問題。而且我在醫生面前喝水，那血又不流了。

只要一回去，就照樣開始流血。

最關鍵的是，我今天中午睡覺醒來，發現自己腰上多了一條手術的疤痕。

我嚇壞了，我從來沒在腰上做過手術。

於是我馬上前去醫院檢查，檢查結果下午才出來，醫生說我摘了一顆腎，而且這傷起碼是兩個月之前的事了。

我什麼時候摘過腎了？我失憶了？可我經常寫日記，我根本就沒有在日記裡翻到這件事，我……我到底怎麼了？

2020.12.12

我要回去了，這地方我待不下去了，昨天晚上那個男人又來敲門，我問他到底為什麼要這麼做，他到底想幹嘛！

還沒問幾句，我就又開始流血，我捂著鼻子，可是剛低頭就看見自己雙腿間居然湧出了大量鮮血，那種來勢洶洶的感覺像是子宮都要掉出來了。

我嚇得站不穩，哪怕是在地上爬都想離門口遠一點，那扇門被打開了一條縫，我想那後面肯定又是什麼不乾淨的東西。

我好像被嚇暈了，又好像只是作了個夢。

之所以說是作夢，是因為我醒來的時候發現自己在浴缸裡泡澡，從昨晚一直泡到了今天早上。

我站起身，一動就感覺自己渾身都痛，低頭一看，我身上又多了好幾道歪歪扭扭的手術痕跡。

我哭了，我好害怕。我根本不敢查自己又有什麼器官消失了，我要回家，我想再看看我媽媽。

2020.12.13

辭息機場因為大霧飛不了，我就買了最早那趟晚上十一點的高鐵票往回趕。晚上十二點多時，杜浚打電話給我，語氣很急促地問，那天半夜敲我們的是不是一個身形高大的黑色人影。

這是他這段時間第一次聯繫我，我沒理他，直接掛了電話。

那個人好像終於不來纏著我了，他好像改去找杜浚麻煩了。

我掛斷電話看著窗外的風景，第一次有種活著真好的感覺。

就這樣結束吧，我真的再也不會去做壞事了，我已經得到應得的懲罰了，我就只想繼續活下去。

不管你是誰，求求你放過我吧！我知道錯了！

2020.12.14

好不容易在高鐵上睡著，但是作了個很不好的夢。

我睜不開眼，但能聽見外面的聲音，一些男人在談話，偶爾摻雜著幾句女聲。

隱隱約約聽到有人說什麼心臟匹配度很高，那邊要得急。然後又有女人說，可是心臟一摘，其他器官很快就會衰竭，到時候怎麼賣？

他們一人一嘴地說，妳就放心吧，只要有就不可能賣不出去，妳知道器官的市場需求有多大嗎？有市無價！我有個哥們，他有無數條管道可以把這些東西賣出去，到時候錢少不了妳的。

妳大女兒不是要高考了嗎？到時候她上大學不用花錢？

可是……

就算不管大的，兩個小的也得管吧？妳又不是第一次幹這個了，還矯情什麼？

以前最多都只是挖一顆腎，哪有這麼一上來就要命的？

誰讓這人命不好，剛好就跟人家教授的孩子配上了，人說了，錢不是問題，多少都換。

日記到這裡就結束了，袁冰停了下來，李渡也陷入了沉默。

最後打破了這死一般沉默的人，還是袁冰。

她看著李渡，又看了看自己慢慢變涼的手，這隻手的熱度在流失，鬼一直留在活人體內，會慢慢耗光他們的陽氣。

「我知道你們想做什麼，但是為了你們的生命考慮，別做了。不要太靠近危險，活著才是最重要的。」

袁冰的眼神有著死人特有的悲傷與眷戀，她眼裡蒙上了一層薄霧，「活著才是最重要的，我好想活著，我想陪我媽媽。」

李渡悲憫地看著她，「妳也是鬼，為什麼不去找他復仇？」

「那樣就連最後一點魂都不會剩了。」

「妳知道冰櫃裡的屍體嗎？」李渡又問道。

袁冰點點頭，對他說出了一個地址。接著，她又說了七、八個地址，這些地方居然也都藏有屍體。

「冰櫃裡的屍體是陸生生幹的，兩個男人，一個女人，兩個小孩，這些是她親手殺的，其餘的都不是她，凶手是那個一直跟著她的黑影。」

說罷，袁冰即將離開，臨走前她發出了虛弱的聲音。

「你們最好別去找陸生生，她現在受不了半點來自過去的刺激，如果沒有那個人安撫，她馬上就會變成一個可怕的瘋子。」

郭大隊長醒來時，看見李渡正坐在窗邊抽菸。

「怎麼樣？都問出來了嗎？」

李渡抬起夾菸的手指比了比桌上的錄影機，郭大隊長連忙認真翻看起來，他眼睜睜看著自己發出陌生女人的聲音，將那些被隱藏的日記內容娓娓道來。

在李渡抽完第四根菸時，郭大隊長終於放下攝影機，暗罵了一句：「居然還他媽的有屍體。」

「真是不簡單。」李渡也嘆了口氣。

郭大隊長轉頭看向他，「袁冰的話到底是什麼意思？陸生生活著的時候還殺了五個人？」

「你認為林秋是怎麼死的？」李渡問道。

「從袁冰十二月十四日寫的最後那篇日記來看，她夢見的恐怕就是林秋最後聽到的聲音，林秋被弄去黑市販賣器官了？」

「你覺得陸生生知道他死了之後，會有什麼反應？」

郭大隊長按了按太陽穴，「林秋七月中旬就失蹤了，可她十月和杜浚還拍了婚紗照，十二月兩人還一起出去旅遊，像是一點反應都沒有。實在看不出她這段時間內殺了五個人，其中甚至還有兩個孩子。」

「這很反常。袁冰變成了鬼，但她最怕的不是當時殺了她的林秋，而是下落不明的陸生生……你知道鬼魂之間都有一種特殊的感應嗎？」

「什麼意思？」郭大隊長看著他。

李渡坐在他對面，用手指在桌上畫了個小圈，「人死後會變成分量不同的靈魂，有些攜帶的意識輕飄飄，在世上留存十幾秒或者一分鐘左右就會消失了。」接著他又畫了一個大圈，「還有些人，死前充滿極深的執念和怨念，它的能量大到可以影響到現實世界，對活人的思想造成不可逆的傷害和折磨。」

「你可能會看見很真實的幻覺，你的時間和空間會被它們擾亂，有時候它們甚至還能將你拉到它們的世界，在那個空間裡將你摧殘到體無完膚，再把你的屍體送回現實。你可能眨眼間就會死得很慘，就連死亡時間和屍體的新鮮程度都搭不上，你的屍體處處透著古怪，卻又無從查證。」

「我操。」郭大隊長爆了句粗口，「還真是遇到過這種破不了的案！」

「回到正題，袁冰怕陸生生，是因為她知道陸生生的影響力驚人，她不敢去惹她。一條普通的冤魂惹不起一隻瘋狂的厲鬼，她生前對不起陸生生，死後對方又隨時都能捏碎她，所以她恨不得離她越遠越好。」

「陸生生死後這麼凶，難道她死得很慘？」

「慘死只是厲鬼形成的一個條件，更關鍵的還是看她死前究竟承受了多少的執念和怨念。那些生前她無法承受的東西，在她死後都會化為困住她的枷鎖，厲鬼往往每分每秒都在生前的痛苦裡掙扎，這也是它們攻擊性這麼強的原因。它們很難轉世，會永遠一直痛苦下去，這些傢伙存在的時間越長，就越是恐怖扭曲。」

聽完李渡的話之後，郭大隊長陷入了沉默。

「郭警官，這件事我不準備再繼續插手了。」李渡認真地說道。

郭大隊長嘆了口氣，「我沒辦法，局裡要求必須破案，這個案子背後牽扯的東西太多了，事情肯定得有個了結。」

「案子已經破了不是嗎？」李渡臉上的細紋似乎都深了一些，「陸生生的情人林秋回到了赤河，被三個吸毒的人抓到了黑市販賣器官，陸生生受不了打擊，為了報仇變身為殺人魔，肢解了那些害死她情人的人。」

「但這個說法破綻太多了，袁冰說只有冰櫃裡的屍體是陸生生幹的。」

「也沒有其他解釋方法了，那些目前還沒被發現的屍體，很可能也跟林秋的案子有關，我只能建議你們低調處理。實在不行，就推到陸生生身上去，至少推給她的話，大家都還知道這是活人殺人，可一旦涉及到死人，那事情的嚴重性就不同了。」

郭大隊長的表情變得越發凝重，李渡停頓片刻，繼續說道：「陸生生的故事很離奇，用一生建立起的完美形象，都因為一個被她藏了二十多年的男人的死亡而毀於一旦。既然她確實殺了人，就把所有罪名都推到她身上吧。」

「這將是顛覆性的，人生幾乎不存在汙點的年輕女醫生，為了幫深愛的情人復仇，變成了殺人魔。一個世紀惡女的誕生過程，會讓那些屍體被淡化成輿論與關注的陪襯不是嗎？」

「大家會更多的去挖掘她的原生家庭，查她這些年來的情史，分析她從小到大取得的榮譽，然後試圖還原她犯下這樁樁件件背後更深層的原因。這將會是一個極其龐大的工程，因為那段徹底毀掉了她的感情，本來就是她花了一生的時間想隱藏起來的祕密。」

郭大隊長的喉結動了動，最後他只是握緊了拳頭，低下頭不再說話。

他真希望那些敏銳的媒體別這麼寫，因為殺人無論從什麼角度上來說，都不是一件值得大肆宣揚的好事。

第十五章

陸生生決定跟杜淩結婚了。

端午節的時候她帶著家裡準備的珠寶和紅酒去拜訪杜淩的父母，那天林秋包了粽子在家裡等了她一夜，她一個電話都沒打回來。

畢竟，為什麼要打電話給一條狗？

那晚陸生生和杜淩睡在一起，她說謊太久，真的相信自己小時候被大叔強姦過，杜淩想要她，她演了一齣催人淚下的好戲，最後用手幫他發洩出來了，跟他承諾說結婚那晚再和他做到最後。

回去之後林秋生氣了，不是一般的氣，這是她第一次背著他和別的男人睡。那晚林秋深夜打電話給她的時候，她接了電話，一旁的杜淩睡眼惺忪地問是誰，她只說是老同學。

林秋很偏執地問她到底有沒有和杜淩睡，陸生生卻依然沒有給出答案。於是他發了瘋，把她綁在飯店限制她的社交，將她的手機和人一起關了整整兩天，最後還是趁著他出去買她愛吃的魚，她才偷跑了出去。

那兩天林秋一直在問她到底有沒有跟杜淩做愛，時而跪著像條狗一樣地求她，時而又凶得像是恨不得把她殺了吃掉。

陸生生死活不明白他究竟在執著什麼，她就算和杜淩上了床，最愛的也還是他，杜淩在她心裡連條狗都算不上，林秋跟對方比根本是自降身分。

但林秋聽不進去，他就是受不了陸生生被別人碰，這段時間他一直神經病一樣地問她，能不能跟以前甩會長一樣趕緊和杜淩分手，她和杜淩談了這麼久的戀愛也該夠了。

陸生生覺得林秋其實挺可怕的，她過去老覺得自己虧欠他，可其實他心裡一清二楚，他知道自己的付出能從她那裡換來什麼。之前相安無事是因為他的根本利益沒有被觸及，而現在陸生生的行為已經直接踩到了他所能容忍的底線。

他看起來卑微又隱忍，其實對她的占有欲比任何人都更強。

被關住的那兩天，陸生生一直懷疑他在偷偷磨刀，想拉著她一起去死。一開始她還會有點害怕，覺得林秋可能會在她上下班的路上偷偷跟著她，可是她等了很久，都沒有在自己身後看見什麼可疑的身影。

她覺得林秋就是藏得太好了，他肯定還會跟在她身邊的，畢竟他離了她就會活不下去，說不定現在還在籌畫怎麼把她給擄走，拐到一個誰都找不到的地方關上一輩子。

陸生生卻什麼都沒等到。

林秋走或沒走，她總是第一個就知道的。

冰箱裡冰了一個月的燉牛肉酸掉了，碗一個月沒洗，地一個月沒拖，垃圾袋一個月沒換過。

陸生生癱在沙發上，看著家裡堆滿的垃圾和衣服，臉色青白，渾身發冷，一度以為自己血管裡的血液都被凍住，不會再往心臟流動了。

她不再因為十四歲的時候後悔，她甚至忘記自己十四歲的時候都幹了什麼，她滿腦子都是那天晚上她為什麼要割腕？為什麼不能再忍忍？為什麼發瘋要和杜浚結婚？為什麼要刺激林秋？

就好像一個健康的女孩覺得自己胖，想瘦到四十五公斤，於是開始拚命絕食，想著自己四十五公斤的時候能穿上好多漂亮衣服。結果還沒等到瘦身成功，她的腸胃就開始發炎，每天吐膽汁和胃液，沒辦法再咀嚼吞嚥，睡前唯一的願望就是第二天臉能消腫，至少能吃下一口只放鹽和醬油的湯麵。

林秋人呢？

電話打不通，工作也辭了，他真的一個人走了，只是因為她跟杜浚不明不白地過了一夜。

對，她是活該，陸生生想只要是林秋願意，他也可以去找別的女人睡，一次睡十個都行，她不在乎他到底在外面做什麼了，只要他能原諒她這一次就好。

更何況她也沒有和杜浚發生更多事情，她只是用手幫她明面上的未婚夫打了一次手槍，她根本就……

為什麼要有明面上的未婚夫？為什麼有林秋了還要有明面上的未婚夫？

陸生生開始不斷自我反省，為什麼有了林秋還要和杜浚交往？為什麼有了林秋還要和會長交往？為什麼她會從十八歲那個義無反顧的陸生生變成現在這樣？

只是因為那個被打掉的孩子嗎？

只是因為林秋看著她被關在那個精美鑲鑽的黃金籠裡，一直不肯帶她走？她自己也沒有飛行的能力？

陸生生想到最後還是委屈得不行，為什麼他就是不願意帶她走，以前不肯，現在還是不肯，他寧願丟下她一個人走。

他哪怕把她帶到那個小破棚子裡關一輩子，當他一輩子性奴，她都不會有一句怨言。

陸生生的生活毫無疑問又垮掉了，她和林秋是共生的，他們的生活二十一年來早就已經融為了一體。她乾渴了一個月，生命指標急速下降，她去跟物業管理公司說自己掉了東西，讓他們報警找林秋，最後得知林秋早在一個月前就已經回了赤河。

她才想起被林秋關在飯店的那兩天，她對他說過，她不喜歡他占有欲這麼強，再這樣他就回赤河去。

他真的回去了。

陸生生就像是有了希望一樣，從派出所出來就連夜開車前往赤河鎮，好像再晚一步就趕不上接他了似的。

深夜上高速公路，她非但沒有半點睏意，反而還越發有精神，她迫不及待想見到林秋，她不知道是不是自己太想見到他了，居然在開車的時候看到自己車前走過一個人，那個人轉過頭，正是她日思夜想的林秋。

她嚇到了，連忙踩下剎車，整個人都撞到了方向盤上，安全帶勒得她身體疼痛不堪，她艱難地下車去看，才發現什麼都沒有。

再次坐回車裡的時候，她在後照鏡裡看見車後座上多了一大灘鮮血。

她被嚇到當場慘叫，可就在那一刻，一隻冰冷的手搭在了她抓著方向盤的右手上，陸生生驚恐地迅速轉過頭，看見面色同樣灰白的林秋正平靜地看著她。

他說：「生生，我好冷。」

他就像被凍過一樣，眉毛上和皮膚上還有一層冰霜。

陸生生睜大了眼，顫抖著伸手去摸他的臉，然後在他的脖頸上看見了一圈整齊的切痕。

她剝開他的衣服，在四肢還有身體各個關鍵的器官部位，都看見了歪歪扭扭的手術痕跡。

「你去哪了？」陸生生哽咽著喊道，「你怎麼把自己弄成這樣？」

「我回家了，但是我家變成了毒窩。」他訥訥地說道，「我讓他們走，他們就把我弄暈運到了倉庫裡。」

陸生生崩潰地哭了。她是醫生，她最清楚人的器官如果淪落到黑市裡究竟值多少錢，但眼前的人是林秋，她根本接受不了那樣的事發生在他身上。

「妳別哭了。」林秋無神的眼裡蒙上了一層憂傷，「我不痛，我醒來就變成了這個樣子，只是想來看妳最後一眼。」

「你不許走！不許走聽見沒有！你就算變成鬼也是我的！你敢走我現在就自殺纏著你！」

「生生，都結束了。」

他說完，陸生生眼前就黑了。

直到第二天的朝陽自車窗照入，陸生生才發現她的車停在離市區不遠的一個休息站，而她就靠在座椅上睡了一夜。

她依稀記得自己好像作了個夢，但她不知道那個夢裡究竟有什麼，她甚至忘了自己為什麼會來到這個休息站。

她默默地買了份早餐吃掉，又將車開回去，勉強在遲到前趕去了醫院上班。

一整天下來，陸生生都處於精神恍惚的狀態，她總覺得自己好像忘了什麼。

回到家時，發現房子亂得就像豬圈，於是開始著手清理。

她忙到深夜，好不容易才把那些垃圾都清理乾淨，衣服也都一件件晾了起來。

她坐在沙發上歇息了一會兒，只是就那麼小坐一會兒的功夫，她就像是換了個人一樣，轉身看著突然變乾淨的房間，心裡又驚又喜。

他果然還是回來了！

她就知道林秋不可能扔下她一個人的！

陸生生把家裡給翻了個遍，她找遍了衣櫃、廁所、陽臺、每一個房間甚至是抽屜，最後都沒得到林秋來過這裡的痕跡。

但是……她又看了看陽臺上飄著的衣服，還是半乾的，這能說明他剛來過不久。

陸生生一顆心又好好地放下了，她捂著臉笑得有些難以自持，林秋還在，還在就好，他早晚有一天是要原諒她的。

她美美地躺上了床開始睡覺，一小時後，她又睜開了眼，還什麼都沒做，眼裡就控制不住地流起了淚水。

陸生生邊哭邊焦慮地穿著睡衣在屋子裡打轉，她拿著手機開始聯絡自己的老同學，她記得她讀大學的時候認識過一個女生，那個女生家裡是做那種靈異相關的事業。

電話剛接通，她就嗚嗚地哭了，哭得停不下來，把對面起床氣正濃的女生嚇得連話都不敢說。

「陸生生，妳怎麼了？」

她只是哭，哭了好久，才顫抖著說：「我活不下去了，我活不下去了……」

「不是，妳怎麼會突然就活不下去了？妳怎麼了？」

「我從小養到大的狗被人殺了，我活不下去了，我好想跟他一起死……我受不了了……」

「別別別，陸生生，妳先別激動。妳打電話給我，有什麼是我能幫到妳的嗎？」

「能不能讓他回來繼續陪著我？要我付出什麼代價都可以。求求妳了讓他回來陪我，我不行了，我現在就想打開窗戶從這裡跳下去。」

陸生生的額頭用力磕在了窗戶上，像是在求她一樣。

女生被嚇得不輕，連忙應道：「這不是不能想辦法的，我可能不太行，但我婆婆應該可以，她很厲害的，我明天就幫妳聯繫她吧。」

「妳在哪裡？」陸生生的聲音頓時變得冷峻。

「啊……我……」

「告訴我地址，我現在就去找妳。」她說完，停頓了一下，眼淚又從眼裡滑了出來，「我怕我一停下來就會馬上去死。」

「好好好，這樣吧，我把我婆婆家的地址發給妳，妳可以先去找她，我現在離老家很遠，一時半會兒趕不過去。」

「謝謝……」陸生生哭著向她道了謝，她一收到地址就馬上去開車，往導航上標的位址開去。

隔天正好是她輪休，她也顧不上那麼多，下午兩點時她終於趕到了神婆的家。

神婆住在一個毫無特別之處的小院子裡，眼睛瞎了一隻，瞳孔是灰白色的，只有院內掛著的各種奇奇怪怪的神符和桃木多少能讓人看出來她有一些與眾不同。

「妳身上有鬼氣，近段時間恐怕見過鬼。」神婆見她第一面就這麼說了。

陸生生疲憊不堪，卻因為這句話而激動起來。

「對，是我家狗狗，他前天晚上回來見過我。」

「就算是條小狗，這種已經死掉的東西還想把它長時間留在身邊，對自己的陽氣、運勢和健康都會造成影響。」神婆帶她往屋裡走，陸生生看她關了門，直接就拎著箱子跪下了。

她像個瘋女人一樣，顫抖著把箱子打開，裡面有她上午去幾家銀行裡領的錢，粗略看來至少有五、六十萬。

「求您幫幫我，死的不是狗，是我的情人。我跟他吵架，他一個月前就回了老家，結果他老家有人吸毒，把他弄暈抓去賣了器官，我到現在連他的屍體都找不到。」

「我還能給妳更多錢，要多少都有。我爸是市立醫院的院長，我未婚夫家裡比我家還要有錢幾十倍，只要妳能幫我把他找回來，讓他一直留在我身邊，我什麼事情都願意做。」

陸生生見神婆的目光在那些錢上停留片刻後又看向別處，像是不想插手，連忙撲上去抱住了她的腳哀求起來：「求求您了，幫幫我吧，我不能沒有他，沒有他我真的活不下去。」

「不是錢的問題，這種事……」那神婆盯著頭髮凌亂卻仍然不掩淒美的陸生生，狠狠地把自己腳給抽了出來，「這種事情不是隨便就能幹的，太毒了，是要償命的！」

她說話聲音又小又陰森，陸生生非但沒被嚇到，反而直接拿起桌上一個水杯摔碎，然後撿起玻璃碎片就要割向自己的脖頸。

神婆一腳踢開了她的手，但她開頭那下刺得太用力，血液當即就湧了出來。

她忍痛捂著自己流血的脖子看著神婆，紅著眼眶流淚，眼裡沒有一絲要退讓的痕跡。

神婆搖頭，彎腰把陸生生拉起來，從屋裡拿出了急救箱幫她消毒止血，並用紗布大概處理了一下。

「他鬼氣不凶，死前沒有經歷太多痛苦，死後也沒有變成厲鬼。他最後的執念大概都落在妳身上，但這執念也在被他自己逐漸化解，等到完全消失，他就會轉世投胎。」神婆接了一小碗她剛才流出的血，在一個不透光的陰暗祠堂裡做著她看不懂的行為。

「不能讓他走。」陸生生歇斯底里地看著神婆，焦急地說道，「他得回來。」

「妳知道人和人之間是靠什麼聯繫起來的嗎？」

「社交？」陸生生不解地回了一句。

「是因果。你們之間的因果在他死了之後就斷開了，如果能和他的鬼魂繼續產生無法掙脫的因果，妳就可以留下他。」

「我該怎麼做？」

「我會為妳做好其他準備，妳目前需要做的就是與他的鬼魂建立起因果，妳得殺了那些害死他的人，用那些人的屍體來和他綁住因果。」神婆說道，「一般人聽到這裡就會放棄了，沒人能隨便殺得了人。」

「婆婆，我在市中心最好的地段有一套房子，我可以把它過戶給妳，請妳想辦法幫幫我。」陸生生聽那個女生說過，她婆婆有養小鬼，她說用那個可以悄無聲息地害死人。

神婆盯著她片刻後，嘆氣道：「不過是一個男人，何必做到這種地步。」

「我想見他。」陸生生低下頭，眼淚不知不覺間又流下來了，「我受不了這種感覺了，他是鬼我也想見他，可他為什麼不來纏著我？他是不是根本就不愛我？」

神婆是有真本事的，年輕的時候手上也過過不少人命，但她活大半輩子也很少能碰見一個陸生生這樣有錢又戀愛腦的冤大頭，這種大小姐的錢最好賺不過了。

她輕敲了幾下桌子，清嗓子道：「我列張清單給妳，這幾天妳著手準備一下，妳情人的魂我可以幫妳召回來困住，那些害他的人，我也可以想辦法讓他們去一個妳指定的地方。只不過那些人去了之後，妳得親自動手，血只有過了妳的手，因果才能牽在妳身上。」

陸生生眼睛都變亮了，她微張著嘴，一想到林秋馬上就能回來陪她的喜悅感，沖散了她心頭厚厚的陰霾。

「可以把他困在我身上嗎？」陸生生說道，「反正妳也要把他困住，可以把他困在我身上嗎？」

神婆就沒見過這麼瘋的，「把他的命符紋在妳身上，他的魂就能困在妳身上了。」

「紋在這裡。」陸生生開心地拉開自己的衣服，指著心臟的位置道，「我想把他留在我心裡。」

幾天之後，陸生生以最快的速度準備好了神婆需要的東西，然後被她帶著去一個看起來不太正規的店裡紋身。那符不大，三根手指合攏的寬度與長度，神婆和女紋身師對著她胸上指指點點，最後讓她翻身，乳房還是不太好紋，太軟了，後背紋靠心臟的部位也一樣。

陸生生妥協了，林秋喜歡親她的胸部，紋了以後她怕不白嫩了，他會不喜歡。

她紋完身，又過了大概六天，神婆給她發了時間，讓她提早去做準備。

神婆說的準備就是指過去殺人，陸生生把地方選在了城郊交會處的一棟空屋裡，外面看起來平平無奇，但它之前是一個屠戶的房子。

房子後面有個很臭的豬圈，裡面還有一個地下室，地下室裡有十幾個用來冷藏豬肉的冰櫃。

她在那房子裡住了下來，當晚就有一個女人帶著自己的兩個孩子匆忙過來敲門了。

陸生生幫她開了門，她看著這個女人，以及她牽著的一個五歲大的男孩、一個八歲大的女孩，沉默片刻，還是將他們放了進來。

陸生生旁敲側擊了解到，女人是因為每晚都夢到老公在這裡，所以才過來找人的。她老公早年跟小三跑了，扔她一個人帶三個孩子，她還有個老大正在上高中，女孩子成績非常好，她懷疑是陸生生把她老公給藏起來了。

陸生生沒有承認，不過她還是禮貌地請女人和孩子吃了頓飯。從女人嘴裡，她得知女人早年是一名醫生，但是曾經出過一次重大事故。情緒激動的家屬不停在醫院裡鬧事，最後她作為那臺手術的主刀，被醫院辭退了，還吊銷了醫生執照，現在就靠著一家黑診所維持生計，自己帶著三個孩子。

吃完飯沒多久，那三個人就昏過去了。

陸生生把他們拖到了地下室，傳訊息問了神婆要怎麼處理。神婆說，最好是按死者的死狀來處理，越還原越能安撫死者。

於是陸生生想起了那天晚上林秋脖頸上的切痕，又想起了她看到的他四肢上的傷，還有軀幹上那些密密麻麻的切口。

她換上手術服，戴上口罩，盯了她很久。

就是這麼一個工作能力不足，基本技能不熟練，從各方面都遠遠不如她的女人，最後親手終結了他。

陸生生甩開這段時間籠罩著她的強烈負面情緒，集中注意力，先是用手術刀將他們精細地開膛破肚，一塊塊地取出了她和她兩個孩子的所有內臟，然後用電鋸剁下了四肢，最後切下了三個人的頭。

她把這些肢體和內臟隨意裝進了已經通電的冰櫃裡，換下手術服從地下室走出去，洗了個澡，把今晚用過的碗裝進垃圾袋，在路上隨意找個垃圾桶扔了，哼著歌開車回了家。

陸生生在做這些事的時候沒有半點負擔，處理那兩個小孩的時候就跟她小時候踩死麻雀一樣，半分猶豫都沒有。

她有一套自己的邏輯，如果不是為了養這幾個小孩，那個女人就不會去當摘器官的黑醫生，她是為了孩子才那樣做的，所以林秋的死跟那兩個孩子有直接關係。

他們就跟他們的母親一樣，罪孽滿滿。

陸生生甚至很仇恨那個還在上學的，她白天正常在醫院上班，下班回去之後，她就主動調查讀高中的大女兒還有那個出軌跟人跑了的一家之主，開始策劃起滅門的事。

這次她也沒有等太久，半個月後神婆又一次聯繫了她，讓她晚上做好準備。

陸生生又過去了，今晚是兩個嗑藥磕上頭的男人。

他們不停問毒品在哪，逼她交出毒品，還糊里糊塗說什麼明明看見屋裡有很多毒品。

陸生生去廚房取了混了迷藥的麵粉，男人吸了之後，發現只是麵粉，氣得衝上前打她耳光，想強暴她。

他們到底跟女人小孩不一樣，被放倒之後，陸生生花了不少功夫才把他們拖去地下室。手術床上還有凝固的血液，她換上手術裝備，準備挨個的把男人開膛，肢解，斬首，然後放進冰櫃冷凍。

但是這兩個男人都在她鋸下去之前醒了，他們慘叫的聲音跟殺豬一樣，一直求她不要殺他。

陸生生來了點興趣，她幫他們打了一針，看著他們失去力氣，然後和他們聊起了天，問他們一些雞毛蒜皮的小事，家裡有沒有孩子，有沒有老母親要養。

有個男人痛哭流涕，說他是為了給女朋友攢彩禮才聽了朋友的話，開始加入這一行；另一個男人說他是錯聽了朋友的話開始吸毒，他借了很多高利貸，要是還不上的話那些人會剁了他的手，抓他的女人去賣淫。

陸生生冷笑不止，她割掉了這兩個男人的舌頭，在其中一個男人胸口切了Y字形，用鉗子夾斷了他的肋骨，開始摘他的內臟。

「我家狗狗說他不痛，但是我不信。」陸生生睜著漂亮的大眼睛，一點一點地摘走了男人的器官，「你們說，像這樣摘走活人的器官，他會不痛嗎？他可能不痛嗎？」

陸生生把那些摘下來的器官都扔進盤子裡，在肢解其中一個男人的過程中，很謹慎地又給另一個多打了一針。

處理完一具屍體後，陸生生已經渾身是血了。她靠在手術床邊，拿出林秋生前沒抽完的半盒菸放在鼻子邊上眷戀地聞著，就像在吸毒，又像是在和他接吻。

歇了一會兒，她又動手把另一個還在昏迷中的男人抬上了手術床。

陸生生拿起刀子先在他兩隻手腕上劃了幾道放血，然後又開始像以前上學時解剖屍體一樣，在男人身上劃了Y字，那男人在被她掀皮的時候醒了，痛到大小便失禁，陸生生就像沒反應一樣，照常手起刀落。

幾十分鐘後，他的頭也滾到了地面堆積的尿液血液裡。

她虐殺了兩個人，非但沒有害怕也沒有恐懼，甚至還越發冷靜亢奮，以至於肢解的時候，她還把最後那具屍體多切了幾段。

她的狗個性好，不代表她也個性好。陸生生一直都知道自己有點反社會人格，她甚至開始想，說不定再過不久，一個疑似學醫的女殺人魔就要被警方當成重點調查對象了。

不知道需要多久才能查到她頭上來呢？

真希望在那之前，能先見到她的狗狗一面。

第十六章

五個了，陸生生已經幹掉了五個，她開始不斷詢問神婆，為什麼自己還是沒有看見林秋回來，一次都沒有。

是不是她殺的人還不夠多？如果神婆沒辦法馬上幫她把那些人叫過來，她自己主動去籌畫幹掉他們也是可以的，她已經有計劃了，憑她的才智殺幾個人肯定夠用的。

林秋的死已經徹底啟動了她心裡的冷血和瘋狂，不如說這段時間她只有在殺人的時候才感覺到心靈有一絲慰藉。她受不了自己在某些時候突然想起林秋死亡的事實，她明顯感覺到白天的自己和現在的自己已經徹底分裂了……

有時候她坐在家裡，總會看見林秋生活過的痕跡，不久前還有人給她做家務，飯也是剛在微波爐裡熱上的，他一分鐘前好像都還在她身邊，陸生生卻總想不起來自己什麼時候看見過他。

還有現在，她甚至不記得自己今天在醫院裡究竟是怎麼過的，她的記憶開始產生了明顯的斷層，經常性的只有大半天或幾小時的記憶。

她的時間似乎變得越來越少，她的人生像是快要不只屬於她一個人，這些都讓她變得更加恐慌，但她根本懶得管，她一心只想知道林秋什麼時候才能回到她身邊。

神婆給她的回答卻是，他已經回來了。至於證據，他開始殺人就是證據。

為了證明自己的話，神婆幫她通靈，陸生生就看見了一個黑不溜丟的倉庫裡，有三具和她殺人手法一模一樣的屍體，她還看見學校後面的荒山野嶺有具女高中生的屍體、山洞裡有兩具她完全不認識的陌生屍體，某個房子的閣樓窗邊有個男人的屍體，懷裡還抱一具小孩的屍體。

神婆說：「他幫妳殺了妳想殺的人，還抹除了妳留下的所有痕跡，從監視器畫面到指紋，什麼都沒有，不然警察早就查到妳頭上去了。」

陸生生握著拳頭，屈辱又憤怒，半天才憋出一句話來：「他到底為什麼不肯見我？是嫌我殺了人？還是覺得我只要活著就配不上他？」

神婆沒說話，陸生生最後還是離開了。

她沒有把房子過戶，只是按照神婆的要求，將房子「租」給了她兒子一家四口，她簽了合約，寫了現金收據，對方還順便幫她搬了家。

陸生生住到了另一間房子裡，是家裡早年幫她買的小公寓。她開始更偏激地讓神婆幫忙想辦法，沒見到林秋她就不甘心。只要記得林秋的那個精神還在，她就不停地將招魂口令當聖經來全文背誦。

陸生生完全瘋了，但她是精神分裂，瘋的只有記得林秋的那個，另一個從表面上看還正常得不得了。

她經常深更半夜傳訊息給神婆，哭訴說神婆是個騙子，說她一直都在騙自己。

儘管如此，陸生生還是一直在給她錢，就像溺水的人死死抓住最後一根救命稻草一樣。神婆不想見她，陸生生就借杜浚的手，去幫她的兒子飛黃騰達。她就只求一件事，希望神婆能按照之前說的，幫她找回林秋。

陸生生給的實在太多，神婆對她卻越發忌憚起來。她始終沒告訴這個女人她看到的一切，因為她知道她不說的話陸生生至少還能活著，一旦她說出來，她一定會立刻去死。

最關鍵的其實還是神婆知道陸生生這種女人死後會比活著難纏一萬倍，她怕她死後會第一個報復自己，殺光她全家，這才是她心裡最大的隱患。

厲鬼都是沒有良心的，自己生前沒讓她見到她想見的人，死後肯定難免會記恨。其實不是神婆不想讓她看見，而是對方不想被陸生生看見。

神婆有陰陽眼，她看到陸生生的身上有個男人緊抱著她，那男人早就纏上了她，但他不願意見她，不願意和她說話，只是耐心地陪著她。

有時候鬼的想法沒有道理可言，神婆無法和他溝通，她不知道這個男人到底想做什麼，但她能明顯察覺到他對陸生生沒有半分惡意。

她猜或許他其實也想要她想極了，但他不忍心對她下死手，不忍心看她從一條鮮活的生命變成一具冰冷的屍體。

反正她離了他無法獨活，反正她瘋狂之後接踵而至的馬上就是滅亡，他索性就保持沉默，陪著她一起走向終點。

他不在乎多等她這一刻，只要她死了，就都是他的了。他想讓她帶著生前對他這份滿滿的痴迷和思念，和他一起在陰間被烈火焚心。

林秋的怨氣被陸生生帶著膨脹到了一個恐怖的程度，如果陸生生能安安分分地老實幸福，他或許真的會慢慢散掉執念投胎轉世。可她把他的命符紋在了心口，她帶著戾氣虐殺了那些當初殺死他的凶手，她無時無刻不讓他體會著她心裡的瘋狂與憎惡。

她想要復仇的願望太強烈，這仇恨甚至催動了一直默默看著她的男人主動殺死了另外幾個直接或間接參與了他死亡的人。

他可能還會殺更多的人，只要陸生生的怨恨沒有停止，男人對她的跟隨就不會停止。

他們之間的因果又緊緊地纏繞起來，哪怕陰陽相隔也依然生生不息，劫劫長存。

陸生生在辭息的別墅裡醒過來了。

她睜開眼，發現自己身邊躺著一個男人，她迷迷糊糊地叫了一聲：「阿浚，去弄早餐，我餓了。」

陸生生記得昨晚杜浚很晚才上床，他說他看見了一個黑黑的影子在敲窗戶，很嚇人，他自己明明怕得半死，還抱著陸生生說讓她別怕。

她有點感動，睡前還親了他的臉。

睡在身邊的杜浚沒動，陸生生嘟起嘴，爬到他身上，從後面伸手捏他鼻子，手感好像有點不一樣。

杜浚的鼻子有這麼挺嗎？

她翻上去從上往下看了一下，發現躺在自己身邊的是一個陌生的男人！

陸生生嚇得踢了他一腳，他閉著的眼睛突然睜開，就那麼看著她。

「啊！」陸生生花容失色地慘叫起來，連滾帶爬摔下床，抱著自己的頭縮在角落瑟瑟發抖。她又混亂又害怕，然後她在自己凌亂的髮絲縫隙間，看見了一雙腳，那男人蹲在了她面前，靜靜地盯著她。

「妳去把背上的紋身洗掉吧，洗掉我就可以離妳遠一點了。」

「啊？」陸生生抓著頭髮小心地抬頭看他，莫名其妙地道，「我背上什麼時候有紋身了？」

「如果妳可以一直這樣活下去，我就能放心地走了。」他摸著她的臉頰，將她臉上的髮絲給撥到一邊。

她的黑眼圈重到遮都遮不住，人已經憔悴到極限，這是她另一個人格活動過度的痕跡。

「生生。」

「妳告訴我，妳到底能不能一直像現在這樣忘記一切，好好活著？妳能不能別再繼續折磨我了？」

「每次看見妳像這樣無憂無慮地活著，我都會覺得妳離開我也可以過得很好。」
「可是妳一發瘋，我又心疼。」
「妳到底還想不想活？」
男人的眼裡蒙上了一層淚水。
陸生生完全無法理解對方的話是什麼意思，她伸手摸了摸自己的頭髮，然後又小心翼翼地看了男人一眼。
他蹲在她面前抽泣著流淚，哭得像個小孩，陸生生摳了摳自己的鼻尖，她在他面前小動作就停不下來，她也不知道自己該說什麼，
「我當然想活。」她看著那個男人說道，「我不覺得自己的人生哪裡出問題了。你看，我馬上就要和我未婚夫結婚了，醫院那邊升遷的事也馬上就要有著落，我媽說我的好日子還在後頭。」
見對方哭得撕心裂肺，陸生生心裡多少還是有些猶豫。
「你……是不是已經死了？」
「嗯。」
「死了就去投胎吧，不要留在這裡了。我看你好像很難受的樣子，你為什麼不走呢？」
陸生生意識不到自己身體的問題，她現在真的比她這一生任何時候都要更正常，她完全變成了那個被人喜愛的陸生生，優秀而溫柔，就連一個眼神都散發著自信的光芒。
如果她看起來沒那麼憔悴，如果她看起來沒那麼疲憊。
林秋看著她，眼裡滿是血絲。
「陸生生。」他說道，「我想殺了妳。」
她立刻舉起偷偷拿住的黃符紙貼到了男人的頭上，尖叫著起身就跑，路過一處會反光

的玻璃時，陸生生看見那個男人居然又抱住了她，鏡子裡的她憔悴的就像吸毒了一樣，她腦子裡瞬間就閃過了那男鬼吸她陽氣，把她給吸成了這副鬼樣子。

她慘叫著抓起凳子砸碎了那面鏡子，到處逃命，一路弄碎了所有會反射出她模樣的東西，她拚命砸門，門卻始終開不了。

陸生生又縮回了角落裡，她很害怕，她覺得自己的生活好像變得越來越不受她控制，她的記憶就像是被打亂然後又粗糙地湊在一起的拼圖，遠看還是那副圖畫，可近看就知道每一片之間都沒有連在一起。

初期的時候杜浚說他見鬼了，然後他就請了很多符回來。之後杜浚越來越害怕，陸生生問他為什麼不走，他說不管他是去住飯店還是去躲到外面去，那鬼都一直跟著他。至少在這棟別墅裡，一天當中他還能有些時間是不會撞鬼的。

杜浚還說，陸生生沒看過那隻鬼，所以她壓根就不相信他說的話，他一定要讓她也看看那隻鬼。

陸生生有些愣了，這些話她都沒說過，她想和杜浚解釋，可是越解釋就越是不清楚，他一直說陸生生為什麼總不肯相信他，他身邊是真的有鬼，

在剛剛的事情發生之前，陸生生真的沒明白杜浚說的話到底是什麼意思。

可是現在，她知道了。

她身邊是真的有鬼。

新聞裡播放著關於第八號颱風「露易絲」的預警，陸生生躲在沙發後面，看著不知何時被打開的電視，發現浮動著的電視畫面在一點點地慢慢扭曲。

電視發出了詭異的聲音，最後那畫面變成了一個處處透著恐怖的怪異圖案，在磕磕磕

地響，好像有什麼東西要從電視裡鑽出來。

她恐懼地捂著嘴，轉過身體想要繞過那臺電視去找杜浚。她一轉頭，就在自己身邊看見一張貼得極為接近的慘白面孔。

「妳躲我？為什麼？」

他說話時，發出了森森的冷氣，眉毛上都是冰霜，眼睛灰白，有做過角膜摘除手術的痕跡。

「妳不應該愛我嗎？不只是那個人格，妳這個完美的人格不也應該是愛我的嗎？」

陸生生慘叫出來，她手軟地想推開他，可她一推攘就把他的頭給推下去了，光禿禿的脖頸上有整齊的切痕，黏膩的血開始往外流淌，她的手上也沾得到處都是。

「我這麼愛妳，我把我的一切都完整地給了妳。」他伸手摸她的臉，他脖子上根本就沒有頭，陸生生甚至都不知道他是從什麼地方在發出聲音的。

那個斷口處的血不停外溢，越來越多，最後甚至噴濺到她臉上，「我對妳的愛還不夠多嗎？妳還想要我給妳什麼？」

那個斷口離陸生生的臉越來越近，她嚇到想嘔吐，眼睛都開始翻白。

「不是妳說想要見我的嗎？」

「我來見妳了。」

「妳為什麼躲？」

陸生生好像暈過去了。

她再睜開眼睛時，路邊只有一個穿著白色羽絨服的骯髒少年，他形銷骨立，就和現在的她差不多，此時正眼神憂鬱地在後面看著她。

「生生，妳冷不冷？」

陸生生看了看他，又看了眼自己身上單薄的毛衣，那瞬間像是恢復了感知力一樣，用力點頭，帶著哭腔說道：「冷！我好冷啊！都快冷死了！」

「那妳把這件衣服穿上吧。」

「不要，你像個人就行了，不然你這樣跟在我後面，別人老看我。」

陸生生被那股不明力量控制著又強行轉過了身，她剛剛說出的都是她現在不想說的話。

冷，好冷！

不是那樣的，我想穿衣服，求求你讓我把衣服穿上吧！

別讓我再這樣冷下去了，我快受不了了……

她彷彿聽到了冰冷的審判音，有人開始批判起了她的罪行。

陸生生，妳有罪……

妳讓一個叫化子拿鑽石，妳讓他懷璧其罪。

妳把他放在火上烤，妳把他扔進刀堆裡滾。

妳恃美行凶。

彷彿從噩夢中驚醒一樣，她震顫著睫毛睜開了眼。

眼前是昏暗的別墅，天花板上有耶穌的壁畫，她眨了眨眼睛，突然開始大口喘氣，某些來自心臟的不明壓力令她呼吸困難。

最近總是會做一些奇怪的夢。

陸生生爬了起來，她渾身痠痛，看了眼大掛鐘，已經凌晨一點了。

外面的院子裡傳來了杜浚的慘叫聲，陸生生從自己口袋裡摸出了手機，她看著神婆發給她的簡訊，默了片刻，扔下了手機。

冷冷的雷電照在她臉上，她瘦到有些脫相，臉色慘白，眼窩凹陷。

她打開燈，去浴室裡沖澡，洗頭髮，吹乾頭髮，點上了香薰，換上了林秋很喜歡看她穿的一套真絲睡衣。

然後她從自己的行李箱裡取出了神婆給的符紙，神婆說這是用林秋頭髮和遺物再加上她的頭髮和物品燒成的灰畫的符，只要在今晚用自己的活血獻祭，就能把那隻鬼徹底煉化成她的。

但這個方法會死人，因為獻祭的最後一步就是她必須得喪命。

神婆求陸生生死後別來找她，這是她最後一手了，陸生生用了這個法子，死前不好說，但死後一定能看見她想看見的人的，只要她這麼做，那隻鬼今後身體裡流的就是她今晚流的血了。

這是比結髮還隆重的儀式，神婆說是結命。

陸生生心情前所未有過的平靜，甚至可以說是很開心，她沒有戾氣，沒有怨恨，只要獻祭能成功，就相當於她實現了這一生的心願，生時殊途，死後同歸，以後永遠和他在一起。

她有點著急，直接拿了十幾條軟管抽血，她將針頭扎進手臂、大腿，甚至是脖頸。

她的血液正在迅速流失，陸生生閉上眼睛等，想到自己待會兒就能見到林秋了，心裡只有欣喜和甜蜜。

就在她的意識漸漸模糊時，她清楚地察覺到有人正在摸她的臉，然後將她身上那些針頭全都拔了下來。

她以為是林秋來了，立刻睜圓了眼睛，但面前站著的人是杜浚，他彎起嘴角，笑時卻是發出了一個女人的聲音。

「陸醫生，妳好啊。」

附在杜俊身上的女鬼彎下腰，與她鼻尖對鼻尖地對視著，她的眼球迅速被紅色暈染，彷彿鮮血在眼球下方不斷流動，噁心的同時還叫人顫慄膽寒。

「還記得我是誰嗎？」

陸生生發不出聲音，女人伸出血紅的指甲，在她的臉上來回刮動著，眼神看起來有些歇斯底里：「妳用那種方式殺了我和我的兩個孩子，我看著妳剖開了他們小小的肚子，然後拿出了他們的內臟，最後再剁下他們的四肢，砍下他們的頭顱。」

「妳害得那條癩皮狗一樣的傢伙還跑到高中殺掉了我懂事聽話的女兒，她什麼都不知道！她一直想著早點讀完書出來幫我分擔家計，她善良到從小連殺雞都不敢親眼看！」

「妳知道自己罪無可恕嗎！」

說出最後那句話時，她的聲音已經變成了怒吼。

陸生生的內臟被身上的怨氣強烈壓迫，嘴角湧出鮮血，飛快地順著臉頰和下巴流到脖頸。

像是嗅到了她的痛苦，門外黑黑的影子越發暴躁，他被十幾條慘死的冤魂糾纏，身體被撕咬成一條條黑色怨氣，但很快就又被執念再度聚合到一起。

這些執念讓他無法徹底消散，開始逐漸在無止境的痛苦裡掙扎。

作為怨靈他怨過了頭，可作為厲鬼他還不夠凶。

他明明焦慮不堪，卻擺脫不了身邊一切衝進去救她。

「陸生生，妳以為只有妳一個人恨嗎？妳以為這個世界上只有妳一個人過得苦嗎？妳這個臭婊子，求求妳別再成天無病呻吟了！我看著都覺得噁心啊！妳白天貼著另一個男人

『阿浚阿浚』叫個不停，晚上又做出一副痴情種的樣子出來給那條癩皮狗看，妳以為妳的狗是被我害死的嗎？他明明就是被妳這表裡不一的婊子給硬生生害死的！」

聞言，陸生生像是終於體會到了什麼叫真正的絕望，眼瞳的白色部分首先承受不住體內不斷被施加的壓力，開始內出血。

起先還是透明的淚水，最後在她雪白的臉上凝成了觸目驚心歪歪扭扭的深紅血淚。

原來都是她的錯。

啊……

是她錯了，從頭到尾都是她不好，是她徹底毀了林秋的一生。

虧她還一直在怪林秋，怪他的命不好，但這其實都是她害的，都是她做錯了……

都怪她要和杜浚結婚，都怪她那天從飯店裡跑了出來，都怪她對他說了那句「再這樣你就回赤河」。

他明明什麼都沒做錯，都是她害的，是她讓他回去，是她先丟棄了他，是她親手將他送上了黃泉路！

陸生生感覺自己彷彿被嘔吐物和鋒利刀片包裹，散發著一股噁心的酸臭，全身皮肉都開出了鮮血淋漓的血花，那些腐朽不斷地刺激燒灼著她記憶中的每一處傷口，她被蹂躪到體無完膚，但她卻仍然活著。

她無法動彈，但皮肉下不斷翕張的血管和肌肉細胞卻讓她的身體開始細微的發顫，人在極度的絕望與恐懼之下連哭泣的本能都已經被徹底忘卻，她就像一頭野獸一樣終於張大嘴巴無助地叫喊，從剛開始的無聲嘶啞，到最後發出了一聲激烈的喊叫。

「啊啊！」

「啊啊啊啊啊！」

「啊啊啊啊啊啊啊啊！」

女鬼像是對她此刻品嘗到的痛苦心滿意足，她痴痴地笑了起來，高高舉起了鋒利沉重的煙灰缸，對準陸生生的頭砸了下去。

外面的門幾乎要被撞開了，可兩個死狀慘烈的小孩嘻嘻笑著，堵著門不讓外面的東西進來，那門被越敲越急，而拿著煙灰缸的女鬼也砸得越來越猛，她直接把陸生生的頭骨砸出了一個坑。

那扇門終於在另一聲撕心裂肺的絕望叫喊下被撕成碎片了，連帶著門後的兩個小孩也被黑色煙霧給死死捆住，黑黑的高大身影捂著頭不停發出痛苦的呻吟。

他一步步走向杜浚，那些黑霧將杜浚纏住扔到一邊，最後從他體內抓出了一個渾身慘白的女鬼。

黑霧發出了充滿怨念的尖嘯聲，而頭已經被砸爛的陸生生，這一刻居然也僵硬地轉過了頭，死死瞪向了那隻被黑霧纏著的女鬼。

「騙……騙子，騙子……」

「他是我的狗，他就是我的狗！」

「沒錯！這不可能會有錯！妳就是想要我的命，妳就是想搶走我的狗！」

「這條命明明就不是留給妳的！這是我給他的！是我留給他的！你們居然敢搶走我留給他的最後一點東西！」

「你們都死得活該！」

「所有人都該去死！」

陸生生死後徹底陷入了狂怒，濃郁到比永夜還漆黑的怨念化為了她的血液，在她的每一條血管裡奔湧咆哮。

慘白的皮肉之下有無數條濃黑怨念此起彼伏。

此時此刻，她扭曲到幾乎要變成一個脫了人形的醜陋怪物。

陸生生的面部不受控制地上下起伏，歪歪扭扭地快速抽搐著，她的頭髮在迅速生長，從床上一直長到了床下，順著地板，沿著黑霧，迅速攀爬到了那個女鬼身上。

這些彷彿燒紅鋼針般的黑紅髮絲不停往女鬼的眼睛口腔甚至是每一寸皮膚裡鑽，她拎著女鬼，緊緊卡著她的脖子，讓她看著她的兩個孩子被一片片地切開，承受著比死前更殘忍的行刑。

陸生生獰笑著讓女鬼聽著小孩們哭著喊痛喊媽媽，直到他們變成一片片黑灰，然後煙霧般地消散在空氣裡。

所有魂魄都被她全部重新併吞，她比之前還要怨氣大漲。

整個房間裡都是陸生生的頭髮，那些髮絲擰斷了女鬼的手指，又擰斷了她的手腕，再到她的手臂，兩條腿直接對折了胸前，接著就是整個人被她狂暴的撕成兩半。

鬼氣變成了一點點的黑灰往下掉，女鬼慘叫著，地上的黑灰最後也徹底被那些黑紅色詭異頭髮席捲乾淨，一掃而空。

陸生生直接撕碎生吞了三隻厲鬼，但這些都不足以安撫她死前那一刻的仇恨。

其實她已經成功獻祭了，最後那一刻林秋和她共用了一切，他們血管裡流著的是相同的咒與怨，偏偏女鬼在最後關頭狠狠地刺激了她。

她是想把命給林秋的，但她僅剩的東西居然被別人拿走了，這讓她在死前徹底陷入了狂亂與茫然。

她覺得林秋不會再回來看她了。

她命也沒了，她已經沒其他東西可以再拿出來換給他了。

陸生生還躺在那裡沒動，就像滿懷天真想向愛人獻出初夜的處女當著愛人的面被其他男人給內射了一樣。

她的腦子裡不停重複回憶著家裡一個月沒洗的碗，一個月沒洗的衣服，垃圾堆一樣的屋子，冰箱裡已經酸臭的燉牛肉。

她一遍又一遍地回憶著當她察覺到他離開時，她心裡最痛最濃的那份不安與孤獨。她孤身坐在空蕩蕩的房子裡，顫抖著肩膀啜泣，照著最濃郁的黃昏，擦不乾淨眼裡悔恨的淚。她甩不掉，忘不了，時時刻刻，分分秒秒，都在被失去他後的焦慮與恐慌凌遲。

屋外有個極為恐怖的炸雷爆開聲，夾雜著窗外席捲的狂風和暴雨，灰暗的屋子裡被閃電照得亮如白晝。

陸生生的身體好像被人給搬動了，她移動視線，發現男人扶起她的頭，讓她枕在了他的大腿上。

角度的變化讓她頭上的破口又開始流血，不斷有深紅的血液流進她的眼眶，然後又沿著眼眶往下滑落。

「我找不到狗狗了，我的狗狗一個月沒回來過了，你看見我的狗狗了嗎？他好乖好聽話，我好想他啊，你看見我的狗狗了嗎？」

陸生生混沌囈語般詢問，她想找她的狗狗，她滿腦子想的都是她家狗狗已經一個月找不著人了，她不知道該怎麼辦，有沒有人能把她的狗狗還給她……

她越來越焦慮，她好想去別的地方，想再多問問一些人，看是不是有誰壞心眼地把她的狗狗藏起來了。

誰敢偷她的狗狗，誰就要去死……

男人深深地凝視著她，目光投入而專注，和她對上視線後，他低頭舔了舔她頭上新鮮的傷口，然後將手伸進了她的腦子裡，把她大部分腦子都挖出來吃進了肚子裡。

陸生生開始覺得記憶變得越來越模糊，她疑惑起來，甚至不記得自己剛剛想的是什麼。男人這樣做的效果很明顯，她的心不再疼痛，整個人都變得好受多了，而她那幾乎爬滿了整棟別墅的詭異黑髮，也在記憶被鬼封存起來的同時，化作了黑煙消失在暴雨中。

窸窸窣窣的黏膩聲音響了一陣，再抬頭時，林秋的唇舌沾染上了血，嘴邊有白色的漿液混合著血絲流出，他在咀嚼從她腦子裡掏出來的東西。

陸生生已經徹底從厲鬼的狂暴狀態中出來了，她變得安靜而無害，看著他那被欲望填充過後的饜足神色，她突然很想要與他接吻。

「生生。」

「既然回來了，就別再這麼狠心。」

「來陪陪妳的狗。」

「他等著妳呢。」

陸生生一臉茫然，她抬手摸了摸男人的額角，又摸了摸他的鼻梁，最後摸了摸他的嘴角。

「你、是狗？」

他側過臉，吻了吻她的手掌，「是妳的狗。」

陸生生開始傻子似地搖頭。

最基本的常識告訴她，眼前這個傢伙，是人，他長得一點都不像狗。

「生生，以後永遠和我在一起吧，好不好？」

「為什、麼？」

「我會對妳好，我想養妳。」

「哦……」

「以後日子可能會苦一點，但妳以前一直都很想和我一起過苦日子。」

「什麼、是、苦日子？」

「跟我走，我帶妳去過一下，妳就知道了。」

「……」陸生生下意識覺得男人這話說得像是在誘拐她。

「走吧，生生，去陪我。」林秋低頭親她，看著她的眼神很專心，語氣裡還帶著一點撒嬌討好的脆弱。

陸生生心都要化了。

她也說不上來自己剛才產生了一種什麼感覺，只是她看著他那雙眼睛，就拒絕不了他說的任何一句話。

其實一開始看到他的時候，陸生生還覺得他挺嚇人的，他那雙眼睛很冷，身上的氣息很凶，像是要把她給吃了，她都不敢在他面前逞能。

現在再看，他卻變得像條小狗一樣，在她腳邊邊搖尾巴邊圍著她打轉，讓她忍不住想要蹲下來摸一摸。

「那好、好吧。」

「生生，我會對妳好的，我再也不會離開妳。」

林秋回頭看了一眼，牆上的婚紗照掉下來摔碎了，杜浚的臉上出現了詭異的血汙，而裡面屬於陸生生的一半被一點一點地撕了下來，燒成灰燼，憑空消失。

林秋又低頭去吻她，親了好一會兒他才抱著她下床，角落裡昏迷的杜浚被黑霧拖進了浴室處理，門被砰地死死關上。

這夜之後，她生是他的人，死是他的鬼，從頭到腳都徹底只屬於他。

而這個世界上，除他以外，再也沒有人能找到有關陸生生的半點蹤跡。
林秋低頭看著懷裡一臉單純的人，終於滿足地彎起唇角。
看吧。
最後擁有她的人還是他。
他最後還是把她給好好地藏起來了。

——《生生》完

番外一　兩隻鬼的日常生活

「今年最大的第八號颱風『露易絲』過去後，預計迎來連續五日的晴天，這是非常適合出行的溫度，平均氣溫維持在二十一到二十六度左右……」

陸生生戴著帽子坐在床上，守在電視前等天氣預報播完，好繼續看她的黃金八點檔。

林秋則在屋外，蹲在爐子邊幫她燒水洗頭。

天上滿是繁星，月光足以照亮泥地上一簇簇的小草，有稀薄的雲層飄在遠方，被風快速吹動著。

他把柴砍成一節一節的，抱到一邊堆起來，看了看旺盛的火光，轉身走進屋裡，在她身邊坐了下來。

陸生生察覺到身邊有人來了，往他那邊爬了點，把頭枕在他的大腿上，臉還是朝著電視的方向。

林秋和她一起看天氣預報，手在她冰涼的臉上慢慢摸著，過了一會兒，他想摘她頭上髒兮兮的帽子，手卻被她抓住，她不想讓他碰她的帽子。

陸生生變成鬼很久了，少說有二十年了。

二十年來，林秋總能在這臺電視上看見有關她的節目，有時候是法治專題，有時候是心理專家訪談，有時候是十大殺人魔特輯，有時候甚至還有靈異節目。

他沒把她的記憶還給她，所以她看起來一直都不是很聰明的樣子，最大的進步就是說話不再結巴，也學會了叫他名字，每天守著一臺電視機，看連播的肥皂劇就能在家乖乖地從早坐到晚。

不讓人操心，林秋越看她越覺得可愛，又想去摘她帽子，她發出了長長地「嗯」聲，和他抵抗起來。

「生生，今晚要洗頭髮，戴著帽子沒辦法洗，而且妳這頂帽子已經太髒了，該洗了。」

陸生生好不容易才從他手中掙脫，捂著自己頭上的帽子又縮到了床角，林秋伏在床上看了看她，她瞪著他，很不滿。

「我不要洗！」

就和她磕絆的嗓子變好了一樣，陸生生適應當鬼之後，越來越能控制自己的形態。

林秋一直都用自己活著時的模樣來面對她，她也變得越來越像從前，洗一洗就白皙又漂亮，就跟活著的時候一樣。

前提是，如果忽略掉她頭上那個血肉模糊的洞……

「生生，妳聽話，我幫妳洗洗頭髮上的血。」

「不洗。」陸生生把臉埋進膝蓋裡，「頭上的洞會進水。」

「不會的，我洗慢一點。」

「不洗不洗不洗，我不洗！洗了就流血給你看！」陸生生委屈地大聲喊了起來，如果說她剛死那幾個月是張白紙，那她現在就更像是個……小屁孩。

林秋有點頭痛，她一個月沒摘過帽子了，別的倒沒什麼，關鍵是她頭上的那個洞，因為少了記憶所以無法癒上，固定時間會冒血。

頭髮一黏上血就容易招那種身上泛著青綠色鬼火的蟲子，她討厭蟲子，一看見蟲子就會叫。

這個月他沒出過門，一直都是她在那裡看電視，他在旁邊幫她盯著，以防蟲子飛過來。

受傷與疼痛是厲鬼存在的根本，她流血的時候本該是她發狂的時候，她的厲鬼本質在呼喚那份疼痛的記憶，但是那些記憶都被林秋承受了，所以她血流得很茫然。

每次她流血的時候，林秋看起來都很難受，所以陸生生乾脆就拿這個來威脅他了，要不怎麼說現在的陸生生簡直就是個小屁孩。

「生生，妳到底為什麼不想洗頭？」

「就是不。」她用力按著頭上的帽子，帽檐剛好能遮住她頭上的洞，不讓人看到。

林秋記得生前聽別人提起過，有些孩子長到一定年齡就會離不開帽子，睡覺都要戴著帽子，林秋看著腳趾在床上無助地搓來搓去的陸生生，無聲地嘆了口氣。

他又妥協了。

原本燒給陸生生用的水，她不願意洗，只能他用了。

他把那爐水端下來倒進桶裡，按照生前陸生生的習慣隨意兌了些涼水，拉起自己的後衣領把寬鬆的衣服給脫了下來。

他又解開了褲子，正要往下褪的時候，眼角餘光看到陸生生不知何時跑出來在門框旁邊趴著，正眼巴巴地盯著他。

林秋站直了轉身看著她，用眼神示意她過來，陸生生又拉了拉自己頭上的帽子，退回屋裡去了。

他停了一會兒，脫光了衣服，用毛巾沾水開始在月光下洗起身體。

他生前一直都是幹著賣苦力的活，每一塊肌肉都很發達，胳膊一動就會牽動到背後的肌肉微微隆起，凹陷下去的每一處皮肉都傳達著力量與性感。

陸生生又冒出頭，偷偷看著他，過了一會兒，她悄無聲息地從屋裡出來，摸到林秋旁邊，蹲在桶邊張開了嘴。

「啊。」

她雙手拉著漁夫帽，微仰著頭，乖得像個等著玩遊戲的小朋友。

林秋看著她在淺光下張開的溫柔嘴唇，走過去將她下巴抬得更高一些，拇指按住她打開的嘴角，把自己的陰莖塞了進去。

「嗯……唔……」陸生生含著他的下體緩慢地來回吞吐，她的臉被他的恥毛扎到，但這些都無法影響她幫他舔吮。

這根東西變得越發堅硬了，陸生生長時間無法合攏嘴巴，晶瑩的唾液從她嘴角流到了外面，林秋用拇指幫她擦去口水，然後用指背觸碰她柔軟而紅潤的臉。

他的欲念已經起來了，厲鬼的一切念想都會被怨氣放大，他看著陸生生乖巧的模樣，非但沒有被安撫，反而按著她的後腦在她口腔內抽插得越來越凶。

她從喉嚨深處發出了不適的聲音，林秋的眼神在月光下看起來很涼薄，就好像剛剛那個溫柔卑微的人不是他一樣。

她最好永遠都這麼乖，最好永遠什麼都想不起來，最好永遠都和他待在這個地方，最好永遠眼裡都只有他一個。

腰狠狠動了最後幾下，射完之後林秋抽出自己的陰莖，他單膝跪地蹲在她身前，雙手捧起她的臉，看向陸生生的眼神深深的，黑色眸子就像一處深不見底的神祕墓穴，墓穴裡面壘著大量屍體。

陸生生吞嚥了一下，唇瓣上還掛著溢出來的精液，她專心地與他對視，等他說些什麼，又或是等他做些什麼。

林秋用拇指摸了摸她的臉，湊上去舔她的臉頰，然後一點點地舔到了她的太陽穴附近，舔了好一會兒，他的嘴邊黏上了黑紅色的黏膩血塊，透著腐爛的氣息。

「生生，妳不想洗的話，我幫妳舔乾淨，但妳要把帽子拿下來。」

陸生生又伸手拽住了自己的帽檐，直搖頭。

林秋像個照顧小女孩的大哥哥一樣，專注地看著目光閃避的她。

「不摘帽子，妳今晚就一個人睡。」

她終於睜大了眼睛，一臉抗拒地看著他。

自從身體的感覺回來後，她就找回了床事的樂趣。以前被他幹她都沒反應，但真爽到的那次，她驚訝到嘴巴都捂住了。

後來陸生生每天的消遣除了看電視，就是和他沉淪在情欲裡。

沒人能抗拒無止境的高潮，活人止於疲憊，而被囚禁于林秋的欲望當中、可以一直做下去的陸生生則隔三差五會成為性愛娃娃。

他彷彿發情期到來一樣，時不時會和她糾纏在一起，好幾天連床都不下，每天除了親吻做愛什麼都不做。

陸生生對性的需求並不多，她生前有一大堆煩心事需要思考處理，忙上頭了就會經常性把林秋的欲望擱置在一邊。

可林秋其實是個重欲的男人，陸生生從小到大都一直對他有很強的性吸引力。都怪陸生生實在太漂亮，放縱起來又毫無底線，還很小的時候就已經開始釋放魅力勾引著他。

在他已經對她做了春夢、拿她當性幻想對象、隔三差五就會想著她自慰的時候，她居然還主動跑到他家和他上床，用他做夢都不敢光明正大去想的地方幫他破了處。

直到死後，那晚的事都還強烈地牽動著林秋的神經，之後他在兩人之間的關係中一直處於低位，他的性權利也被陸生生牢牢控制在手裡。

每次看見她之後，他腦子裡首先想到的事就是和她上床，但這個想法他幾乎都積壓在心裡。林秋看一眼她吃飯時的表情就知道她今晚有沒有那個意思，大多數他想要的時候她都不想要，所以他向來都是等她想做的時候才碰她。

這方面他就從來沒有滿足過，性生活一直都過得饑一頓飽一頓，現在他終於可以肆無忌憚想肏就肏了，很少有事能再影響她的心情，所以也沒有任何事情能影響他發洩欲望。

但厲鬼欲壑難平，就像餓死鬼永遠都吃不飽一樣，不管做多久他都有點要不夠。

經常是陸生生被他壓著一直做活塞運動做到都煩哭了，嚷著說要看電視，他才能慢慢從那種瘋狂的狀態裡出來。

有時候他真想把那臺電視砸了。

雜草堆裡有小蟲子叫的聲音，陸生生轉頭去看，林秋趁機把她的帽子給摘了單手藏到身後。

她回過神來之後鼓起小臉就要撲上去搶，林秋放下帽子坐在了那上面，跨開腿由著她往自己懷裡鑽，雙手直接攬住了她纖細的腰。

「生生，給我一個理由，為什麼一定要戴帽子？妳告訴我，我馬上就把帽子還給妳。」

這頂帽子是她不知道從什麼地方撿回來的，那天林秋發了脾氣，因為她偷偷跑出去了。他最不喜歡的事就是她離開這個小棚子，每次逮到她離開，他都會變得很難搞定。

陸生生跪在地上貼著他的身體，低頭囁嚅道：「不好看……」

「什麼？」

「我不好看。」陸生生把頭壓得更低了，抬手擋住了自己頭上的血窟窿，「電視裡的那些人，頭上都沒有洞。」

「……」林秋一時不知該說些什麼。

「我還看過一個電影，裡面有個和我一樣頭上有洞的人，她那個洞比我的還小，可她一出現大家就都很怕她，都慘叫著跑。」

「生生，電視裡演的都是假的。」

「可是我就是不想要有洞，看起來很醜。我也不想頭總是往外流血，流血就會把家裡弄髒，你打掃起來也很累。我不想要洞……」

她聲音裡甚至還帶了幾分即將要抽泣起來的哽咽感。

陸生生居然因為看電視自卑了……林秋很理解自卑的感覺，可他第一次覺得這種感覺很陌生，因為他第一次看到陸生生自卑。

矛盾又雀躍，心裡好像有什麼東西活過來了。

「頭上有洞才好。」他壓抑著那種感覺，摸著她身上最醜陋最不和諧的地方，「妳看妳現在，和我多配。」

陸生生不理解，她的腦子進行不了太複雜的思考，因為缺了一大塊，所以她現在判斷事情好壞的標準單純到可怕。

她腦子有洞，林秋腦子沒洞，電視裡的人腦子也都沒洞。

她和所有人都不一樣，所以她是個怪物。林秋明明和電視裡的人一樣，看起來乾乾淨淨，身體健全，甚至還長得有點帥，所以肯定是她配不上他的。

「生生……妳把內褲脫掉。」林秋又有些受不了了，他下面的欲望硬到疼痛，再不發洩的話，他會越來越焦灼。

陸生生沒理他說的話，還是想要拿回那頂自己在垃圾堆裡撿回來的帽子，趴在他肩膀上往後到處找。

林秋終於忍不住了，他直接按住陸生生的腰，一手扒下她的內褲，然後扶著挺立的欲望讓她坐了進去。

她吃痛地叫了一聲，林秋抱著她的腰狠狠衝撞起來，在她的體內不斷洩欲，她的每層褶皺都被他的龜頭給蹭到，直到最裡面的那處，她以為他已經頂不進去了，可反覆操幹幾下，又覺得好像還能再往裡衝。

陸生生用力抓緊了他的肩膀，在他的撞擊下，頭也在他身上來回蹭動，她迷濛間看見他肩上的皮膚被她頭上的洞黏上了髒東西，鼻子一酸，連忙抬手抓著袖子幫他擦了起來。

沒擦幾下，她的手就被他給抓住了，陸生生看向他，發現林秋正在月光下看著她，他身上的水漬還沒乾透，鎖骨形狀立體分明，她越看越覺得好看。

「生生，沒關係。」他伸出手攏住她的後腦讓她躺到地上，然後側頭吻住了她的唇，剩下的那隻手還在按著她的腰，下體不斷地抽插律動。

「我愛妳，很愛妳。」林秋抵著她額頭說道，「還記得電視裡說的那些話嗎？不管妳變成什麼樣子都沒關係，只要那個人是妳就行，只要是妳，我就會永遠守著。」

陸生生有些微蹙起眉頭，隨即又鬆開了。

電視裡沒人說過這樣的話。

不過，原來林秋這麼愛她嗎？

陸生生最後還是讓林秋幫她洗了頭，她坐在床上擦頭髮，雙手在頭上摸了摸，又試圖去遮擋，看來很在意那個死前被砸出來的窟窿。

林秋在她身上射了兩次才開始幫她洗頭，眼中的陸生生頭髮還濕漉漉的，黑髮緊緊貼在臉頰上，更襯得一張小臉憂鬱懵懂。

他走過去蹲在陸生生面前，手交疊撐在她膝蓋上，微微抬頭看著她掩耳盜鈴的幼稚舉措。

陸生生不想一直自己用手遮住頭，最後還是滿眼祈求看著林秋說道：「帽子，把帽子還給我吧。」

林秋臉上一直是帶著淺笑的，他伸手捏了捏陸生生的臉，「我又不是第一天看妳這樣，為什麼現在突然開始在意這些了？」

「林秋。」她囁嚅了幾下，還是開了口，「我好想出去看看，可是如果我就這樣出去，大家都會怕我。」

林秋的臉色不對了，雙眼彷彿濃霧四起的深黑寒潭。

他沒說阻止她的話，陸生生以為林秋或許沒有她想像中那麼生氣，於是又繼續說起了心裡藏了很久的念頭。

「電視裡的那些地方我都想去看一眼。」她用指腹反覆搓著他手腕上的皮肉，始終沒有與他對視，「我很想去。」

「妳從什麼時候開始想去外面了？」林秋開口了，語氣冷淡的有些滲人，陸生生沒有感覺到他往日的溫柔，心裡也是咯噔一下，慢慢抬頭看向了他的眼睛。

他的眼神就像一條巨型蟒蛇，豎立在深谷深深地凝視一個剛蘇醒的旅人，陸生生感覺好像有道雷貫穿了她的眼睛，讓她只想避開他的視線。

「這才過了多久？陸生生，妳和我待在一起，已經待膩了？」

這句話說完後，他的危險程度直線上升了。明明還是那個林秋，可陸生生卻詭異地察覺到周圍的夜裡都摻入了很多不同的東西。

夜更黑了，他的眼神也更深更暗了，就好像只要她現在邁出這個棚子一步，整個人就馬上會被夜色中的恐怖拽進一個她絕對不想去的地方。

這個扭曲小鎮的一切都開始細微震動起來，以各種姿態居住在這裡的鬼魂都感覺到了那種令人顫慄的不安與寒冷。

黑霧從周遭籠罩而來，彷彿黑雲壓境，帶來了讓每一寸土地都無處遁形的陰影。

道路與房屋上，開始細細密密地生長出了濃霧凝成的黑蕁麻，彷彿無數毒蛇在街上扭曲爬動。

或高大、或細長、或扭曲的詭異人形剪影隨著黑霧慢慢走來，那些模糊不清的黑影們在外遊走，敏銳地巡視著每一處陰暗角落，將小鎮一切都監視起來。

是不是有什麼外來物闖進來勾引了她？不然為什麼二十年都好好的，她偏偏卻在今天想起了和他說這種話？

這並不是陸生生第一次偷偷跑出棚子到外面玩，但就和最早的時候去鄰居家偷看電視一樣，林秋從未像這樣生氣過。

林秋說帶她來過日子就是過日子，他很認真的在履行丈夫的職責。

他讓這個小鎮維持著生前的模樣，讓那些死去的人都像還活著一樣，過著各自的生活。

他白天出去做工，賺錢，然後用那些錢去現實世界買日用品回來，完全融入了小倆口的日子裡，一個人唱著整個世界的獨角戲。

他就像完全看不見兩人已經死去了一樣，只是認真的在和陸生生過日子。

陸生生看著眼前的林秋，心裡有些說不出的感覺，她不想惹他生氣，她只是控制不住那些奇怪的感受。

她出門的時候極少，而每次出門，最多也就是在鎮子上逛一逛，她穿不過環繞在鎮子邊緣的濃黑色迷霧。

大家都知道她是林秋的妻子，也會很親切的叫她生生，和她打招呼。

但那是最早的時候，那時陸生生還以為自己和大家一樣，普普通通的與死掉的人一起活在故鄉，結果她發現，事實根本就不是那樣。

她在鎮上見過的每個人都會一遍遍地和她說，鎮子外藏有很可怕的怪物，那些黑霧就是它們的吐息，黑霧一日不消，他們就一天不能離開這個小鎮，因為怪物就守在鎮子外面等。

她也縮在林秋懷裡問了他關於黑霧中的怪物的事，她很害怕，林秋當時緊緊抱住了她，在她的鼻梁和眼睛邊上親吻，說不怕，他會好好保護她，他們只要待在鎮子裡不出去就好了。

陸生生那時怕那些黑霧怕得要命，很長一段時間都是一見他回來就抱著他不肯鬆手，總覺得他一走，黑霧裡的怪物就會衝進來拖走她。

後來又有一次，她看了電視問他，為什麼她沒有父母？父母為什麼從來沒來看過她？林秋邊吻她邊告訴她，她父母馬上就會來看她。

第二天，她就在家門口看見了渾身血淋淋的兩口子，他們頭髮灰白，面無表情，眼神呆滯。

陸生生請他們進來坐了，林秋那天做飯的時候加了兩道菜，平時只夠兩個人住的地方，待上四個人之後越發顯得狹小逼仄。

父母兩人都像被割了舌一樣，一言不發，夾菜的時候，他們手上的黑血還順著筷子流進了湯裡。

陸生生看著眼前兩位死狀幾乎有些慘烈的老人，心情無論如何都高漲不起來，林秋出去接水的時候，她跟著出來了，問他能不能讓他們離開，她不喜歡看見他們。

林秋摸了摸她的頭，再陪著陸生生進屋的時候，那兩個瀕臨破碎的慘白老人已經不見了，只剩湯裡那塊暈開的血還飄在上面。

這件事雖然沒有掀起什麼波瀾，卻在陸生生心裡劃過了一道不淺的印子，她開始覺得，是不是有哪裡不對。

只要一想起那兩位慘白的老人，她就覺得很難受，說不清道不明的感覺，那種焦躁是從心底最深處傳來的，她總覺得自己失去了什麼。

即便是看見林秋就在外面，她也想要去尋找那個失去的東西。

她找遍了赤河鎮的每一個角落，都沒有找到她想要的東西，她甚至不知道自己弄丟了什麼，也不知道自己想找到什麼。

她只是覺得她必須得去找，否則那種焦躁隔三差五就會讓她很不安，在這種狀態下她頭上的洞會立刻開始往外流血。

所以，她想出去，去電視裡描繪的另一個世界，尋找她曾經丟失的重要東西。

厲鬼之間是存在著實力差距的，那些陰森又恐怖的東西絕大多數就潛藏在他們死前的地方，也就是所謂的案發地點。

有的是被束縛著無法離去，有的是因為怨念不散所以始終徘徊，就像林秋死後帶著陸生生住在那個小棚子裡一樣，在外界看來，這個離奇失蹤的住所就是一處極為惹眼的凶地。

直到二十年後，都還有人在前仆後繼地試圖找出那個地方。

新的委託：陸生生的遺願。

委託詳情：陸生生是一名優秀的腦科醫生，從小養到大的狗被人偷走後，她受不了打擊，變成了危險的雙重人格連環殺人犯。白天，她完美的那個人格在醫院救死扶傷；入夜，她獸性的人格便陷入焦慮與瘋狂。每逢雨夜，她都會拿著電鋸和手術刀在各地出現，將所有不把狗還給她的人開膛破肚，肢解斬首。

委託要求：幫陸生生找回她的狗。
委託地點：被黑霧籠罩的赤河鎮。
委託難度：地獄級別。
委託完成獎勵：往後可獲得地獄級厲鬼的幫助。
友情提示：該委託難度已達到地獄級（最高級別），請謹慎選擇是否接受……」
發布人：uxcc（論壇版主）

滑鼠在介面上又滑動幾下，這個論壇裡平日司空見慣的委託模組，今天卻被各地的驅魔師們翻來覆去看了將近半小時。

這是一個已經存在多年的靈異論壇，據說在「上網」這個詞剛開始風靡全球的時候就已經出現了。

知道這裡頭有真材實料的靈異愛好者不在少數，可真正能進入這個論壇的人並不多，網上流傳的論壇網址幾乎都是假的，只是別人仿造的。

靈異論壇裡目前尚存的那些活躍用戶，都是些有驅魔真本事的人。

這份委託發布後，很多大師都還有點反應不過來。

陸生生這三個字對他們來說實在過於如雷貫耳，以至於對方雖然是隻鬼，大多數驅魔師卻莫名對她產生了一種似鬼非鬼的謎之親切感。

如果說在現代娛樂圈可以用天王影帝來形容某位實力強悍的演員，那麼在靈異怪談的圈子裡，陸生生大概也能算得上是女鬼中的當代聶小倩了，還是少有的實力強悍瘋癲美人代表。

所以是接，還是不接呢？

這一代的年輕驅魔師們心裡對陸生生有種莫名的執念，他們在年紀還小的時候，就看到網上瘋傳出來的陸生生那些美貌氛圍滿點的證件照了。

更重要的是，陸生生這三個字，明明一直都在論壇已知的厲鬼分級「地獄級厲鬼」占著一席之地，可她已經死了二十年，除了剛剛事發的時候鬧得滿城風雨，之後就再也沒有人傳言說遇到過她。

沒見過，那就說明沒人被她真的傷害過，和其他已經打過交道的地獄級厲鬼相比，她簡直就是所有驅魔師心裡的白月光。

鬼和人一樣，好看優秀又足夠離經叛道的美人，很快就會成為關注和輿論的焦點，靈異圈裡要是按知名度和話題度來排個名，陸生生不是第一名至少也是第二名。

所以，當崔展從擁擠的公車下來後，能隱約看見村頭或田埂間，有不少明明聽不懂方言、可仍在鍥而不捨揮動手腳瞎比劃的大師。

崔展拉下口罩，忍耐不住嗓子裡的癢，彎腰捂胸連著狠狠咳嗽了好幾分鐘才稍微好一點，胸腔裡的臟器都被咳得刺痛難忍。

額上的退燒貼根本就沒什麼用處，她已經連續燒了五天，再有兩天，她就會被那個沒死於強姦、卻因為傷口發炎遲遲不被人發現救治，最後慘死於偏僻巷尾的女鬼給弄死。

崔展很清楚自己幾斤幾兩，陸生生這種等級的厲鬼她真要看見了，肯定掉頭就跑，所以她來這裡的目的就只有一個。

最近肯定會有很多厲害的大師過來湊熱鬧，她想請位大師幫她驅掉身邊那個陰魂不散的女鬼，為此她還帶來了自己下周的生活費——她目前的全部家當。

崔展轉了一圈，還是沒找到肯救她一命的大師，要麼是忙著找那片凶地的入口壓根不理她，要麼就根本瞧不上她手裡那點報酬。

把眼下能問的大師都問過一遍後，崔展感覺手腳更加痠痛，頭暈到再撐著多走幾步就要吐出酸水的地步。

她找了顆大樹，靠著坐下。陽光過於刺眼，她從包裡翻出一頂紅色鴨舌帽壓著臉戴在頭上，緩慢避開胸前的疼痛小心呼吸著。

「這邊也要布置上。」

「嗯，還有那塊，畫工整一點。不對，顏色不對，你再摻把朱砂。」

崔展隱約聽到那些大師們布陣的聲音，她現在實在是燒得動彈不了了，等他們忙完，她再去試著問一下有沒有空幫她好了。

雖說只有那些被認為有真本事的驅魔師才能進論壇，但崔展很有自知之明，家裡只有奶奶是個真厲害的人物。

奶奶去世後，她在整理奶奶電腦的時候偶然看見了靈異論壇的收藏網站，點進去發現裡面藏著好多知名案件背後更不為人知的細節，甚至是真相。

她想看更多，卻發現需要登入才能查看，於是就按照提示輸入生辰八字註冊了。

大約是得到的過於輕鬆，以至於崔展一直不知道這網站的真實網址和帳號完全是千金難求。要是知道的話，貧困如她恐怕早就去賣帳號了。

一天就這麼慢慢挨到了傍晚，太陽快要下山之前，白天烘烤了一天的溫度似乎都被天上不知何時鋪滿的烏雲給帶走了。

崔展睜開眼，發現眼前是一片晦暗不明的深灰天空，帶著鹹濕味的海風彷彿劃破空氣的寒刀，光是蹭過她的皮膚，就足以讓她渾身激靈。

「唔……天、天黑了。」

該想想今晚去哪睡覺了。

白天來時在車上看見這沿海小鎮開發度很高，走十分鐘左右應該就能到附近有飯店的區域……但是她也睡不起飯店，看這天今晚像是要下雨，就找個能遮雨的地方住吧。

她勉強撐著還有些昏沉的腦子從地上站起，沒想到四肢發軟，一個踉蹌，身子直接往前倒去。

失重感瞬間就讓她清醒了，她的身體開始下意識試圖找到什麼支撐點，而就在她感覺到落地的疼痛之前，好像有人緊緊抓住了她的胳膊，另一隻手還撈住了她的腰。

崔展預想中的痛沒有傳來，她連忙邊道謝邊掙扎著扶重新站起。

扶住她的人沒有說話，但對方看起來個子很嬌小，很難想像剛才那霸道的力量是從她那隻纖細的手腕上傳遞過來的。

眼下，幫了她的姑娘正在扶自己頭上的小紅帽，崔展能一眼就認出這是她的那頂帽子，主要還是因為這帽子上的環境衛生 LOGO 特別顯眼。

「謝謝妳。」崔展出聲道謝，目光不由自主在對方身上看了一遍。

她身體纖細，鎖骨細長，穿著白色吊帶連衣裙，肩帶上還打了兩個秀氣的結。沒穿鞋，赤腳，腳尖墊地。

崔展心裡頓時猛跳了一下，不是吧，又撞鬼了？

好在那小姑娘的腳只墊了一下，雙足就又都落地了，崔展的一顆心也跟著被放了下來。

「不用謝，妳的帽子真好看，可以借我戴一下嗎？」女孩戴好了帽子，抬起臉朝她善良地一笑。

陸生生！

這張美人臉崔展做夢也不會忘，她是論壇紅人！

「當然可以。」崔展嚥下口水，努力讓自己表現的心平氣和，「您喜歡的話，就送給您了。」

陸生生又搗弄了一下頭上的帽子，不知道她做了什麼，那張白到極致的精緻臉龐上，驟然流下一條深紅的血痕。

她察覺到後，伸手摸了一下，那血線又多流了幾行，它們匯成一股後，大量鮮血從她額上淌了下來。

那張臉越是美，這血流得就越是有衝擊力。

「我現在是不是很難看？」她抬頭，幽幽地望向了崔展。

老實說，崔展已經嚇到窒息了，可她還是拚上了此生最後一次的勇氣，試圖讓自己死得再晚一點。

「您現在美極了，美就美在……」崔展顫抖著擠出一個微笑，腦內閃過大量在論壇裡看過的陸生生相關讚美。

「美在……驚豔中包含著脆弱與恐怖，在極致的紅的襯托下，您身邊環繞著一種獨屬於憂鬱美人的絕佳氛圍。不知道有沒有人說過紅色，真的很襯您的膚色。」

「所以，在我看來。」崔展已經要被嚇哭了，可眼眶裡的氤氳和嗓音中控制不住的顫抖，此刻倒顯得她的話真實到極致，「您現在流血的樣子……真的美極了。」

第一次有人對她說這樣的話。

陸生生看著眼前的女孩，感覺心裡的擔憂與難過都變得稀薄了起來，好像被什麼給吹散了。

她說她好看！

可是……

「我頭上有洞，妳頭上沒有洞。」陸生生摘下帽子，指著自己頭上血肉模糊的窟窿。

崔展嚇到差點直接哭出來，「但妳是真的好看，我頭上雖然沒洞，可我也沒長出妳這麼美的臉啊！光是看著妳的眼睛，我都要忘記回家的路該怎麼走了。」

陸生生被說得有些心動了，因為她雖然覺得自己頭上有洞不好看，但林秋的確沒有因為這個洞所以就嫌棄過她，反而還對她很好。

「我要回家了。」陸生生看著她笑了笑，「他該回來了。」

他？

儘管崔展沒有半點想摻和進去的意思，但陸生生說的話她聽得太仔細了，自然也捕捉到了那個「他」。

她和別人住在一起？

一個恐怖的女厲鬼，能和誰住一起？

不知道該說她是敏銳，還是在生死攸關下觸發了某個開關，崔展的腦子裡此刻只有一個想法。

能壓住這種等級的厲鬼的，除了極其厲害的驅魔師，當然就只有比她更恐怖的厲鬼！

崔展現在就想走了，可是陸生生還在她面前，她不敢先動，就跟小時候被凶狠的狼狗瞪著一樣，好像自己一動就會馬上被追。

「妳去我家玩一下吧，我家從來沒有來過陌生人。」

地獄級女鬼陸生生，向妳發出了進入赫赫有名的凶宅「失蹤的棚屋」的邀請，妳是否接受？

崔展強壓住心頭驚懼，她假裝整理衣服，實則是用力壓了壓自己的胸口，她受不了了，心都快要跳出嗓子眼了！

眼角餘光似乎掃到樹後面有個什麼東西正在看著她，崔輾轉過頭去看了一眼，發現居然是那個讓她一直發燒、快把她給弄死的女厲鬼。

她一驚，那女鬼的眼神狠毒，裡面充滿了怨恨，似乎是等著隨時上來跑向她。

崔展被嚇到了，她嚥下口水，厲鬼真的都是瘋子，她到現在都不知道自己到底是什麼時候惹到她的，這女鬼的恨意來得太莫名其妙了，就好像自己才是殺了她的凶手一樣。

可崔展常年混論壇，知道厲鬼就是這樣，它們幾乎不太道理，且存在時間越長，就越容易神智癲狂。

無差別殺人是它們撫慰自己怨恨的一種手段，它們會主動找上門，通過一個極其野蠻的理由，將陌生人錯認為是殺死自己的仇人，然後將其報復致死。

那東西還想要她的命。

崔展被樹後女鬼給盯得頭皮發麻毛骨悚然。

這樣一看陸生生好歹是可以溝通的，可能到她這種級別的鬼，智商都比較高，不過據說它們通常也瘋得比較厲害，留著腦子大多是為了搞那種更恐怖難料的大事。

地獄級別的大鬼覺得自己的執念是可以被實現的，假如有位父親慘死前看著自己的女兒被人奸殺分屍，帶著執念化身厲鬼後，這位父親大手筆的虐殺人可能是為了策劃如何讓女兒復活，鬼胎轉世的事也不少見。

如果現在不跟陸生生回去，她馬上就會落入那隻對她恨之入骨的女厲鬼手裡；跟陸生生走，雖然後續可能還會有危險，但至少那隻女厲鬼暫時不敢輕舉妄動。

她怕陸生生，所以陸生生一出現她就放開自己跑去躲起來了。

崔展跟陸生生走了幾步之後，轉頭想看看那厲鬼還在不在，結果好幾次轉頭，她都發現那隻女厲鬼陰魂不散地跟著她，時而出現時而消失，始終都離她非常近。

她嘆了口氣，對眼下形勢的判斷簡單明瞭，她是沒有能力滅掉那隻女鬼的，既然做不了什麼，那就先抱穩生姐大腿。

左前方突然光芒大盛，崔展看到了隱約的火光，她皺著眉，抬頭看見那火光裡好像扭動著黑色條狀不明物體。

很快那黑霧就加速蔓延，將火光給完全包裹吞噬了。

陸生生也停下來了，她直直地看著那邊，對那突然出現的火感到疑惑，可那些黑霧她卻是清楚的。

那些是蹲守在赤河鎮周圍的恐怖怪物。

黑霧裡滾動著又長又粗的黑蕁麻，看樣子似乎還在朝這邊蔓延，陸生生連忙牽住崔展的手跑了起來。

「剛……剛剛那些是什麼？」

身後的女孩問了一句，陸生生轉頭往那邊又看了一眼，霧中的蕁麻離他們越來越接近了。

最近這些黑霧裡的怪物越來越不穩定，以往它們都只在赤河附近繞，現在它們已經時常遊走在小鎮深處了。

「是包圍著赤河鎮的怪物，它們守在鎮子外面，所有人都出不去。」

陸生生跑得很快，她躲這些東西已經躲出了經驗，但今天來勢格外凶猛。她拉著崔展在鎮子裡穿梭了幾次後，被前後左右緩慢滾來的黑霧給堵住了路，已經無處可跑。

「生姐，現在怎麼辦？」崔展緊張地直嚥口水。

連陸生生這種等級的厲鬼都害怕的黑霧，肯定是危險到不行。

「先藏起來！」陸生生抓著她跑到一堵牆邊，打開一個綠色的大垃圾桶蓋，「進去。」

崔展連忙手腳並用爬進去了，她很沒安全感地看著陸生生，兩人對視兩秒後，陸生生也爬了進去，和她一起躲在垃圾桶裡。

垃圾桶下方被撞破了，碎了一條長長的縫，陸生生湊過去觀察著外面的情況，崔展緊張的心怦怦直跳，她能在無邊的寂靜中聽到自己鼓噪的心跳聲，而她現在抱著的人……應該說是已經死去的人，身體冰涼，貼她貼得再緊，也察覺不到她身上有生命脈動的跡象。

陸生生仔細看著已經湧過來的黑霧，黑蕁麻在地面上遊動，似乎在尋找什麼。

緊挨著陸生生的崔展好像聽見了下雨的聲音，接著，頭頂的垃圾桶蓋上開始發出滴滴答答的聲音。

崔展連呼吸都屏住了，她憋得滿臉通紅，試著轉動了一下眼珠，結果就是這一眼剛好穿過了垃圾桶的裂縫，她呆住了。

原本遊動著的黑色蕁麻已經不再繼續動了，她頭頂仍在不斷傳來密密麻麻的雨聲。可外面，此時卻風平浪靜，根本沒有下雨。

頭頂上的雨聲突然轉移了，崔展看見黑蕁麻又開始移動，而那些宛若毒蛇立起來的蕁麻上，居然穿刺著一具男屍。

男屍死不瞑目，蕁麻幾乎在他身上開了幾十個血肉模糊的孔洞，他不斷往下滴著血，就這麼被遊走著的蕁麻給裹挾著一路向前，離她們越來越遠。

「好了，躲過去了。」陸生生鬆了口氣。

「生姐，剛剛那是、那是……」崔展顫抖到說話都要咬到自己的舌頭，「那個男人，我白天見過。」

「嗯？」

陸生生的脾氣比想像中好太多，她非但沒有發狂，還溫柔地聽她說話，崔展甚至能感覺到對方正一下下輕拍著自己，似乎是想安撫她。

「他是一個驅魔師，好像是很厲害的驅魔師。」

白天找對方幫忙驅魔卻被拒絕的畫面還歷歷在目，崔展腦子裡都是他被穿透屍體懸掛遊街的慘狀，她現在已經產生了比被女鬼纏身還要更強烈的恐懼感。

崔展很冷，牙關都在打顫的那種刺骨寒冷。

「也不都是壞消息，有驅魔師進來了，這就是個好消息。」陸生生撥開崔展面前凌亂的頭髮，幫她撩到了耳後，「能進來，就代表能出去，我和妳一塊逃出這裡。」

崔展呆呆地看著眼前漂亮又溫柔的女孩，突然覺得惋惜，她這麼好的一個人，為什麼會以那種方式死去？

陸生生從垃圾桶裡爬出，崔展緊跟其後，出來一看才發現黑霧已經籠罩了她現在身處的所有地方。

霧裡，前方可見度不超過十米，四周雖然沒有出現蕁麻，崔展還是產生了一種自己好像已經無處可躲的強烈壓迫感。

她挽住了陸生生的臂彎壯膽，陸生生也在環視四周觀察情況。她看了看，與崔展對上了視線，說道：「現在的情況很不對勁，跟以前都不一樣，我要先回家一趟，他還在這裡。」

崔展連連點頭，她現在只要能抱緊生姐就好，去哪都行。

「就算要陪妳出去，我也要帶他一起走才行，他不會答應自己一個人留在家裡看家的。」陸生生邊跟崔展說情況邊往前走，崔展聽到這句話之後，心裡開始打鼓。

「生姐，妳剛剛說的那個人，是男人嗎？」

陸生生點頭，「是啊。」

崔展頓了頓，一種不祥的預感慢慢冒出，她想起一些事情，沒忍住皺起了眉。

該……該不會是，那個林秋吧？

崔展記得自己看過很多的新聞和資料，生姐還活著的時候是名腦科醫生，她充滿光環的人生之所以會被毀掉，就是因為這個叫林秋的男人活生生被弄到黑市販賣全身器官的事刺激到了她。

在那之後，她人格分裂，白天在醫院上班、待人接物時還是很正常的模樣，可在那些不為人知的夜裡，她會變成殺人魔。

她手法乾淨嚴謹，虐殺了與那件事相關的十三個人，她自己的死因卻成了個謎。

警方公布出杜浚的別墅裡有大量她的鮮血，是致死量，但她的屍體至今都沒有被發現，所以也有大量的人懷疑她根本就沒死。

外界傳聞她花了很長時間抽取自己身體裡的血液，倒在床上偽裝成了已經死亡的假像，這個猜測在別人看來幾乎是已經板上釘釘的事實，因為十年前她的父母還雙雙慘死。她父母那起案子的凶手至今未被發現，手法很詭異，跟她以前犯的案如出一轍，所以那也被大家當成是陸生生最後的報復。

她親手捏碎塑造了她扭曲性格的原生家庭，可她本人還是沒被抓到，這個狡猾的女連環殺人魔的事蹟甚至已經聞名海外。

在崔展進入那個靈異論壇之前，她也和絕大多數普通人想的一樣，陸生生還沒死。可當她在厲鬼排行榜上看見陸生生這個名字時，她才知道，陸生生根本就不像外界傳聞的那樣早就逃出生天。

她死了，很早以前就已經死了，而且死亡之前她還承受著巨大的痛苦，否則她死後也不會變成對活人來說極為恐怖的大鬼。

現在，自己面對的這個溫柔的陸生生，很有可能只是她精神分裂後的另一個人格。

思考這些時，崔展把自己嚇出了一身冷汗，她一會兒頭皮發麻，一會兒半邊臉冷半邊臉熱，脊椎縫裡都在往外泛著寒意，整個人已經被刺激到退無可退的地步。

現在這個情況對她而言無疑是最安全的，陸生生的正常人格看起來的確毫無問題，可關鍵是，一旦她又切回到了殺人魔的那個人格上，那自己絕對就要完了。

崔展又想起論壇裡發布的那個委託——陸生生的遺願。

關鍵字：狗被偷走，受不了打擊，變危險。

崔展邊走邊分析著，她覺得能夠觸發陸生生變危險的條件就是，當她察覺到她的狗被人偷走。

把委託裡提示的關鍵字提取出來，與陸生生人生中真實發生過的系列事故一串聯，很容易就能聯想到那個對她而言影響巨大的男人。

林秋。

所以陸生生恐怖人格的觸發條件就是：當她發現自己找不到林秋，又或者是得知林秋已經慘死？

那陸生生現在不就是要去找林秋？她要是找不到，自己的命可不就得沒了嗎！

崔展頓時瞪圓了眼，雞皮疙瘩直接從臉上一路延伸到腳底。

她又想起了陸生生剛才和她說過的那些話，在她看來，林秋還一直都跟她住在一起。

神經病的典型症狀，這類人的幻視幻聽一直都很豐富。

在陸生生一心琢磨回去後該怎麼跟林秋說這件事的時候，身邊的崔展已經完全抖成了一把篩子，她甚至還隱約看到了自己不久後死狀恐怖的屍體。

崔展盡量不讓自己被腦補嚇暈過去，她又抬頭看了一圈，街上都是黑霧……最要命的是那個發燒死掉的女鬼，居然還在跟！

崔展有點崩潰地按死亡順序排了一下，自己一個人走，需要在黑霧裡當無頭蒼蠅，女鬼可能會馬上跑過來殺了她，又或者是蕁麻先找到她殺了她。

不行，肯定不能離開生姐，至少她現在這個人格還是安全正常的。她可以在震懾住那個女鬼的同時，順便帶著自己繞過蕁麻的死亡威脅，至於她遲早要黑化這一點，崔展雖然感到恐懼，但她現在要面對的恐懼太多，實在不差再來一份了。

既然論壇發布了這個委託，那就說明「陸生生的遺願」是可以被完成的，只是難度極高。

而且委託地點就在被黑霧籠罩的赤河鎮，那還能說明一個問題，林秋有很大概率，現在就在赤河鎮。

崔展也發現自己被趕鴨子上架了，但現在除了盡全力完成委託外，她沒別的辦法脫離困境。

反正橫豎都要死，不如試試吧……看自己到底能不能幫生姐找回那條「狗」。

陸生生帶著她一路躲著蕁麻往小路走，路越走越窄，但神奇的是越往前走，黑霧就越是稀薄。

她抬起頭，甚至還能看見天上掛著一輪皎潔的圓月。

「我今天回來晚了，他可能會很生氣。」陸生生像是有點怕，還抿了抿嘴，臉上的血沒擦，小臉髒兮兮的。

崔展努力讓自己看起來正常，安撫陸生生道：「放心，他不會真的生妳氣的，妳長得這麼好看，光看著就讓人氣不起來了。而且最近是加班旺季，我覺得他說不定也在加班，還沒回來。」

「是嗎？」陸生生立刻轉頭看著崔展，「可是他以前從來沒加過班。」

崔展露出一個略顯不自然的、溫暖的笑，「如果他加班還沒回來才好呢，我們就都不用挨罵了，不是嗎？」

陸生生看著月亮想了會兒，點了下頭：「有道理。」說著她帶崔展拐彎，繞過一棵大樹，伸手指向前方沐浴在月光下極顯陰森的藍色棚屋。

「那就是我家了，我請妳看電視，今晚放年華有情大結局。」

崔展喉頭一哽，悲從中來，差點感動到哭出聲。

從來沒聽過進鬼屋還要陪女鬼看八點檔的，這事完全沒有前人經驗可以借鑒。

陸生生推開門，屋內電視已經被打開了，正放著洗衣精的廣告，她看見林秋把疊好的衣服放進衣櫃，腳步輕鬆跑過去從後面一把抱住了他。

「嘿！怎麼樣，嚇到了嗎？」

陸生生很高興，聲音聽起來都飄了，林秋低頭看她勒著自己腰腹的手，輕拍了兩下，算作回應。

「我帶人來家裡玩了。」陸生生隔著衣服在他背上用力親了一口，然後鬆開手去門邊，把正一臉緊張打量這凶宅的崔展給拉了進來。

「生、生姐？他是……林秋？」崔展本來還只是驚訝於這傳說中的凶宅為什麼這麼有生活氣息，直到她看見那個身材高大、模樣也很英俊的男人，這才發現想錯的是她自己。

陸生生不是精神有問題，她是真的和一個男人在同居。

「嗯，他是林秋。」陸生生介紹了一下，林秋面色如常，陸生生笑靨如花，唯獨崔展一副愣住了的模樣。

「他……」崔展一時有些弄不清楚狀況，林秋明明就在陸生生的身邊，為什麼論壇裡還會發布一個那樣的委託？

幫陸生生找回她的狗。

她要找的不就是她的情人林秋嗎？

崔展腦子才剛轉動半圈就發現林秋開始不悅，他看她的眼神容易讓人聯想到漆黑的陰冷洞穴，那種未知的危險讓她心神都莫名震顫。

「生姐，妳老公長得好帥啊，看起來真的和妳又般配又有夫妻相。」崔展忍著恐懼強行敲走自己半個腦子，笑得就跟陸生生的同事上門來蹭飯了一樣。

林秋看她的眼神開始有些微妙起來。

陸生生倒是知道夫妻，但是她和林秋一直都沒有結婚證，怕崔展誤會，就小聲解釋了一下：「不是，我和他還沒結婚。」

崔展差點就裂開了。

而林秋剛剛還稍微好看點的臉色急轉直下，整個人都變得恐怖起來了。

她說不是？這麼久的朝夕相處，無數次的夫妻之實，一句沒結婚就不是了？在她看來，他連她丈夫都算不上？

林秋轉頭，盯著陸生生天真的側臉，眼神僵硬，長時間沒眨眼也完全沒有乾澀的感覺。氣氛越發凝滯，原本還很有生活氣息的屋子一時像是變味了，就連光線都越發陰沉，顯得角落裡晦暗不明。

「其實，我以前就是做婚禮策劃的，我看明天就滿合適。生姐，妳想不想明天跟姐夫一塊去把婚結了……嗯？」

崔展竭力自救，認識半小時不到就連親都差點快攀上了。

陸生生卻完全不覺得有危險，她大概從來沒想過明天去跟林秋把婚給結了這回事，只是伸手摳了摳臉頰上已經凝固了的血塊，眼中有些懵懂。

她腦子不夠用，結婚對她來說是一個新選項，她還有些反應不過來。

結婚了的話，好像就不能再和以前一樣了……

說實話，其實到目前為止崔展都沒在陸生生的身上感覺到危險，可林秋不一樣，這傢伙是真不對勁，看一眼就知道肯定不簡單。

不知道是不是陸生生的態度刺激到了他，林秋看崔展的時候，臉色陰沉到幾乎能把她給掐死。

他現在給人感覺攻擊性很強，誰都想殺，好像對他來說誰死都無所謂，只要能把那股快要壓不住的焦躁和怒火給宣洩出來就好。

完全就是厲鬼發狂前的狀態。

好在，他最後沒有對她下手。

「出去。」林秋說出這句話後，周圍的溫度都降了一半多，不知他是如何做到的，剛剛那股恐怖氣息，此時已經壓制的差不多了。

他一字一句道：「最好早點滾出這裡，外面那些人，我很快就會一個個清掃掉。」

「姐夫你千萬別誤會啊，我跟他們真不是一伙的！我送了生姐一個帽子，然後她就帶我來家裡玩了。」

林秋的喉結上下滑動了一下，旁邊的陸生生立刻伸手壓了壓頭頂的帽子，像是怕他又搶走。

這頂帽子，比上一頂還醜。

「滾。」他不再多話，只冷冷地低聲驅逐。

「這就滾。」崔展心驚肉跳，從死亡邊緣撿回一條命後，她當即開始反思自己以後是不是應該少說兩句，有時候語言的藝術真的很重要。

陸生生捏住了林秋的手腕，抬頭看著他有些冷峻的側臉，「你怎麼這麼凶？她是我請來家裡做客的。」

「這是妳一個人的家？妳叫人回來不用先問一下我？我說多少遍了外面危險不要亂跑，妳為什麼還老是往外面走？」

陸生生看出他生氣了，也不敢再留人，只能過去送一下崔展。可她還沒來得及跟著走幾步，就被林秋一把抱過去，門也被他關上了。

崔展看到那個漂亮的女鬼被一手給擄進了屋，頓時有種，陸生生即便是死了也一直都過得不快樂的悲傷感。

她是為了林秋才變成這個樣子的，可現在她小情人對她總給人感覺就是……一點都不好。

藍色棚屋旁邊沒有黑霧，甚至可以說空氣還非常清新，有山野鄉林獨特的大自然的味道。崔展沿著小路兩邊的藍色小花往前走了幾步，抬頭，看見前方不遠處，那個發燒死掉的女鬼還在直勾勾地盯著她。

她人都傻了，怎麼還在啊？

這些做鬼的都這麼能黏人的嗎？

崔展發現這女鬼好像不太敢往藍色棚屋這邊走，似乎是在蹲守，只要她一走進狩獵範圍，她就馬上會對自己下手。

哎，得了吧。

崔展又象徵性地往後退了幾步，在棚屋前的一顆大樹墩旁邊坐下了。

今晚只能這麼湊合著過了。

陸生生今晚也過得很難受，林秋一直在凶她，她其實也不是總出去玩，每次都是電視看不進去、實在忍不住的時候才會偷偷出去一次。

誰知道他今天會這麼生氣。

但他好像也不是故意的，是她先沒經過他同意往家裡帶人了。

陸生生又被扒了內褲，裙子肩帶掛在臂彎，白色布料都堆在她纖細的腰腹。他壓住她抱著她吻，一下下地在她身上賣力頂弄，那個可以擋住她自卑心的紅帽子已經被扔到了床邊地上。

屋子裡光線昏黃，欲望與漫長的情色糾纏，直到衝向頂端，林秋悶哼著抽身出去，濃稠的白濁從她被的穴裡溢了出來。

她頭髮在床上蹭得有些亂亂的，臉上新流出的血襯得她皮膚都像是有了幾分血色，林秋看她這副對他逆來順受、甚至都不知道自己又受委屈的模樣，心開始難以言喻地疼痛起來。

他欺負她了。

他白天會一直出去就是因為生前他們沒什麼話好聊，那陰影太重，讓他現在不敢每天待在家裡，就怕她覺得他一直纏著她又不會說話，很膩。

他一直都這麼無趣，精神貧瘠到只能用這樣最低等最原始的動物行為來束縛她占有她，他不知道如何才能討好她，也不敢把記憶還給她。

現在這樣都要擔驚受怕，還給她了，又回到以前那個讓她恨不得自殺的狀態怎麼辦？死前不再被她需要的自卑與絕望還在他腦中深深縈繞，就如同她十四歲那晚對他說過的話一樣。

他作夢都想把她那句「做我男朋友」的話當真，但他還是努力維持清醒說了一句，不要給我太多希望，我怕我以後會想要更多。

結果她當機立斷掐滅了他心裡的那點希望，回答說——好吧，那你當我沒說。

在那以後，他的希望就再也沒有被點燃過。

大概是從那時起，林秋開始不再期望陸生生會對他本人產生愛情，他學會死死捏住她的弱點和負面情緒，為她獻上一切，讓她越來越需要他，越來越離不開他。

他還學會溫柔地照顧她，纏著她，蟄伏在她的人生中，成為她生命中最重要的養分。

他花了二十一年。

但他做得再極致也沒用，她在需要他的同時，仍然會察覺到他的一切都配不上她，她和他說不上話，和他沒有共同話題，她甚至覺得和他在一起過後半輩子，光是想起來都令她窒息到想要自殺。

所以她要和別的男人結婚。

林秋一直沒覺得自己死得慘，陸生生不要他了，他也沒想再繼續活著。他的死對他而言，更多意義在於陸生生之後的態度。

他沒想到她居然那麼愛他，會有那麼離不開他，她後悔當時嫌棄他，她甚至因為找不到他而瘋了。

他頓時半點怨念都沒有了。

多好啊……

林秋又把她抱得更緊了一點，幫她舔掉了臉頰沾上的血，又去吻她的唇，結果一條血漬就這麼橫著從她的臉上劃到了嘴角。

陸生生被他咬了內唇，沒忍住悶哼了一聲。

「生生，再多愛我一點吧……」

他不停緩慢吻她，吻了她一個小時，看起來還能抱著她再吻一夜。

陸生生從一開始的承受到後來開始覺得有些厭煩，想要去找點其他事情做，可她剛一把頭轉開，就會被他轉回去繼續接吻。

他好像永遠不膩，好像人生裡就只有和她纏綿這一件大事需要專心去完成。

他有滿腔愛意不知如何傾瀉給她，就連手指都開始逐漸顫抖，每激烈一分都是抑制不住的對她越發難耐而又過分的愛。

她的回應總無法令人滿意，因為他一個人，還需要承受著另一份痛苦又難言的感情。

他被那份熾熱的愛慕刺激著，不斷因為眼前的她還不夠愛他而感到躁慮與焦灼，就像只一心想去擁抱烈火卻無數次撞上了玻璃罩的痴傻飛蛾。

「再多愛我一點啊……生生。」

「妳不需要我嗎？」

他吻著她，扶著已經堅硬的陽具又一次侵入她，林秋用下流的能力迷惑她，讓她體驗到很難有人能抗拒的劇烈性快感，企圖用高潮將她注滿與他有關的東西。

陸生生果然被酥麻與電流給填滿了，她抱著他的脖子呻吟，腳趾勾著他的腰，來回展開又蜷縮起來，在他皮膚上蹭動，她不知道自己為什麼會爽成這樣，但她會因為實在太舒服，所以想一直和他做。

至少在接下來的一、兩天內，她都會專心致志地渴求他的身體。

崔展還留在棚屋外面，深夜的時候她模模糊糊睡了一下，但很快就又警惕地醒過來了。天亮的時候，林秋出去了，崔展看見他沉默地往外走，路過她時，像是沒想到她還在，陰森地看了她一眼。

「姐夫！」崔展在他或許會對她下手之前先叫住了他，她眼角餘光看到那瞪了她一夜的女鬼早就嚇得不見了，有點膽寒地把打招呼的手縮了回來，「姐夫，關於鎮上突然多了驅魔師，我知道一點情況，其實跟生姐有關。」

林秋稍微瞇起眼，崔展見他停住了，連忙繼續解釋：「姐夫，不知道你清不清楚，外界一直都有許多生姐的傳言，但是不管怎麼變，所有人都知道她是因為你出事了，才變成那樣的。」

林秋沒說話也沒動作，顯然是想繼續聽下去。

崔展很快組織好語言，又繼續道：「有個神祕的靈異論壇，裡面的用戶基本上都是和驅魔相關的。兩天前論壇的版主發布了一個委託，委託內容是『幫陸生生找回她的狗』。」

「我是因為被一個發燒死掉的女鬼纏上，想著最近肯定會有很多驅魔師來，才想過來找人幫我驅一下那個女鬼。至於那些到鎮上來的驅魔師，他們或許是因為看到那個委託，想來幫生姐。」

林秋把她的話都聽完了，過了一會兒，漠然道：「我一直在這裡陪她，那個委託，別有用心。」

「版主不會無緣無故發布委託的，這點我見證過很多真實的案例，所以姑且能確定它的可靠性。姐夫，你有沒有和生姐聊過，她最近有表現出很想找什麼東西的衝動嗎？」

「帽子。」林秋站在那，態度似乎是轉變了，「她最近一直想要帽子。」

「那還想要別的嗎？」

「她還想出去，妳敢帶她出去？」

「不不不，姐夫你別想岔了，生姐最想要的肯定不是帽子和出去玩，我們外面但凡是知道她的人，都明白她有多喜歡你，所以最想要的肯定是你。那個委託裡說幫生姐找回她最重要的東西，我大概想了一下，生姐最想要的是你，但既然你一直都在陪著生姐，那是不是因為生姐她感覺不到重要的人就在身邊，才會產生那種迷茫的心情呢？」

林秋微微愣了，他一直想要生生的回應，為此在戀情的烈火裡被反覆焚燒求而不得，可他沒想過她感覺不到。

她或許仍在尋找著他，她依舊在無由來的焦慮，覺得自己丟了什麼東西。

「我知道，但是……」他說了一半，說不下去了。

崔展還在等著他，林秋回頭看了一眼，發現陸生生果然又跟往常一樣伏在門框邊看他出門，她被訓乖了，哪怕知道他沒走，也不再跨出這個棚屋半步。

她就只是很單純地執行著他的要求，也不懂半點變通。

「我好愛她，妳知道嗎？」林秋轉頭看著崔展，昨晚那種無處宣洩的焦慮感再度湧上，「但我配不上她，我和她過日子只會讓她抑鬱到想死。她活著的時候為了逃離我，甚至自殺過一次。要是她全都想起來了，我就什麼都不剩了……我連她現在這個樣子都快留不住。」

林秋有種退無可退的感覺，他這輩子最恐懼的事在他死前變成了現實。陸生生膩了，覺得他是束縛和累贅，他是帶著一生的卑微和被遺棄的感覺失去生命的。

他知道，因為他死了，她才會為他瘋狂。一旦事情都重回到他死之前，那她一定就不會再那麼愛他了。

就像她自殺那夜說過的一樣。

「就算和你結了婚，也不會有任何變化。我們仍然無法交流，仍然各過各的，我才二十八歲，但我覺得我活得好像已經八十二歲了。」

她說過的每句話他都牢牢記著，他怕她就算做鬼也會因為和他在一起時間長了所以覺得他煩。

他不想再失去她的愛了，哪怕那些都已經是過去式，他也想要緊緊守在懷裡。

崔展有些動容，林秋看起來是聽得進她說的話的，而且他現在也處在那根弦快要被崩斷的極端狀態中。

委託在這個時候發布，或許也是有原因的。

「姐夫，人是不會一下就變成另一個人的。」崔展看著他說道，「生姐既然會為了你變成那個模樣，那其實就能說明她平時也一直都在對你釋放著那麼多的愛。因為你不見了，她的感情沒了寄託，無處宣洩，所以才會把自己搞成那個樣子……她也是真的很愛你。」

崔展一直都在仔細觀察著林秋的表情，她大概能猜到一點兩人之間的矛盾在哪裡，但更細節的地方她還是弄不清楚。

比如陸生生為什麼會像現在這樣單純天真，明明狗就在身邊卻還總想著要找狗；又比如說林秋怎麼會覺得陸生生不喜歡他，她都為他變成這樣了，他卻還在患得患失。

林秋眼角都紅了，像是被崔展最後那段話給安撫了一樣，崔展看他這樣，不免覺得動容，看起來最凶的鬼，居然是最好哄的。

她一個外人說幾句他都變成這樣，生姐要是能這麼跟他說上幾句，他作為厲鬼的怨氣恐怕都要散光了吧。

崔展無聲地嘆了口氣，心想昨天還覺得是小情人對生姐一點都不好了，現在看來更像是生姐一點都不愛她的小情人了。

有沒有什麼辦法可以想想的？嗯……能不能讓生姐記起來自己活著的時候有多愛林秋？又或者是，讓生姐再愛上她的小情人一次？

事情真的很難像預想中那樣好起來，忙了一段時間後，崔展對兩人之間的事可以說是有些束手無策了。

她有意去見陸生生，想旁敲側擊地提示她，告訴她過去的事情，但每次都是話沒說完就被林秋給扔出去了。

陸生生頭上的洞開始流血對他來說就是底線，他可以不在意對方不給他愛，但他受不了再讓她受到來自過去的任何傷害。

崔展一次次被林秋趕到門外，次數一多也越發對厲鬼的執念感到無可奈何了。她倒是想離開，但樹後那眼神陰毒的女鬼還在等著她，真就是……

唉，一個比一個讓人頭疼。

話雖如此，但是在棚屋待的這段時間裡，崔展也看出來了，林秋生前應該是個脾氣很好的男人，雖然每天都會出去對付那些招惹是非的外來驅魔師，可他做最多的事，其實還是在家裡照顧陸生生。

明明鬼怪不需要吃東西，他仍會固執地按時做好飯菜讓陸生生吃，甚至還把崔展的那份也一起做了。

以生姐現在小孩子似的懵懂程度，崔展不認為她能注意到自己作為一個活人是需要吃飯的這件事。所以只有一個可能，是林秋拿出來給她吃的。

雖然是個戾氣纏身的厲鬼，但他會因為這是陸生生請來的人，所以對她照顧周到。

不過他的耐心也僅限於此了。

崔展沒辦法離開，過著不上不下的日子，在這個凶宅前蹲了快一周時間。

她親眼目睹這兩個鬼的相處日常，每天都在嘆息好無聊，也不知道他們到底是怎麼過下去的。

一周以後，崔展幾乎快把外面有幾棵樹、每棵樹上有幾根樹杈都數清楚了。

白天只要看見林秋出去，崔展就會溜進去找陸生生，她太想看幾眼電視了，也無比理解為什麼陸生生的電視癮會這麼大了。

被電子產品和網路遊戲包圍著長大的崔展在這種無聊的折磨下，對幾乎是過著苦行僧生活的林秋產生了強烈的好奇。

他的神智顯然是清醒的，他對那些過去也有著很明確的認知，鬼都對自己的執念有著極端追求，但他到底是怎麼做到不去理會自己欲望的？

明明他這麼想得到她的愛……

自驅魔師們闖進這個小鎮後，連著半個月都是陰天，天就沒見放晴過，連看見一抹漂亮的蔚藍都是妄想。反倒是夾雜著砂石的涼風和灰沉的烏雲隨處都有，明明是郊外，卻連半聲蟲鳴鳥叫都聽不見，彷彿都懼於男人的陰森，偷偷藏起來了。

林秋這天回來時，身上還環繞著森冷的黑色煞氣，不是每個外來人都像崔展這樣弱到不需要過多注意。這幾天他已經與那些人交手好幾遍，驅魔師們似乎是組成了隊伍，聯起手來對付他留在鎮上的眼線。

有來有往才是正常的，林秋今天又殺掉了他們隊伍中的三個驅魔師，當那人發現他就在身後，而且還被自己同伴拋下時，死前彷彿撕裂了清脆紙張的絕望尖叫現在還在林秋耳邊迴響。

他握了握手心，乾淨的，可是現在好像還能搓到空氣裡那黏膩又腥甜的濃稠血漿。

思及那些，他的殺氣越發濃烈，林秋斜斜睨了剛從屋裡跑出來的崔展一眼，若有所思地停下了。

馬上就要殺光了，這裡還有一個……

崔展渾身一激靈，她從眼前厲鬼的眼神裡感覺到了一種刀貼皮肉快速刮下的隱約刺痛，對方剛才對她發出的打量無比明顯，恐怕是在琢磨該用哪種手段將她殺了。

他平時不會這樣的，他還送飯給她吃！

崔展正想轉頭大喊生姐救命，沒想到屋裡的人已經站在門口叫住他了。

「林秋。」

果然林秋對崔展的注意力消失了，那股莫名狠戾的殺意也煙消雲散。

林秋的眼角是自然下垂的，眼角到眼尾的下眼瞼線條帶著點弧，哪怕不皺眉頭看起來也仍透著些無害和無辜，像狗狗。

崔展看他瞧也不瞧自己走進去找陸生生，總算鬆了口氣，剛剛她是真以為自己要死了。今天他是殺人殺多了嗎？

完了，他會不會剛好今天心情不好！

剛剛松下來的那口氣立刻又提上去了，崔展想到陸生生今天在電視裡看到的節目，頓時睜大眼睛認真地盯著樹後守著她的那個女鬼，開始思考起自己能有多少生路。

棚屋的門重重關上了，林秋摟著陸生生抱了一會兒，貼著她的臉在她脖頸處吻了一下，最後那點浮躁也壓下來了。

果然不能總是殺人，他越發能感覺到手裡沾的血越多，血液裡那股躁怒與渴望就越是抑制不住。

不能嚇到她，也不能控制不住欺負她。

林秋在心裡默默告誡自己，耳邊聽到了陸生生輕輕小小的說話聲。

「林秋，我今天看到了一個節目。」

陸生生想起白天那檔節目，崔展攔著她死活不想讓她看，她卻像是從裡面感受到了一股魔力，哪怕頭上的血跟著那檔節目一起流了幾個小時，她也仍然把它看完了。

好像往心的空缺裡扔進了填充物一樣，陸生生抬頭看著林秋，眼眶微微充血發紅。

不是想哭的那種紅，而是……要發狂的那種紅。

她目不轉睛地死死盯著他。

「那個裡面的人說我很愛你，還為你殺過很多人，我問你……是這樣的嗎？」

林秋怔忡地看著陸生生，有那麼一瞬感覺周圍空氣都變成蛇的猩紅信子，涼涼地貼上了他的皮膚。

思緒彷彿被胡亂抽走很多塊的骨牌，無法流暢的思考，必須要不斷手動推動，它們才會憐憫地往前跑一跑。

「生生……」林秋仔細分辨了一下自己此刻的感覺，他很誠實地發現，這種很久沒出現過的情緒，好像是害怕。

怕什麼？難道是在怕生生嗎？

死水般的日子過得太久，他都忘了自己過去是如何面對那個懷有纖細敏銳神經的陸生生了。

他開始慌了，有些不知所措地開始亂摸她的身體。

「生生，妳要一直陪著我……」這嗓音裡幾乎混上了哭腔，他眼睛都染上了柔軟的紅，看上去濕潤潤的，敏感的如血液被眼淚稀釋了一樣，眼底的孤獨中還夾有細微的憔悴。

陸生生抬起手，指腹隔著一層布料貼上了他的背脊，硬硬的椎骨硌在掌心裡，他還在不停顫抖著。他的身體觸感堅硬而瘦，不知道他是否從以前開始就是這樣的了，平視別人的時候顯得身材高大筆挺，然而男人一彎下身，好像就隨之壓下了數不清的複雜與卑微。

陸生生耐心地摸了摸他頭上的黑髮，又撫摸他顫抖的背，拍了拍，哄他道：「我不會走，你別擔心，我只是碰巧看到節目了，所以就想問問你。我以前很喜歡你難道不是件好事嗎？你本來就很值得被人喜歡。」

苦澀的話在肚子裡憋了一輩子，最後還是被她說了出來，林秋抓著她背上和腰間的衣服，搖頭道：「我不是很值得。」

他的臉往她頸窩間埋得更深了，「我一直都配不上妳，妳別把那些都想起來可以嗎？」

陸生生好一會兒沒說話，她眼前的林秋有些陌生，這是和他生活二十年來她從未見過的模樣。

她有點興奮，她覺得他這樣好可愛。

肩膀被他靠著的地方涼涼的，陸生生愜意地半瞇起眼，在他身上聞了起來，味道很好聞，她幾乎能感覺到胸腔內有一絲陌生的感情在逐漸擴散、充斥，彷彿病毒一樣循著每一條血管靜靜蔓延。

有種快要控制不住的感覺湧上，陸生生皺著眉感受那種源源不斷的躁動感，張開了嘴，越張越大，磕磕的聲音從她喉嚨深處一段段發了出來。

指尖的指甲驟然間變長，透著凶詭遍布的黑紅，林秋整個人僵硬了一瞬，他的小腹已經開始汩汩往外流血。

陸生生細長的紅指甲彷彿尖利的鋼刃般，筆直而銳利，正在男人的腹中慢慢尋找著什麼東西，摸到之後，又緩緩退去，沒有半點要傷害到他的意思。

他睜圓眼，被推開了一點，在他身前顯得身體嬌小的女人抽出手，詭異地歪起頭顱，將掌中抓著的肉糜混合物，一點點送回了頭上的洞。

林秋能感覺到自己身體裡有股力量正在逐漸消失，而地上那些不慎掉落的肉糜碎塊也都化作黑色髮絲向上生長，慢條斯理地補起了陸生生破損的頭部。

這段時間不算漫長也不算短暫，當陸生生再次抬起頭時，她窄小的臉龐白皙而紅潤，臉上沒有半點鮮血與髒汙有，頭上的洞口已經完全消失，覆蓋著綢緞般水潤光滑的黑髮。

二十年的記憶還與過去那完全模糊著的一團巨大混亂交織著，陸生生一雙鹿眼清澈到好像翦著秋水，眼底完全容納著林秋的模樣。

這些年與他相處的記憶就像清涼的薄荷，安撫了她本該躁動的神經。她感覺自己應該要想起些什麼，可是最重要的那些卻如同隔了一層無形的屏障似的，怎麼抓也抓不出來。

陸生生有些糊塗了，她恍惚間看見自己好像和眼前這個男人在這個屋子裡相處了好多年，可下一個畫面又看見自己在黃昏濃烈的山林裡，靠在樹幹上拉著他擁吻，那時候她還很小，他依然高出她許多。

他眼間的渴望與忍耐幾乎是成正比的，睫毛像鴉羽般，在清減的臉頰上投下來自夕陽溫暖的剪影，他一雙唇被她咬到充了血，從微張的唇瓣裡都能看出那裡面密布的紅色血絲，好像再含著吸一口就會滲出血滴子。

少女看他的眼神不很友善，明明是欲望的施暴者，她卻毫無愧疚與悔意。

「你以為自己上過我就了不起了嗎？」

「還想管我在學校裡和誰說話，你到底從哪裡來的這種想法？」

「你只是我養的一條狗而已，我願意給你什麼你就接著什麼，不給了你就滾旁邊趴著去。」

「別試著來找我要什麼東西，你一張口說那些話我就煩得要發瘋，別跟我那對爸媽一樣，行嗎？懂事點！」

少年盯著她腳邊一株被踩歪的綠草看了足足兩分鐘，硬是沒有開口說一句話。

「林秋，你別不要臉，做不到就給我滾！」

「我不是你的！你聽到沒有！」

她細白的手指直晃晃指著旁邊下山的路，嗓音裡滿滿都是怒意。

林秋終於抬頭了，他眼瞼下方的皮肉在輕輕顫抖，嘴唇抿起，而後又無措的鬆開，偶爾動一下的睫毛像是要跳出蛹繭的蝶，那些偏執的占有欲在與她堅硬強勢的對峙下，掙扎得痛苦而醜陋。

「生生……」他嗓子裡像摻了沙子，每吐一個字都艱難乾澀，「我難受，看妳和他們笑和他們說話，我就難受，我快要喘不過氣了。」

「那你說怎麼辦？」

「我也不想要什麼東西，妳只要別和他們說話就可以了。其他的妳要做什麼都行，我都能配合妳。」

林子裡的鳥不知為何突然受驚飛起來了，它們四向奔上天空的同時，遠方還裹挾吹來了一陣清爽的晚風。

陸生生被心底那股莫名情緒刺激得鼻子直酸，淚珠掉了出來。她最後還是撲上去用力抱住他的腰了，臉重重揉在他的胸口，有些惱羞成怒用力捶打起他總是那麼硬的背和骨頭。

「你是故意的吧，知道這麼說我肯定會心軟，你也知道我和那些人本來就沒有什麼。你都是故意的……」

陸生生嗓音微顫著，對他朝她展開的那張密密織起的羅網屈服了。

又或許，她早就開始對心底那股明明燃燒著卻又無論如何都看不見的烈火束手無措，只有在被憤怒和坦白撬開硬殼的此刻，她才敢對著他表達出了一點柔軟與脆弱。

「狗狗，你怎麼突然就……一點都不聽我的話了？」

十幾歲，還不清楚什麼是戀愛，卻在無意之間心動了。

真的很怕就那麼被他體內藏著的野獸吞到什麼都不剩。

陸生生對這段記憶感到束手無措。

她看著眼前這個比記憶中那少年模樣要成熟不少的男人，指頭在衣服上蹭了蹭，皺起了眉。

「林秋？抱歉，我好像有些記不清了。」陸生生現在說話的口吻就和她以前對外表現出的假模樣一樣，她小心翼翼地問道，「我們以前就認識了嗎？」

這個問題其實問得有點不對，畢竟自己好像和他睡過了。

而且她這麼問了之後，對方的眼神也幾乎轉瞬間就變得銳利起來，像是直接刺進了她的心裡。

陸生生想到這裡，心裡有些不上不下，那些感情好像都沒法落地，但她隱約知道自己跟他的關係恐怕很不一般。

自己應該想起些什麼，但到底應該想起什麼，她又說不出個所以然。

她只是站在他面前，身體裡的每條血管就變得躁動不已，平時看慣了屋內的熟悉擺設，此時也像是被放大了細節，變得有些陌生。連同眼前這個新鮮感與熟悉感並存的男人一起，存在感格外得強烈。

林秋還是穿著一身最簡單不過的工作服，他的袖子往上挽了三截，袖口下的小臂因為常年做工，連橫亙在肌肉上的青筋都顯得有力。皮膚是曬後的小麥蜜色，連同著他高大的身軀一塊，帶著濃厚的男人氣息。

陸生生有些控制不了自己的身體反應，她有些錯愕地低下頭盯著自己的腳尖，跟那些想要噴薄而出的記憶一塊混亂著。

她無法抓住重點，腦科醫生、地下情人、丟了狗、父母不同意、手術、肢解、高速休息站這些關鍵字以及相應的場景都在她眼前接連閃現，讓她整個都像是去到了另一個時間。

「我殺人了？」

那些血肉模糊的殘肢和光禿禿的軀幹像垃圾一樣骯髒地堆在她記憶一角，讓她不敢直視卻又無法忽視。回過神後，她發現自己捂住了自己的嘴，嗓子裡想要發出的尖叫聲硬生生被自己堵了回去。

林秋仔細地看著陸生生的每一個反應，指尖發顫，像是想張嘴說話，卻連一個字都說不出。

而她身體此時無法控制的顫抖，則最讓他感到恐懼。

這幾乎立刻就讓他又重新回想起了那一幕，她死後怨氣野蠻叢生，他無法救她出來，只能讓她一個人形單影隻，被困在那些令她泣不成聲的記憶裡。

她在重複體驗，一次又一次，不停地失去愛人。

她不知道又想到什麼，緩慢地抬起頭，通紅的眼眶裡攢滿淚水，終於在下眼瞼中央呈線狀滾落下來。

「他死了，他死了……我怎麼辦？我不能沒有他啊，他不在我活不下去的……」

男人就像掙脫了鐵籠和束縛著他的鎖鍊的野獸，他撲向身前嬌小的女人，緊緊環著她，嗓音沙啞的像硌了燒紅鐵砂一樣，透著一股無法言說的疼痛感。

「生生，不是那樣的，妳看我一直在妳身邊守著妳，一直都在，死了也在。妳別看不見我，妳得從那裡面出來……」

這些話就像飄進了一個深不見底的黑洞，沒有回應，也永遠都不可能會得到回應。

她還在顫抖著流淚，張嘴無聲地撕心裂肺，像是不知道該把自己的手放在哪裡，眼裡是全然的無助與驚懼。

不知道她已經回憶到哪種程度了，也不知道她什麼時候才能再次與外界產生聯繫。

但是發展到最後，一定只會出現一個後果。

榜上鼎鼎有名可卻始終保持沉寂的那只凶猛女鬼，將掙脫一切世俗因果的束縛，和已經出現的大鬼一起形成新的巨大隱患。

崔展的手機突然響了，她感到奇怪的是，自從她來到這個陰暗小鎮後，手機就始終保持無訊號狀態。

打開一看，是來自那個靈異論壇的管理員推送。

她從未收到過論壇管理員發來的資訊，上面寫著：

恭喜驅魔師ID：崔展。

您即將完成地獄級委託「陸生生的遺願」，接下來請儘快將陸生生的狗交還給她，避免委託失敗。

關鍵提示：意識到自己已經失去狗的陸生生即將燃起熊熊怒火，陪她回到那天夜晚，重新撥通母親的電話，可以很好地安撫她。

關鍵物品：陸生生的手機。

崔展看著這條資訊，腦子思考了一瞬，眼角餘光捕捉到前方不遠處有個東西從樹上迅速掉落。

她四處看了下，沒發現那個蹲守她的女鬼，於是便小心地朝那個方向靠近。

撥開草叢，泥土地上安靜躺著一個套著杏黃色手機殼的智慧型手機。

這是崔展沒想到的事，不如說是某種認知被打破了，她意識到原來那個靈異論壇並非她想的那麼簡單，它的影響範圍不只是在現實世界裡，就連充滿鬼怪的恐怖小鎮也能輕鬆介入。

陸生生的手機本該在二十年前消失封存，現在它卻真實地出現在這裡……跟著那條目標明確的短訊，出現在自己手上。

那到底是一個怎麼樣的論壇？

崔展的心裡在懷疑，她的腳卻已經開始緩慢邁向棚屋，試著小心翼翼去打量下屋子裡到底什麼情況。

為什麼會突然觸發委託關鍵物品？

她清楚自己現在能苟活到現在完全是誤打誤撞，外面死了那麼多驅魔師就是鐵證，那些人拚命想爭取的，其實就是她手裡現在掌握的這條資訊。

離小棚屋越近，崔展就越發覺得自己的皮膚涼到像是即將被某種不安氣氛凍結，她把手放到唇邊哈了口氣，彎下身子，在窗邊朝裡瞥了一眼。

黑漆漆的，搖晃著的暗黃白熾燈都像是淪為了永夜的陪襯。

她好像聽到了某種窸窸窣窣的聲音在屋內湧動，在那聲音逐漸接近後，崔展側目，眸內的瞳仁驟然放大。

絲絲縷縷的黑髮就像血液從門縫內流出來了一樣，大喇喇朝著前方流淌，它彷彿殺神般流入漆黑，很快前方就傳來了一直守在棚屋蹲崔展的女鬼尖利的慘叫。

很快，那黑髮中又出現了密密麻麻的分支，其中一部分像是長了猩紅的眼睛，瀰漫著血汙似的黑紅朦朧氣體，長足蜈蚣般奔著崔展蜿蜒扭曲地爬了過來。

這一幕的視覺衝擊讓崔展產生了一種後知後覺的強烈恐怖，她想抬左腳往後躲，右腳卻又踩著石子踉蹌了一下。

失去平衡的感覺令她瞬間清醒，她用力掐了一下自己的大腿，意識到全身肌肉都不聽話了，聽著胸口不斷傳來怦怦怦的炸裂心跳聲，舌頭像是滑入了喉口，堵住了她全部的聲音。

就像毒蛇與人對峙一樣，那縷透著森森鬼氣的柔軟黑髮從濕潤的泥地上爬了起來，慢條斯理地立起來，濃郁的血味混雜著泥土的濕腥，鑽入崔展的嗅覺系統，直達她此時最敏銳的那條神經。

崔展驚恐著，眼睛的黑色部分全都聚在下方，一動不動地盯著那像是在繞著她打量輕嗅的女人頭髮。

最後，頭髮最前端停留在了她的左手處不再動了，那裡正好是陸生生的手機所在的位置。

差一點就要驟停的心跳彷彿緩過來了，崔展張了張嘴，無聲地捏著手機的一點點角，伸手朝那頭髮遞了過去。

對方變了形狀，呈螺旋狀朝她的手臂卷來，黑髮果真纏上了她的手腕，是極為黏膩的觸感，彷彿一條鱗甲層疊的毒蛇，涼意刺骨，極度的寒冷帶來的疼痛半點不比烈火燒灼起來要輕鬆。

好在它只是探到小臂中央就退下了，它卷走了崔展手裡的那個手機，連帶著湧向外面的黑髮也潮退般快速流了回去。

直到最後一縷黑髮也回到棚屋內，從手臂被攀爬開始就一直睜著眼睛不敢眨動的崔展，終於整個人清醒過來，重重地把口水嚥到了嗓子最裡面。

她站在那裡等了片刻，再轉頭看去時，發現屋內的光線似乎變亮了一點。

可那光卻並不是從屋內傳來的。

她的眼睛似乎被什麼刺痛，抬手擋了一下，可放下手臂後，一切都徹底變換了。

一輪散發著透明陽光的烈日正懸掛當空，周圍的陰冷被燥熱完全驅散，崔展皺眉慢慢睜開眼，適應了完全明亮的光線。

環視一周，她發現自己正躺在床上，周圍是潔白的牆壁，臉上帶著呼吸面罩，左上方還吊著點滴。

連日的陰沉天氣像是一場幻覺，她恍惚了一下，然後慢慢抬起自己扎著輸液針的手臂，將病服長袖挽了上去。

被條狀物體攀爬過的紅痕還貼在白皙的皮膚上，崔展有些顫抖地用指尖觸了觸，並不疼痛，可是那塊的皮膚，卻明顯要比周圍的皮膚溫度低。

彷彿有某種東西還隱隱潛伏在她的皮肉下，正蓄勢待發。

——番外一〈兩隻鬼的日常生活〉完

番外二　楚門的世界

陸生生感覺自己進入了一個情緒起伏特別大的狀態裡，那種狀態摻雜著崩潰與恐懼，還有漫無邊際的不安與痛苦，可睜開眼睛後，她的心情卻極為平靜。

她遵循著身體本能消沉著，剛才噩夢裡出現的那些畫面，都隨著牆壁上時鐘滴答流逝的聲音，在腦中變得越來越清晰。

她眨了眨眼睛，撐著柔軟的床坐起身，右手倦怠地插入垂下的黑色濃髮，片刻過後，沉沉地嘆了口氣，掀開被子，抬起赤腳踩在了柔軟的羊絨地毯上。

她從上了鎖的衣櫃最裡層拿出林秋留在這裡的香菸和打火機，然後走上前去拉開窗簾，坐在凸窗上，看著窗外的另一棟樓。

那樓的頂層已經熄了光，她抱腿坐著，側額貼著玻璃，夜的涼意順著空氣滲入她的絲綢睡裙，沿著清瘦的背脊一路朝著全身蔓延。

長時間盤踞在心間的積鬱讓她夜間總被噩夢驚醒，一旦醒在夜半時分，她就會陷入失眠，直到第一道曙光破開天際線。

陸生生把安眠藥收在林秋看不見的地方，現在也不想去找，手裡就捏著他抽剩下的半包菸，一動不想動，連點根菸都懶得動手。

要是他現在在這裡就好了，自己只要動個嘴，他就會低垂著眉眼，捏著菸放進她的唇間，讓她咬住，然後再溫柔地為她點火。

他是這個世界上最好說話的人。

陸生生無力地把下巴搭在自己的膝蓋上，過了一會兒，將臉也埋進去了。感覺身體暖和一點後，她又側過頭，靠著膝抬眼注視著那棟樓的頂層。

腦裡思緒翻騰，可翻來覆去，想的都只有林秋。

窗簾層疊的褶皺全都積在角落，窗外的月色冰涼如水，沁潤著星盤遍布的夜幕。此時此刻，城市就像呼吸漸緩陷入沉睡的林間野獸，安靜得叫人心悸，而她就跟著路燈一同夜不能眠。

第二天，陸生生很早就去醫院了。昨晚她夢到很真實的恐怖畫面，心慌得難受，難以再次入睡，硬撐到五點後就洗了澡換好衣服。

時間很多，她還化了個妝，五官顯得比平時更精緻了幾分。

七點時，她的手機響了，看見號碼後，陸生生慣性地四下看了一遍，診室裡沒人，她接通放到了耳邊。

「喂。」

「我熬了小米粥，放在流理臺上的小鍋裡，蒸蛋器裡有雞蛋，豆漿也打好了。」

那邊聲音低低的，語調一如既往的平靜，他的音色本身並不這樣，陸生生還記得他少年時期說話的聲音，溫溫柔柔的嗓音清澈，如果聲音也有模樣，那他的音色也算是頂尖的帥哥吧。

但現在，他說起話來卻帶上了過多的沉穩，說明白了就是顯得滄桑，他好像被一些不知名的東西磋磨得過於厲害，很難再有什麼鮮活的變化。

陸生生以前都覺得這是死氣沉沉的表現，他沉悶又無趣，待在她身邊時，就像無聲的影子，除了可以證明她還活著不是隻鬼，沒有別的任何作用。

他怎麼變成這樣了？

陸生生換了隻手拿住手機，她捏起筆在處方單上塗抹，重複地勾勒自己剛才寫下的大寫字母L和Q。

她的沉默並沒有讓他掛掉電話，在她把L和Q畫到第十遍的時候，他又開口了。

「我六點二十就來了，平時妳都要睡到快八點才會醒。」

陸生生終於放下筆，發出一聲奇怪的聲音，她後知後覺發現自己剛剛是笑了。

「怎麼，我不過是早起了一天，你這麼緊張幹什麼？」

「我沒有。」

「那你幹嘛問得這麼仔細。」

「就是問問，我剛去臥室沒看見妳……」

說到最後，他的尾音變得很輕很低，像是要把腳邊趴著的依賴給拖走重新抓回去關起來一樣，是他做慣了的事。

陸生生五指扣緊了那支筆，耳畔的髮絲在手機上輕蹭了下，她的睫毛隨著微垂的眼瞼蓋住了眼眸，晨曦透過玻璃在瑩白的皮膚上投下小片光斑，「我說過了，你搬過來和我住，就能知道我每天都會做什麼，幾點起床，昨晚是失眠還是睡得很香。」

電話那頭的人猶豫了片刻，轉而問道：「妳昨晚失眠了？」

那個噩夢又被拎上來，血淋淋地在眼前過了一遍，陸生生突然有點慌。本來她還想繼續和他閒聊下去，這時診室的門卻被敲響了，外面有小護士叫她。

她咬了咬牙關。

「我要上班了，你今晚忙完早點過來，我有話要跟你說。」

「……嗯。」

隨後他就掛了電話。

她整理好情緒，應了外頭小護士一聲，對方進來和她說某個病房裡患者的事，陸生生把手機放進醫師袍裡，跟著一塊出去了，腦中卻還在思考著關於林秋的事，以及昨晚做的那個噩夢。

她怎麼會做那樣的夢？那麼絕望的夢……林秋死了，她也死了，而且還是慘死。

陸生生一直都知道她跟林秋的未來黯淡無光，但她從沒想過一切會變成那樣。

一整天陸生生都心不在焉，她鮮少有精神完全無法集中的時候，最要命的是下午還有一臺專家手術，主任點名帶她，她都能看見劉雨顏臉上快速的色彩變化。

等人都走了後，陸生生轉過去找到了主任，以急事為由，將學習機會讓了出去，時間一到就下班了。

她不知道自己為什麼會做這樣的事，平時她和劉雨顏的競爭壓力非常大，母親每每打電話過來給她，都會用那個凡事都壓她半個頭的女孩來敲打她，不允許她有半分鬆懈。

劉雨顏出身鄉村，憑自己努力考上醫科大學，學歷、能力、心理素質各方面綜合起來都比她好，最關鍵的是她不是嬌生慣養長大的陸生生，她能吃苦，什麼髒活累活都能幹，而且什麼氣都能受。

為了追上劉雨顏的節奏，在繁忙的工作之餘，陸生生平白給自己增添了相當多壓力。現在回過頭想想，她都不知道自己到底為什麼不停地在和人家爭來爭去。

劉雨顏明明也沒做過什麼得罪她的事，一切都只是因為她母親不想讓她比不過別人。

換下醫師袍，陸生生收拾東西準備開車回去。剛下樓，就見杜浚手裡捧著一大束花，正站在停車場等著她，渾身都寫著「驚喜」兩個字。

「生生！」

中午似乎是接到過杜浚的電話，陸生生倒是沒想到他會直接過來。

她拎著包朝自己車的方向走去，杜浚大步跟了上來，對陸生生的無視並沒有很在意，這種事情發生的也不是一次兩次了。

他自顧自說起了今晚的安排：「中陵那邊新開了一家西餐廳，有我朋友從國外帶來的私廚，妳不是喜歡吃鵝肝嗎？那邊味道非常不錯，今晚一起去吃吧？」

陸生生拉開車門，轉頭看著他一會兒，而後她從他手裡拿過那束花，然後直接甩到了一旁。

杜浚完全懵了，他盯著陸生生美麗的臉孔，似乎是想從她淡漠的眉眼裡找出會讓她如此失態的情緒，她平時就算再怎麼發脾氣，也不至於這麼失禮。

「妳……」杜浚張著嘴一下不知道該說什麼，他還在出神，陸生生已經坐進車裡。

關上車門後，車窗滑下，她面無表情睨了他一眼，「你和袁冰的事我不多說，你對我不忠，我也沒有為你守過什麼，我也有情人，我們就這樣結束吧。」

說罷，陸生生開車揚長而去。

杜浚睜大眼睛回想著她的話，臉色就像地上的花瓣一樣凌亂。

陸生生在路上等紅燈的時候看到了杜浚打來的電話，她沒接，直接按斷，很快第二個電話就又響起了。

她很有耐心，電話來一個掛一個，直到快到家門口的時候，她接到了林秋的電話。

看到熟悉的電話號碼後，陸生生接通了：「喂。」

「在加班嗎？」他顯然已經很習慣她的職業，加班是常有的事，所以開口問也是直接問這些，而不是問她現在到哪了。

「本來有一臺手術，不過主任後來讓劉雨顏上了。」

那邊停頓了一下，像是組織了一下語言，聲音裡多了幾分想要安撫她的小心：「今晚想吃什麼?我去買來做給妳吃。」

陸生生把車倒進車位，開門下車，不知是不是鎖車那滴的一聲讓他聽到了，他又問道：「妳到家了?」

「林秋，剛剛杜浚來醫院找我，說中陵那邊他朋友開了家西餐廳，鵝肝很好吃。」

「嗯。」他應了聲，聽不出語氣裡有什麼情緒，還用那種語調說著，「我知道了。」

「你知道什麼了?」陸生生已經走進樓梯間，刷卡按下了電梯樓層。

「妳今晚去吃鵝肝。」他說。

「我沒有要去，我又不喜歡西餐。」陸生生為了迎合，學了很多東西，也往自己的興趣表裡強加了很多根本不感興趣的東西，這些都只有林秋才知道。

「不喜歡就不去吃了嗎?」他這話裡倒是多了幾分不滿情緒，他對她不滿的時候極少，只有她和其他男人一起出去玩的時候，才能看到他這樣。

陸生生斜睨著電梯反光面，裡面的女人頭髮溫柔地紮在腦後，穿著柔軟的白色交領襯衫，卡其色高腰窄裙緊緊掐著纖腰和大腿，臀部與前胸形成了一個完美的女性曲線。

叮一聲，樓層到了。

門打開時，陸生生拿著手機看過去，發現戴著鴨舌帽的高大男人正低頭打電話，也站在電梯門前。

他穿著最簡單的全白T恤，一條黑色工裝褲，灰白色運動板鞋已經有些髒汙。

他沒看任何人，彷彿現在只有進電梯離開這一件事是重要的，陸生生一把將他推出電梯，湊近時聞到了他身上淡淡的香皂氣，短袖下的手臂線條流暢，每塊肌肉都分明而有力。

明明衣服已經破到露出裡面的皮膚，可陸生生還是對他十年如一日的隨意穿著產生了一些莫名悸動。從昨晚的夢醒來後，她就對林秋有了一種難以言喻的依戀。

電話還沒掛，她就撲進了他的懷裡，她把臉壓在他寬厚的胸膛上，貪戀地用力嗅他，那份體溫讓她的鼻子莫名就酸了起來。

陸生生很想自我安慰，林秋不過就是自己隨叫隨到的狗，她有什麼好擔心？

早上也是，那種奇怪的想法一直充斥著她的大腦，她怕自己還在那個夢裡沒有醒，怕自己就算在家裡等一天，也不會等到這個人出現。

她真的怕極了，夢裡的自己，獨自坐在夕陽光線籠罩的空蕩房子裡，周圍都是失去他的痕跡，她真的就這麼被他一個人丟下了。

陸生生張嘴哭泣，身體劇烈顫抖，她把臉埋到了林秋懷裡，哭得壓抑而嘶啞，幾乎快喘不過氣，巨大的悲傷貫穿全身，她恨不得整個鑽進林秋身體裡，再也不和他分開。

「狗狗，對不起，我……我沒有對你好，我、我真的太差了……」

「我已經、已經和杜淩分手了，我和他分手了……」

「你別走，永遠都陪著我……好不好？」

黑色的鴨舌帽檐在他清俊的臉上投下一片模糊不清的陰影，眉眼都隱匿在其中，但他高挺的鼻梁仍有一半露在外面，嘴唇也抿著，沒有作聲。

陸生生抱著他苦苦哀求，膝蓋都快跪下來了，林秋才終於張嘴，勾著她的腰不讓她真的跪下去，低低說了聲「好」，然後沉默著緊緊擁住了她，嘴唇也貼上了她的髮頂。

她在門口發了頓瘋，林秋也耐著性子陪她，好不容易把她哄進了屋子裡，她卻還像個處於童真時期的孩子，他走到哪她都要紅著眼眶跟到哪。

他去燒水，她跟著；他去冰箱前拿出牛肉解凍，她跟著；他去廚房洗菜葉，她就站在旁邊看，像是有點想要幫忙，眼裡的迷茫卻分明寫著「沒弄過，不會做」。

把可以整理的食材都放好後，林秋看了一遍，聲音平靜地說道：「家裡沒蔥了，可以去附近超市買一把嗎？」

「我可以。」陸生生連忙應下來，可是回過味後，心裡那點被他派上用場的喜滋滋又立刻消失了。

她委屈巴巴地抬眼看他，手指也捏上了他的衣角，輕輕扯了兩下，「一起去。」

那個夢的後遺症真的太大，陸生生也不知道自己怎麼了，明明還是那個林秋，她卻怎麼看他怎麼心動，而且是完全控制不住自己的那種心動。

他明明不是那種柔和的長相，也沒有會招小孩子喜歡的性格，但他就是顧家，把她照顧得無微不至，她想不到的事情他都幫她想到了，就連她的衛生棉用完了也是他去買。

以前的她只需要扶好王冠，當個坐享其成的女王，在高興的時候，格外恩賜給他一點邊邊角角的東西即可。

「我以後不會再那樣對你了，我說真的。」陸生生揪著林秋的衣襬，看著他在水龍頭下洗手，接著拿擦手巾擦乾手，邊往外走邊跟上去對他這麼說道。

快到門邊時，林秋轉頭看她，「我下去就可以了，妳在家等我吧。」

「在家等我」這句話現在完全是陸生生的禁區，她一臉抗拒，使勁地在他面前搖頭。

「一起下去會被人看見。」說著，他又用帽檐下顯得格外深邃的黑眸注視她，繼續道，「妳以前一直很在乎這些，今天怎麼了？」

「你還敢問我？」陸生生想說，你扔下我一個人走，你走了我馬上就變瘋女人了，還敢問我怎麼回事？你為什麼不先說說為什麼沒回來？

其實陸生生知道那些都只是夢，什麼厲鬼，什麼神婆，全都是低俗恐怖片裡才有的橋段，她一點都不信，但她就是怕，她真的慌得難受。

以前總覺得那些因為枕邊人出軌的夢，就在現實裡去打罵男朋友的女人可笑，現在輪到她了，她覺得自己恐怕更過分。她想把林秋鎖在家裡，天天守著，只她一個人能盯著看……簡直就是瘋了，不過就是作了個夢罷了。

她對他說話的語氣只要一強硬起來，高大又冷感的男人就噤了聲，被她罵慣了，他已經變得非常乖。陸生生注意到了林秋在她面前的這些反應，其實很多時候他的溫柔都很合她的喜好，但在她以前看來，都只用呆板二字就直接略過了。

她被他寵得無法無天，眼裡除了自己的事什麼都容不下，就連愛人的魅力也毫無察覺，不如說她根本一無所知，她根本沒有深入了解過真正的林秋。

陸生生一把摘下了林秋頭頂的帽子，他定定看著她，眼底滿是不解，那張俊朗的臉線條很好看，下顎到脖子沒有多餘脂肪，薄薄的皮膚緊貼著骨骼，顯得側臉輪廓格外堅毅耐看。

陸生生甚至還在林秋身上看到了模糊的少年感，他的眼睛在看著她的時候總是分明清澈，而那種全然的專心致志，是在走出了十幾歲後的男人身上無論如何都找不回來的。

這樣的目光真的很珍貴，但她過去從來沒珍惜過，除了覺得他傻、他是個受虐狂，就再無其他想法。

陸生生立刻別開了眼，不再看他，就像玩火又被火燙到了手指的小朋友，她二話不說，拉著他就出門了。

電梯裡，林秋在冗長的沉默裡看到電梯馬上就要到底，不得不選擇繼續開口：「生生，出去真的會被人看到，這個時間點大家都下班回家了。」

「看到就看到。」陸生生瞪他，雪白的面頰因惱怒染上一層薄粉，「你又不是見不得人。」

「可我確實見不得人。」林秋一雙黑眸無力許多，明明望著前方，可就是找不到落點。

「再說我就脫光了去街上裸奔。」陸生生抽出一隻手，開始不緊不慢地解釦子，幽幽說道，「你繼續比，看誰比誰更見不得人。」

他按著她的手，聲音壓低了許多：「我沒想比。」

「那你就少說兩句。」電梯門開，陸生生挽著他的胳膊就從電梯裡走出去了，「你是我的，要記住了。」

林秋對此沒有回應，反正陸生生說什麼就是什麼，這種事情他根本不想回應了，早已認定的事沒必要反駁。

陸生生卻上頭了，他不說她就一直問「知道了嗎」、「知道沒」，反反覆覆就那麼幾句一直問。

陸生生耐心極了，她都覺得自己是在沒話找話了，好在林秋最後停下腳步，看著她，很堅定地應了一聲。

她看著他認真又好看的眉眼，冷清和凜冽都在那雙眼睛裡，越看越覺得他怎麼這麼好。

陸生生沒忍住，踮著腳就親上去，她等著感受唇瓣傳來濕潤的柔軟觸感，可碰到的只有阻力與空氣。

一睜開眼，她就看到他單手支著自己的額頭，奇怪地看著她。

「讓我親一下啊。」

「……」

「不聽話了是不是？太久沒上過你，欠操了？」

看著林秋一臉為難，陸生生跟強搶民女似地抱著他就親，親不到嘴就親他喉結、下巴、唇角，最後林秋才認命般低頭由著她舌頭探進他口腔裡，囫圇親了個夠。

他不能不就範，再任她鬧下去，本來就被她這舉動招得匆匆路過還要再三回頭的人，恐怕會更多。

陸生生親到自己下體綿癢乏力，指尖探下去，慢慢隔著褲子包裹住他那已經略有些抬頭的襠部，「回去親我下面吧，你想跪著親，還是躺著親？」

他性器被她擰了一下，不由得悶哼一聲，陸生生朝他下巴吐了口暖氣，望著他道：「能不能親到我把水都噴到你臉上？」

林秋頓了一下，他已經很有反應了，身體想追從她的手指，可那觸碰本就輕飄飄，她輕盈掠過，若有若無的髮香已經從他身邊離開，情欲彷彿根本就沒在兩人之間存在過。

「小公狗。」她從容不迫站在林秋左前方，食指側邊在他已經鼓起包的褲襠上蹭了兩下，「在外面也敢發情。」

這話被她用平淡的語調說了出來，那眼神端正的就像是逮住了不遵醫囑的病人。林秋耳尖完全紅了，他走上來跟著陸生生，低著頭沒說話。過了一會兒，才小心地伸出手，牽住了她的三根指尖，像是想給自己找條牽繩。

陸生生一路上都沒再說話，她和林秋牽手去了超市，看著他買了把蔥，然後去結帳。收銀阿姨對林秋有印象，可能是林秋曾經上門去修過水管。

「小伙子，這是女朋友啊？這姑娘長得可真漂亮。」

林秋猶豫著不知道說什麼，陸生生替他說了，笑容得體語氣溫和：「謝謝阿姨，他不太愛說話，平時謝謝您照顧他。」

阿姨本來也就是萍水相逢順口一說，這麼一下弄得她好感倍增，直笑道：「哪有，小伙子人挺好的，你們在一起看著也挺好。」

「聽見沒，都說我們很配。」陸生生的笑裡看著帶了些活潑，林秋看著她微微怔神，好一會兒才反應過來，想說些什麼的時候，已經被陸生生牽著走到社區內的石子小路上了。

「生生，我不是想掃妳的興。」林秋猶豫過後，沉聲道，「妳家裡不會同意。」

「那就不要他們了。」陸生生走在前面頭也沒回，只有聲音落到了他的耳裡，「你跟著我就行，就算以後我什麼都沒有了，你也要跟著我。」

聞言，林秋的目光變得溫柔，像是山林落葉輕慢落地，又被風帶著飄到了溪澗，順著水流一路去向了遠方。周圍的時間都變得緩慢，就連左右兩邊擦身而過的各色行人也變得模糊起來。

他們進了電梯，電梯到達樓層後叮咚開啟，沒有人走出來，只有兩個在激烈接吻的人。陸生生的上衣已經被林秋從短裙中抽出，他探進了一隻手在她胸上充分掐揉，僅這一個動作就已經讓她顯得衣衫不整。

他呼吸粗重，喘息落在她耳畔和髮絲，急迫地含她耳垂，吮吸她的側頸和肩窩，陸生生就像發燒一樣移動脖子配合她，她耳根滾燙，眼眸裡蒙著水汽，出神時波光瀲灩，好像閃著星塵的碎屑。

她被拉出電梯壓在門邊，高出她許多的男人用背脊擋了光，將她整個都籠罩在自己的陰影下肆無忌憚地品嘗，他突然細細舔吮了自己的兩根手指，並探了下去。陸生生閉上眼攀住他的肩膀嬌喘出聲，她快速地呼吸吐氣，悶哼著露出了難耐的表情。

林秋就這麼把她按住，盯著她的反應，那隻手在她裙底極為快速地抽動。黃昏下，寂靜的走廊裡傳出了咕啾咕啾的淫蕩水聲，而且那聲音還在越變越響，陸生生的腿被迫分開，根部傳來男人掌心的火熱觸感，命脈被抓住後全身都要軟了。

她眼尾被激情的快感弄到夾了幾分紅，帶著哭腔喘息。從監視器畫面能看到她姿勢淫亂地分開腿靠在牆上，任由她面前高出她許多的男人在她裙下替她手淫。她一點也不在意被誰看到，滿腦子想的都是還想要他更多。

陸生生竭力探出手，借助眼角餘光按完了密碼，用力拉下門把推開門，林秋抽出兩根濕漉漉的手，在她口腔裡轉了轉，試圖把手上格外濕滑的淫水給弄乾淨。

他直接抱著她回了房子，關上門，停在門邊激吻，夕陽的光濃烈到彷彿在屋內點燃了看不見的烈焰，炸裂的溫度充斥著每一點光線所到之處，與沒被照射到、顯得尤為黑暗的孤寂角落裡，形成了格外鮮明的對比。

他就像平靜燃進她心頭的那團火，在心裡延出無邊火海，明明被烈火灼燒，此時的她卻只能感覺到純淨與甜蜜，他就像鴉片，讓她情難自已、萬死不辭。

陸生生解開裙釦，拉下拉鍊，抓著他的手，把他的手指插進自己的內褲裡，連著裙子一塊往下撥。

男人有半邊身子都籠罩在澄明夕陽的陰影裡，他脫下她的裙，讓修長筆直的腿完全袒露，腿根中的小叢毛髮上掛著晶瑩的水絲，尚未從內褲上分離出來。

風從半開的窗戶裡吹起窗簾肆意輕擺，林秋將手指再度按上了她的私處，他就著淫水撥弄她那些毛髮，壓在她的陰蒂上增加摩擦，引得她喘息出聲，快意直接竄到了四肢百骸。

陰唇合攏保護的地方其實已經被他兩根手指開墾過，再次往裡伸去時，裡面層層疊疊的綿軟又緊緊吸住了他。

這裡的反應相當真實，至少比她口頭上說的更需要他。

林秋吻她的同時又在摳她穴眼，他單臂攬住她的腰，轉身往她的沙發走去，她倒退著，踩上了柔軟的地毯，身體下沉被壓到了單人沙發扶手上。

她靠在沙發裡，一條腿被他架到肩上，另一條腿被他彎折起來徹底掰開，陸生生還沒來得及呼出聲，他就已經貼上了她的腿根。

他在她私處的痣上吻了一下，然後轉過去吸她陰唇，滾燙的舌面在她陰蒂上摩擦舔吮，來回幾次就發出了嘖嘖水聲。

她看不見他的眉眼，沙發很矮，只能見到他背脊彎拱著，像是單膝跪在地上，他在她的問題裡自行選擇了一個答案，他要跪著舔。

但這也只是他對她常做的事，這個男人在她面前時永遠都那麼卑微順從，小時候陸生生第一次摸著黑跑到他的黃土屋裡去找他過夜，當晚拿著一本色情小說故作天真的對他說，女孩子被舔下面好像會很舒服。

然後他就被她撩撥了，說他也可以幫她舔。

林秋看起來還是平時那樣，呼吸卻變得格外粗重，眼神也比往常還要更緊密地黏在她身上。他的舌溫度滾燙，口腔整個蓋住了她濕涼的下體，他磨磨蹭蹭地舔吮捨不得挪開頭，揪著她的敏感點賣力討好。

以前陸生生從沒覺得這樣親密無間的身體接觸會讓她對這條狗的態度改觀，他不管做什麼事，那都是他該做的，真讓他親了，那也是在賞賜他，他高興都還來不及。

當時她對他沒有半分憐惜，冷眼旁觀讓她的男人在她裙下沉淪做狗，踐踏他身體每一寸皮膚，玩弄他的堅守與赤誠。

陸生生在自己沉重的呼吸間好像看到了他的過去，她突然就有些不忍心，伸手下去摸了摸他的頭，不是因為舒服所以鼓勵他繼續，而是她覺得夠了。

「狗狗，你看看我。」她的聲音在靜謐的客廳裡格外清晰，林秋邊舔她，邊抬眼注視她。

陸生生看著他有些凌亂的黑髮，高挺的鼻梁上還沾著來自她下體的淫液，心中那股想放過他的仁慈，又被想得到他的貪戀給偷偷替換了。

「我想幹你。」她總說些性別錯亂的詞彙，這與他們以前明確保持過、後來也繼續曖味不明的SM主僕關係有關。

他不語，只是深入地舔著她下面，還將一根修長有力的手指旋進去摳挖，他的舌頭時常會兼顧著去舔弄她被插入的軟肉和陰蒂，除了用心體會養他的主人身體因他發出了幾波顫抖的快感外，其他東西他都渾然不在意。

陸生生感覺到了他的情動，他那股纏綿勁簡直像是要把她的身體給牢牢捆起。可身體越難耐，她的心就越輕快，彷彿變成了衝向雲端的鳥雀，四肢百骸都從重重禁制中解脫，由內而外產生了一種重歸自由的愉悅感。

她真的快被他舔到高潮了，下體敏感地不停出水，他的手指幾乎是被泡在那一汪泉眼裡，隨便碰一下插一下，粉紅的穴洞都會顫悠悠地吐出淫水，而後他就會用嘴巴吸吮，讓她的陰精全部流進他身體裡。

他比她有更多欲望，陸生生能從往日他試圖向她求歡卻又被拒絕的次數與頻率裡看出這點，她在即將到達快感巔峰的時候強迫讓自己抽離了。

陸生生攀著沙發後退，讓他的唇脫離了她腿間潮濕的幽穴，只這一下就讓他眼神變了，出籠野獸般，眸裡帶著一點執拗，抓著她的大腿就要把她再拉過來。

陸生生將早已被他脫了高跟涼鞋的腳趾踩在了他的鼻峰與眉眼上，往後踹著想讓他走開，他卻沒有半點猶豫地捏起她的腳後跟，將她的拇指與旁邊緊挨著的腳趾給放到了嘴裡細細啃咬，好像是只要給他東西咬著，他就可以很好的被安撫下來一樣。

「傻狗狗……」

她終於沒脾氣了，盯著他用舌頭褻玩她的腳趾，片刻之後收回了腳，開口命令道：「把衣服都脫了。」

林秋盯著她看了一會兒，站起身來解開腰間皮帶，抬起胳膊將上衣掀起脫掉，然後拽下褲子，連同鞋襪一起除去。健壯的男性軀體呈現眼前，緊實的肌肉，流暢而充滿美感的線條，完全翹起的胯間硬物，龜頭前還吐出大片前列腺液，已經被男性欲望的荷爾蒙所充斥。

陸生生的目光緊緊貼在他的幾塊腹肌上，不知他是什麼時候出汗的，它們順著肌肉間的細小溝壑往下流淌，每一次呼吸都帶動身上那些已經停流的汗液上下起伏，男人的皮膚是小麥色的，看著感覺很健康，還帶了一點野性，寬肩窄腰，兩條胳膊肌肉精煉，力氣十足。

口中突然就有些乾渴，陸生生對眼前這具身體很滿意，明明已經睡過不知道多少次，某些時間段裡甚至覺得自己看膩看厭他了，但就在眼下只有兩人的這個時刻裡，她還是源源不斷地對他產生渴望與躁動。

不知道是什麼在強烈吸引著她，她從單人沙發上起來，手指解開胸前所有的釦子，又把內衣也脫下。

她赤裸著跪到了旁邊的長沙發上，手撐著沙發抬高臀，將水光瀲灩的穴眼朝向他，低聲道：「來吧。」

身後的男人遲遲沒有動作，時間似乎凝結了，窗外的暖紅光線像鋪灑了整個屋子的紅鵝絨，女人的裸背上也投射了一道餘暉，緊貼著她的肌膚，彷彿混著純金陽光肆意流淌的活鴿血。

那隱祕的地方在光影交錯下，有了幾分溫暖純潔的錯覺，一陣晚風在屋內吹了一圈，林秋這才終於醒神。

他慢慢走過去，單膝跪在沙發上，將陰莖貼在她的穴上來回滑動，讓莖身上下都沾滿了濕滑的淫液，然後捏住前端，直直抵住她的入口，緩慢而堅定地沒入。

男人的手指按著她的臀，擺動腰腹小幅度抽插起來，她的身體還沒有完全打開，裡面有阻力，但插了一會兒，就可以自由進出了。

陸生生感受著他的身體就這麼嚴嚴實實地嵌在她身體裡，她真的恨不得永遠這麼包裹著他，不讓他離開，只要他在她身邊就好。

林秋抽動的節奏越來越快，大概是被夾狠了，他沒忍住發出低喘。男性叫床時不像女人奔放，但越是那種隱隱約約的忍耐，就越是透著他不想釋放出來的放蕩。

明明克制著抒發快感的衝動，卻又在快速頂弄著身下女人享受快感，像是一種淫亂與自責的結合，全都揉進了他溢出唇齒的連聲低喘。

「嗯……狗狗，你舒不舒服？」陸生生聲音軟軟的，帶著被喘息打斷的停頓，詢問著他做愛時的感受。

林秋的眼眸被凌亂翹著的黑髮微遮，他沉默了一下，直勾勾盯著身下的女人奶白色的裸背。

指腹下的每一把觸感都細膩的彷彿盤中剛倒出的布丁，他粗大的陰莖正嵌在狹小的縫隙裡，享受裡面濕熱的吸吮，每一寸都被照顧得恰到好處。

「我第一次聽女人在床上問男人舒不舒服的。」他說著，像是從嗓子裡冒出了一聲輕笑，下面的頂弄又開始加快速度。

陸生生跪著在他身下挨操，怪罪起他，「說得好像你還在其他女人床上待過一樣。」

「嗯。」他輕哼一下，在陸生生罵他之前，將身體貼到她背上，右臂也環到她身前，張開五指抓了抓她的左乳，「其他女人的奶是不是也像妳一樣軟？」

陸生生被他一下下撞著，身體敏感得很，偏偏耳朵還被他輕咬了，周圍空氣都像是飄了一層火星子，再點下立刻就要著起來。

她怪嗔道：「我怎麼知道？你自己去想。」

「我也不知道。」林秋突然抬腰用力操她，讓她得扶著沙發邊，臉都壓上了手臂，「我只抓過妳一個人的。」

陸生生渾身一激靈，但林秋就像是早知道她要做出反應了一樣，騰了隻手探到下體去揉她陰蒂。揉夠了後他抽出手撐住身體，下面的頂動越發迅速，水液聲音也越發淫蕩響亮。

陸生生接觸性事過早，下面的小洞被林秋的大肉棒調教得水非常多，多到她偶爾聽見他插她時的聲音都會臉紅。

她的小陰唇翻開，包裹著男人粗大的陰莖，每一次都直直捅進她最深處，陸生生被快感裹挾過度，忍不住開始求饒，她一手抓著林秋揉她陰蒂的手腕，一手緊緊抱住沙發上的抱枕，搗出的白沫沿著顫抖的大腿直往下滑。

她被他快速撞得就像要破了一樣，叫床聲變得風騷又淫蕩，最後那猛力一頂讓她整個身子都開始發抖，激烈發汗使得她的皮膚都冒出了朦朧蒸氣。

大股的溫熱淫水從小穴裡噴出，濺得到處都是，林秋的恥毛和陰莖作為最接近的地方，自然也被噴得濕淋淋。

陸生生來了一次很厲害的高潮，她被性愛滋潤，渾身上下每個毛孔都酣暢淋漓。

林秋被她的潮吹一澆，繼續操弄時又被那過分淫亂響亮的水聲給刺激了心弦，人一亂，沒鎖住精關，直接被夾到繳械投降，按著她小腹往裡射了厚厚的白濁。

事後，林秋從後面緊貼著抱住陸生生，和她一起在沙發上休息。

陸生生拉住了他垂下來的手指，放到嘴裡一根根舔吮，確認他真的每一根手指都是修長又有力，長得十分漂亮。

她想懷孕了。

陸生生聞著身後男人的味道，被濃烈的安全感環繞同時，心裡還想著好希望有一個和他共同孕育出來的孩子。

「狗狗，我想懷你的寶寶了。」陸生生細細舔著他的手指，想到他以前對孩子的態度時還有些心有餘悸，但那些還是沒能阻止她說出這句話來，「我們去醫院好不好，不管花多少錢吃多少藥，都把寶寶生下來……你答應我好不好？」

林秋靠在她身上沉默，他的鼻梁就壓在她後頸上，鼻息正停在那處不斷輕掃。

拿不準他的想法，陸生生又有些不安了，她還想再說些什麼，可十八歲那年被他拉去墮胎的陰影又浮上心頭。

十年了，兩人間那個曾經存在過卻又被丟棄掉的孩子，她無時無刻都想再去找回來。

但她知道當年那個小生命沒有了就是沒有了，哪怕再多眼淚和後悔，都換不回一個充滿希望與溫馨的未來。

「我們會有孩子的。」林秋突然半睜開眼，平靜地垂眼看著她，「妳想要的都會再回來。」

「真的嗎？」陸生生有些激動，在狹窄的沙發上艱難轉身，抬眸去看他。

林秋點點頭，伸手摸著她的臉頰，食指和拇指稍微用了點力氣，捏了一捏，「多難我都會給妳。」

陸生生都快控制不住自己心跳的速度了，她快速眨著眼，像是想安撫好自己，可林秋就圈著她，在她身邊看著她，被那目光一注視，她心就跳得更厲害。

怎麼他年齡越大，反而多了一股年輕時看不到的男人魅力……

陸生生受不了這種越來越亂的感覺，她藉口說要上廁所，起身從沙發上下來了。

她隨手撿起他的T恤穿上，剛好遮住大腿根，又在男人的目光下順手拿起包，從裡面掏出手機，拐進了廁所的走廊，每動一下腿間的白濁都會往下流一點。

天幾乎黑透了，陸生生拐進走廊後就有些看不清路，她進洗手間後先開了燈，明亮的光線刺得她眼睛輕微瞇起。

她關上門，站在鏡子前看著自己，頭髮亂糟糟地半綁在後面，單薄的鎖骨下方還有很明顯的吻痕。

她伸手摸了摸，想到林秋說的孩子，心裡正恍惚著，手機卻恰巧響起來電鈴聲。

看了眼來電人，居然是媽媽。

陸生生看著這兩個字……輕微怔了怔神，正想接通，那邊卻已經把電話給掐斷了。

外面響起了門鈴聲，她聽到後下意識轉頭看過去，那門鈴聲很快又變成了不耐煩的拍門聲，外頭的聲音響得急促又用力，陸生生從廁所走出去一看，只穿了條褲子的林秋已經打開了門。

門外一隻雪白的手甩過來，打歪了他的臉。

這一幕讓她心裡湧上一股無名恐懼，她連忙跑過去拉開林秋，把他拽到身後。果然，門口拎著包站在那的就是她的媽媽。

貴婦借著樓道裡的光，看見孤男寡女一個只穿了上衣，一個只穿了褲子，空氣中還瀰漫著一股濃郁的腥甜味，閉著眼都能猜出他們剛才幹了什麼。

她不由分說走進了屋，本來是想去沙發上坐下再找陸生生算帳，可她剛過去就看見沙發旁邊散落著一地的衣物，內衣、鞋、襪子，甚至沙發上還有大片淫亂的水漬，抱枕有幾個都打亂到了地上，透著一股子縱欲氣息。

「陸生生，剛剛杜浚打電話來說妳要和他分手。」女人看到這一切之後轉過頭，無法接受自己精心修剪一手培育出來的傑作裡居然爬滿了白蟻，她咬牙切齒地瞪著她道，「妳最好給我一個合理的解釋。」

屋子裡的氣氛幾乎都要凝固，陸生生被她盯著看，牙齒細微顫抖著。

林秋望著母女倆的對峙，倒沒什麼特殊反應，徑直走到背後的沙發旁邊坐下了。他毫不顧忌陸生生高潮時噴在上頭的水，從口袋裡拿出菸盒跟打火機，一頂菸盒底部，側過頭叼出一根菸，拇指在打火機上「啪」地按下。

伴隨著香菸燃燒，他深吸了一口，然後夾開菸緩緩吐出，白色煙霧開始幽幽地往上飄浮，充斥到了母女呼吸著的空氣裡，飄到了屋中的每個角落。

「給我把菸滅掉！」女人極度憤怒，這個看起來野蠻又毫無教養的男人就這麼弄髒了她的女兒，還破壞掉了家裡近年來最期待的一樁婚事。

他算什麼東西？

林秋隨手從茶几下的抽屜裡翻了支還沒喝完的紅酒出來，拔出木塞，朝瓶口裡彈了幾下菸灰。

他專心抽菸，沒理會女人讓他滅菸的警告，眉眼間也沒有任何多餘的情緒。

這渾不在意的模樣徹底激怒陸生生的母親了，他明明就是罪魁禍首，可他既沒有慌亂也沒有緊張，甚至不像她女兒一樣，站在那裡半天不敢說話反駁她。

陸生生的反應讓她有安全感，只要女兒露出那樣的表情，她便知道，自己仍舊牢牢把女兒控制在掌心裡，從小訓練到大的畏懼感，絕非一朝一夕就能輕易改變。

但這個男人的反應，她無法允許！他這樣一定會把她的女兒給徹底帶歪！

女人快步朝他走去，揚起手裡的包就要狠狠往他頭上砸，陸生生連忙跑過去想要攔下媽媽，可下一秒，她的眼睛就徹底睜大了。

伴隨著一聲巨響，結實的紅酒瓶碎裂在貴婦的太陽穴上，她被那股蠻力甩開出去，人直接倒在茶几上，被撞到後又反彈著滾落在地。

刺目的紅酒濺滿了陸生生的下巴和衣服，林秋站立起來的身軀高大，彷彿一隻狩獵狀態的野獸，他眼底湧動著腥熱的紅，看著在地上痛苦蠕動呻吟的中年女人，走過去撿起一塊酒瓶碎片用力握在手心，掰過她的臉，猛地朝她太陽穴刺了進去。

女人側額上插著一塊玻璃碎片，血液汩汩往外湧，她睜圓著眼看向某處，沒了氣息。

林秋從屍體前站起身，握過玻璃的右手還在往下快速滴落鮮血。他漫不經心抬起夾著菸的左手放到唇邊吸了一口，冷眼看著屍體，幽幽吐出了菸圈。

屋裡就這樣徹底安靜下來了。

陸生生在旁邊的地毯上睜眼看著這一切，壓迫她、霸權控制她半生的女人居然就這麼死了……

林秋終於看夠了她的死狀，轉過頭去，望向陸生生，眼裡都是平靜。

「她以後都不能再逼妳做不喜歡的事了。」

「妳可以好好備孕。」

陸生生還是睜著眼，回不過神，她不知嚥下多少次口水，半晌才總算抬眼回應了他，訥訥道：「你的手受傷了。」她朝他招了招手，「去臥室吧，我幫你包紮一下。」

林秋對她的態度不作回應，只是遵循著她的話跟了過去。

陸生生讓他坐在床上，她自己就跪在他身前，細軟的手指捏著他寬厚的大掌，細心幫他用沾上碘酒的棉花清理掌心的玻璃碎塊和酒液，看著好像心無旁騖，但只有劇烈顫抖的指尖才能說明她此刻的狀態。

傷口包紮好了，林秋看了看自己手掌上一圈圈裹著的白色繃帶，從床上起身，往臥室外走去。

「今晚洗洗早點睡吧，我去外面處理一下屍體。」

他明明殺了人，卻沒有半點驚慌。林秋剛轉身，陸生生就伏在了地板上，大口呼吸起來，甚至還伸手按住了自己有些緊縮的呼吸道。

他要怎麼做才能藏好一具屍體？萬一被抓到判死刑怎麼辦？

「警……警察那邊怎麼辦？有警察上門來查，我們該怎麼辦？」

林秋沒有回頭，他在那站了一會兒，最後還是轉身，走到她身邊蹲下，按住她的後腦在她額頭上虔誠地落下一吻。

「不會，放心吧，我會做得很乾淨。到時候妳媽媽的死，只會被當成是意外失蹤。」

「真……的嗎？」

「真的。」林秋溫柔地簡直像在呵護新生兒，他細細撥開陸生生臉上被冷汗貼住的黑色碎髮，低頭又吻了她一下，「去洗個澡睡一覺，明天起來就什麼事都沒有了，到時候我們再一起想想怎麼才能讓妳懷孕。」

陸生生僵硬看著他，遲鈍地點了點頭，輕輕應了一聲。

可是，林秋才剛出去沒一會兒，陸生生就又開始擔心了。她怕他一個人扛，怕他去自首，然後又像夢裡發展的那樣，永遠離開她，把她一個人丟在這個世界上。

她掙扎著爬起來，走過去按下門把手打開門，心臟被一股極為猛烈又暴戾的情緒劇烈衝擊著，眼角密密麻麻滾上了道道血紅。

還沒等她走出下一步，腦子就像被什麼給重重敲了一下，她徑直倒下，眼睛掙扎著眨動，最後還是徹底闔上了。

當明亮的光線透過薄紗窗簾照進房間，她的眼皮在光線刺激下翕動幾下，慢慢地抬起，露出了黑洞洞的眸子。

陸生生恍惚了好一會兒，才想起昨晚發生的事。

她的心跳瞬間開始加速，翻身想從床上下來。這時，門從外面被人打開，陸生生轉頭，看到了讓她完全怔住的驚悚一幕。

她媽媽端著碗湯走進來，坐在她床邊，眼裡透著的光與平日裡沒有任何不同。

她輕聲說道：「妳醒了？來，喝點湯吧。」

陸生生臉上的表情無法言喻，她身上的冷顫一波接一波，不明白為什麼昨晚才被酒瓶砸死的女人又出現在她的面前。

「妳……妳……」陸生生掙扎了很久，還是不知道該怎麼問出這個問題。

她總不能直接說「妳不是已經死了」吧？

陸生生抬手摸了摸她母親的手，發現了一件更令人驚訝的事，這個女人的皮膚柔軟溫熱，腕子上還能摸到脈搏跳動，她是真的還活著。

是她又作夢了嗎？

陸生生百思不得其解，貴婦看她這幅樣子，一嘆氣，把勺子放進碗裡，騰出手來揉亂了女兒的頭髮。

「行了，別再胡思亂想了，以前是媽不好，媽跟妳認錯，好嗎？」

「妳以後絕對不能再去做那些傻事了，知不知道？」

「什麼傻事？」陸生生不解地看著她，壓根不明白自己做了什麼傻事，直到她循著貴婦的視線落到自己手腕上後，才發現自己衣袖下還藏著一截白色繃帶。

她將袖子往上扯了些，手掌朝上翻過來細細看著，心裡一陣不確定，於是又伸手上去用力按了按。

貴婦見狀連湯碗都扔了，濃黃雞湯撒了一地，還以為女兒要做傻事，連忙把她抓著按在床上，按下護士鈴大聲勸她冷靜，急得臉上的皺紋都深了不少。

護士聞聲進來了，陸生生抬眼看著她們，居然都是醫院裡相熟的面孔，她感覺自己現在很混亂，不知道一切該從哪裡開始理起。

「陸醫生，妳別再做傻事了，世界上哪裡有什麼事是值得妳丟掉性命的啊！」

護士長站在床邊幫貴婦抓住了她的一隻手腕，陸生生滿臉困惑皺眉看著她：「妳說什麼？我做什麼傻事？」

「妳……」護士長被她這話問得哽了一下，和貴婦四目相對，遲疑地說道，「妳……妳自殺了啊。」

「什麼？」陸生生這下完全懵了，她記得昨晚明明是林秋來做飯，然後她媽媽因為她跟杜浚分手的事情急殺過來，結果被林秋拿酒瓶砸死了。

現在怎麼突然又變成她自殺了？而且媽媽現在還真的好端端地站在眼前……

陸生生一頭霧水，分不清什麼是夢，什麼是真實。

她不斷深思，最後想起了在媽媽被殺之前做的那個林秋和她都死掉的夢，在那個夢裡，她倒是自殺過，可是那個夢裡自己後來也沒有因為這件事進醫院啊！

她的面孔因為痛苦而扭曲……她真的分不清……她分不清……

「生生，妳聽媽媽說。」貴婦在她床邊坐下了，雙手抓著她沒割過腕的那隻手，輕聲細語，彷彿在和她閒話家常。

「以前的事，我承認我欠缺考慮，我從小就沒考慮過妳的感受，妳不聽話我就說妳不好，用那種很冷漠很沒人情的方式教育妳，甚至還一直以為妳是打心底裡喜歡媽媽……其實我這個媽媽真的當得滿失敗的。」

「我沒想過妳對家的怨氣這麼深，妳和那個窮小子的事我現在都了解了，但妳那晚打電話過來說喜歡他的時候，我真的覺得我不可能就這麼把我的寶貝女兒交給一個什麼都沒有的孤兒。生生，妳也要體諒一下媽媽，媽媽真的很愛妳，妳是媽這輩子唯一的女兒。」

她說著說著，眼眶有些發紅，看著陸生生這冷漠又毫無反應的模樣，最後還是忍不住別過頭去擦了擦淚。

「我現在也不求妳多優秀多爭氣了，妳好好活著就行。妳跟林秋的事，我……我去幫妳和妳爸說了，看能不能讓妳爸的朋友帶他做點事，總不能就讓他那麼一窮二白地空手套了我們家的寶貝，跟他一起過苦日子。」

陸生生的臉上還是沒有過多的表情，與其說她是漠然，更不如說她是搞不清楚狀況。之前以為是夢的那些情節，似乎並非全是夢，但如果不是夢，那自殺再往後的那些靈異神怪，到底又是夢境還是真實？

陸生生始終不說話，只是一直皺眉沉思。護士來了又走，走了又來，到最後就連她媽媽也起身離開了。

但媽媽似乎不是要讓她一個人冷靜，她打開門，放了另一個男人進來，走之前還跟他聊了些什麼，更像是和他交了班。

直到看到林秋，陸生生的表情才像是活了過來，她這才注意到醫院外面居然已經天黑了，而她就這麼渾然不覺地在床上思考了一整天。

「狗狗！」陸生生朝他喊道，「你快過來，我現在好亂，我想說給你聽一下，你快點來！」

陸生生一叫，他就馬上加快步伐過來了。他在陸生生的示意下坐在了旁邊陪護的椅子上，一雙黑眸專注地望著她，「手還疼嗎？頭暈不暈？」

他開口首先就問的是這些，陸生生愣了一下，記憶中，好像是他把她從充滿血水的浴缸裡抱出來拉去醫院，但那個時候她記得最後沒去，她回家自己幫自己縫了傷口，還情緒失控地跟林秋大吵了一架。

也就是從那之後，她就開始接近杜浚，並且有了要用與其他男人的婚姻來打破眼前限制的打算。

她不太能確定現在的情況是怎樣，也不好和林秋說太多，只能問他道：「我怎麼會來醫院？我真的自殺了？為什麼？」

林秋看著她沉默了一會兒，開口時聲音低了許多：「妳厭倦和我在一起的日子，但是又不想背叛我，所以自殺了。」

他繼續說道：「我去妳家的時候發現妳泡在浴缸裡，趕緊把妳送進了醫院，搶救回來了。但妳失血過多，昏迷了三個月，前段時間才恢復意識。」

陸生生聽得有些心驚肉跳，她覺得這就像是坐了一次極其驚險的雲霄飛車，她被綁在椅子上，每次翻滾之後都以為自己已經下來了，可一睜眼卻又發現車還在高空軌道上行駛，接踵而至的就是下一次失重旋轉。

眼下這一切似乎都回歸到了最初的起點。

她割腕自殺，失血過多導致腦供氧不足，在醫院躺了幾個月才醒來，而昏迷期間，她又做了那麼一系列有關後續與未來的夢。

每個畫面都那麼殘酷又鮮血淋漓，充滿了厲鬼與扭曲，時間跟空間反覆交疊，彷彿一場荒誕電影。

她早該知道的，只有夢裡才會有那麼強烈的情緒刺激，也只有夢裡才會有那些亂七八糟的髒東西，時間不可能會一次又一次的倒轉回去讓她肆意妄為，事情該是什麼樣子，就只能繼續保持它原來的樣子。

林秋還好好地在她面前坐著，陸生生感覺嘴裡異常乾燥，但她現在不想喝水，只想用力抓住他的手，再也不放開他。

「狗狗，我聽我媽說，她接受你了，還在幫著勸我爸。」

「你看，事情都在慢慢變好了，以後就沒事了，你也可以不用再躲著別人了，我們以後要經常光明正大地牽手約會，一起去外面吃飯。」

「等以後有寶寶了，還可以在週五下班後帶著寶寶一塊去家庭餐廳吃晚餐，但是我工作比較忙，可能寶寶還是要你照顧……不對，我們以後請保姆吧，絕對不要讓我媽幫忙帶外孫女，她的教育方式我不認同……」

陸生生捏著他的手指，一個勁地念叨著。

林秋就默默地坐在她身邊耐心地聽，時不時會點頭嗯一聲，跟以前一樣，專注地聽著她說話，不管她說什麼，他都認同。

她碎碎念了一整晚，快凌晨了護士才總算過來強制要求她休息，她身體還沒有恢復，不能熬夜。

林秋答應她就在這裡陪著她，保證她第二天早上一睜開眼，就可以看到他，他不會離開。

第二天他果然遵循了承諾，在那守著她。

第三天、第四天也是，直到半個月後她徹底康復出院，就這樣慢慢調整下來，陸生生也終於從自殺昏迷間的那段陰影裡走出來了。

她很著急，一出院就聯繫了婚禮公司準備相關事宜，也不管身邊所有人究竟有多驚訝，日子匆匆一定就開始發喜帖給親朋好友。

陸生生告訴了所有人，她很快就要結婚了，而新郎是一個你們誰都不認識的人。

婚前有段時間陸生生非常忙，除了醫院裡的工作，還要應付那些得知喜訊後找她吃飯聊天的朋友同學，她沒能顧得上聯繫林秋。

拍完婚紗照後他就悄無聲息消失了幾天，等到婚禮即將開始，他才再度頻繁地出現在陸生生視野裡。

陸生生又因為老找不見他開始心不在焉，一見他露面，連忙抓著他跑去民政局，趕在人家下班前跑去把結婚證也領了。

婚禮那天其實縮減了不少流程，因為林秋不但沒有親人，連朋友也沒有，所以最後就連接親的儀式都省了。

陸生生幫他整理好了西裝，手指一直在逗弄他胸前那從卡著新郎牌子的花，她穿著一襲潔白的婚紗，長長的頭紗垂在腰間，漂亮的臉上只有一抹紅唇格外風情萬種，襯托的眼眸也楚楚動人。

她看著像是開心極了，放鬆之後反而格外調皮起來，像一個出塵脫俗的雪中精靈。

林秋直接抱起了她，陸生生被他攬著大腿，眼睛彎彎，笑得多了幾分可愛嬌氣，「你幹嘛？」

他眼裡難得含了笑，把她壓到懷裡細細看了看，目光比以往任何時候都要溫柔清澈，藏在眼底的喜氣完全消散了過往的全部陰霾，「妳今天真好看。」

「平時不好看嗎？」

「今天好看得有點過分了，很神聖，像個女神。」

「現在先放過你。」陸生生在他唇上用力親了一口，戴著白手套的手指在他耳朵上拉了拉，「女神晚上再去你被窩裡找你。」

交換戒指和宣誓的時間很短，可宴請賓客的時間卻很長，中間夾雜著許多歡聲笑語，不少當年上學時喜歡過陸生生的男生，吃飯時更多都是在打量她身邊一同前來敬酒的林秋。

聽說過他履歷的人都覺得女神聰明了一世，怎麼偏偏在終身大事上面犯了糊塗。這個男人除了身材好點皮相好點長得高點，一沒學歷，二沒事業，三沒錢，他到底有什麼地方是值得被陸生生看上的？

說不定當初自己再努力一點，也就追上陸女神了呢。要是能早知道她喜歡什麼樣的，哪裡還能輪得到這個姓林的窮小子。

他們喝大了，私下裡有幾個還有點罵罵咧咧，林秋溫和地陪陸生生坐在她大學時的女同學堆裡，面對她們的盤問也一一回答。

那些女生雖然嘴上都說「哇你們好甜」，可其實從她們眼裡還是能瞧出來，她們對陸生生的這樁婚事並不羨慕，甚至還有點幸災樂禍。

校花又怎樣，當初處處壓人一頭又怎樣，還不就嫁了個這樣的男人。甚至不如當年追她那些人裡排中等的條件好，誰知道這是不是從哪裡跑出來處心積慮想靠著女人少奮鬥幾年的小白臉。

林秋在洗手間抽菸的時候，聽到旁邊女廁裡面傳出這樣的議論聲，他安靜地抽完一根菸後準備出去，結果就看見陸生生握緊拳在外面守著，她眼眶發紅，眼裡含淚地看著他。

「別聽她們那樣說。」陸生生強忍住心尖酸疼，哽咽著軟聲道，「我沒那麼想過。」

最近她黏他黏得緊，一下看不見人都要到處找，林秋熄滅了菸頭，走過去摸了摸她的後頸，「走吧，先回去，兩個人都不在了像什麼樣子。」

「對不起，我是不是不該叫這麼多人過來參加婚禮？其實我跟她們關係也沒有多好。」她又仰頭看他道，「我只叫幾個熟人過來就可以了對不對？」

陸生生被他攬著往前走，聽她說完，林秋揉了揉她的頭，語氣溫柔道：「沒關係，女生一輩子最重要的事，當然要辦得隆重一些，她們說的也沒錯。」

「我是擔心你多想，她們想怎麼議論我，我無所謂。」

「我也無所謂她們怎麼說我，妳連戶口都遷到我這了，現在就是我老婆，我還有什麼好多想的。」

「那就好。」陸生生又抱住了他的胳膊，把臉甜蜜地靠了上去，「狗狗你真好。」

他安撫著揉了揉她的頭。

應酬完賓客，本來晚上應該很累了，陸生生精力異常充沛。洗完澡後，她在等林秋出來的時候，又換上了白天敬酒的那一身紅絲綢旗袍，裡面就真空上陣。

林秋邊擦頭髮邊出來，抬頭看見女人一頭黑髮灑在香肩上，紅唇嫵媚，躺在沙發上乳尖還有凸點，渾身上下都透著一股求歡的色情氣息。

「今晚還有力氣嗎？」

林秋從善如流壓了上去，從胸膛裡發出了幾聲笑，髮梢上還有水珠不斷滴落至她的面龐。

「有。」

她被他抱起扔到了床上，看著他扯下毛巾丟到一邊，右手在她胸上隨意揉捏，莫名覺得這個男人現在性感的要命。

「狗狗，你今天好帥……」

「那今晚就讓妳懷上小狗狗。」

她眉頭輕擰，怪嗔道：「說什麼呢，那是我們的小寶寶。」

「誰叫妳一直叫妳老公是狗？狗把妳操懷孕了，肚子裡的不就是小狗狗嗎？」

「嗯……臭狗，你輕點……」

陸生生的鎖骨被他放肆吮咬，不由得仰頭嬌聲呻吟起來……

整個過程都太順利了，陸生生第二年就迎來了預產期，她也不知道怎麼回事，以前一直懷不上的孩子，在新婚當晚居然一夜就中。

得知自己懷孕的陸生生整個人都是飄的，她的孕期症狀跟十八歲那年一樣，不算嚴重，但也並不是全然輕鬆。

只不過這一次懷孕，她不必再一個人孤零零地守在小出租屋裡了，她住在他們的新家，林秋每天都悉心照顧她，不過大多時間裡也需要去忙岳父幫他安排的工作。

這些時候，她的母親就會過來幫著照顧她，全家都將她捧在掌心裡，都在靜靜等待著肚子裡小生命的到來。

生產那天，陸生生好不容易長時間沒疼，一直睡到了下午。結果天剛黑，她就被陣陣襲來的宮縮給痛醒，悶哼著緊緊抓住了林秋的手。

他根本沒走開過，一直安慰著她，叫來醫生後，林秋也全程陪產，從打無痛再到開十指，居然折騰到了午夜。

說來奇怪，陸生生生產過程極為順利，她本來以為生的時候會更疼，而且還會有側切、縫針外加大小便失禁。事實是，她都還沒來得及用力，那孩子居然一下就出來了，連醫生都驚了一下。

他們都覺得，倒像是這孩子自己從媽媽肚子裡爬出來的。

小傢伙是個男孩，在羊水裡泡得皮膚皺巴巴，小小的一個，分離完胎盤後陸生生整個都懵著，醫生抱來孩子讓她和林秋一起看，她看一眼，就哭了。

「他、他怎麼長得這麼醜……」陸生生抓著林秋的手，哭得真情實意。

她十八歲懷上那年就在想，她的基因再加上林秋的基因，孩子肯定不會醜的。可當她真的渾身虛弱、滿頭是汗地看到了她和他的小寶寶，眼淚的閘門頓時就被衝開了。

其實大家都知道她是生產的壓力和恐懼得到釋放所以才哭的，林秋趕緊讓護士把孩子抱開了，守在陸生生旁邊一直握著她的手安慰她，孩子不好看就多看看他，不哭。

從產房裡出來後轉進護理室，陸生生的父母也都過來看孩子。陸生生已經好很多了，被林秋安撫著，他說一句，她就點頭，順產本來就恢復得快，再加上她打無痛，生孩子的過程又沒受多少罪，回去坐完月子，就開始忙起小寶寶的滿月酒了。

孩子的名字很早就已經定下叫林寒，陸生生當了媽媽後，往昔那些陰暗情緒都變少了。可能因為她自殺的事給家人留下了很多陰影，她生了孩子後，父母都特別怕她產後抑鬱，隔三差五就要抓著林秋耳提面命，叫他好好對老婆。

所以陸生生雖然當了媽媽，但過得跟以前當女孩時一樣，晚上她的睡眠總是能得到充足保障，孩子雖然極少哭鬧，但每逢不聽話了，首先從床上起來哄小孩的人還是林秋。

這麼一通折騰，林秋沒什麼怨言，反而是陸生生心疼了。她也是第一次當媽，但她這個當媽的做事，還都是跟當爸的學的。

升級成外公外婆後，陸家兩位長輩對林秋也沒那麼嫌東嫌西了。雖然平時見著還是一句冷哼，可一瞧見孩子軟軟地在床上爬來爬去，還是喜歡地攬過來直呼小心肝。

不過林秋確實爭氣，他工作做得很出色，帶他做事的朋友跟老丈人一起喝酒時說起林秋，第一反應都是豎拇指，倒也給老丈人長了不少臉。

林寒三歲那邊，陸生生又生下一個女孩，可巧的是，兩個孩子的預產期在同一天，就連具體出生的日子也在同一天，兩個孩子的生日都是七月十五。

這次帶林夏，她就有經驗多了，小孩沒長開之前都醜醜的，不過陸生生還是跟林秋說她覺得閨女長得比兒子好看，她說她有預感。

林秋是個老婆奴，一直是老婆說什麼就是什麼，林寒幼稚園讀完，六歲開始上學，妹妹還天天在家裡玩手搖鈴，抱著媽媽的腿不肯鬆手。

可能因為陸生生照顧的時間長，小女兒林夏特別黏媽媽，非常黏。孩子一多，她為了平時能多看看老公，不讓他一個人兼顧家庭，商量過後就把醫院裡早晚忙碌又經常加班的工作辭了，直接去林秋開的幾家店裡當老闆娘。

平時沒事就老領著老公帶著孩子出去散步出去玩，日子終於過得開始符合她本來就有的身分——家境殷實的富家小姐，她本來就不需要為生活操太多心。

林夏四歲時，誰見她都要忍不住誇她漂亮，一雙清澈明亮的大眼眨啊眨的，看見認識的人就會喊叔叔阿姨好。

她被陸生生教育得很懂禮貌，明明都是一母同胞的孩子，老大林寒卻從小就面無表情，除了媽媽跟妹妹，和誰都不親。

他對林秋就更冷漠了，叫他爸爸的次數屈指可數，只有在當著陸生生的面時才會勉強喊他爸爸，其他時候都只叫喂。

不知道是不是陸生生的錯覺，她老覺得自家老大有點……冷感過頭了。哪個七歲小孩會成天跟他一樣苦大仇深，好像看誰都不順眼，所有人都欠了他錢四的。尤其是他爸，欠得最多。

這對父子間的矛盾調節不了，陸生生也很無奈。有天吃完晚餐，林秋在沙發上看書學習，林夏抱著小電視在看動畫片，陸生生就在旁邊抱著林寒捏他小肉臉，問道：「寒寒，你為什麼這麼不喜歡爸爸？你爸明明脾氣也好長得也帥，而且你看其他小朋友也都很崇拜爸爸。」

林寒盯著林秋看了會兒，輕哼一聲：「有他在，妳就不愛我和林夏了。」

陸生生頭上滿是問號，她看著正戴著耳機聽英文的林秋，又看了看鼓著張小臉蛋氣噗噗的兒子，愣了好一會兒才跟他解釋道：「寒寒，媽媽肯定是愛你和妹妹的，這跟愛你爸爸不一樣，你們對媽媽來說是最特別的。」

林寒顯然不信，又拋出了更匪夷所思的問題：「那如果有一天我和林夏掉進河裡，他也掉進河裡了，妳先救誰？」

陸生生欲哭無淚，果然是孩子大了不由娘啊，這讓她該怎麼教……

「林秋！」

陸生生覺得不能讓她一個人負擔教育子女的重任，喊了一聲，林秋聞聲摘下耳機看向她，就聽她說：「你兒子問，要是有天他和妹妹，還有你都掉進河裡了，我要先救誰。」

林秋看了看一邊津津有味看著動畫的女兒，又看了看趴在他媽懷裡的兒子，淡淡道：「水裡髒，妳不要跳，孩子我會想辦法。」

陸生生當即就想給老公鼓掌了，林寒一張臉憋得通紅，哼了一聲抱著陸生生的脖子把臉埋進去，悶聲不自知地撒起嬌來：「我就想要媽媽救。」

「好好好，媽媽救你。」她邊哄孩子邊朝林秋使眼色，林秋笑了笑，低下頭，繼續看書。

一家四口打算出國旅遊，陸生生決定先帶孩子去趟日本，主要是因為她會說一點日文，而且正好也到了櫻花盛開的季節。

陸生生提出這個建議後，林秋想了很久。說實話她本以為他會一口答應，沒想到他會考慮這麼久。

倒不是因為他不太想去，而是他好像在顧慮些什麼……最後林秋還是沒說不去，不過他答應之後就以要先安排好工作事宜為由，又開始忙碌起來，每天都不見人影，晚上就算回了家，也總是很晚了。

這種感覺讓陸生生想起兩人結婚前有段時間他也是這樣，好像消失了一樣，想聯繫他的時候，無論如何都聯繫不上人。

那種消失已久的焦慮感再次湧上心頭，陸生生決定和林秋說不去旅遊了，但跟他商量的那晚，他卻說他把行程都安排好了，反過來勸她不要緊張。

那天兩人翻雲覆雨後，她攀著他的肩靠在他身上，有些想笑自己怎麼都當媽媽七、八年了，還是和以前一樣這麼離不開丈夫。

歲月沒在他們臉上留下半分痕跡，但周圍的人也沒說過他們為什麼不會老，好像除了兩個孩子在一天天長大這點能夠證明他們會變老外，其他人都默認他們可以一直像婚紗照上那樣青春常駐。

陸生生閉上了眼，不願再去思考這些事，她用力抱住林秋，然後感受到了他有力的臂膀緊緊攬住她的腰背。

這樣就很好……

真的就很好了。

深夜，小林夏還偷偷在哥哥房間裡坐著，看他堆積木。她眨著水汪汪的大眼，小聲說道：「我是真的看見了。」

「妳沒看見。」

「可是我真的看見了！」

「妳沒看見。」

「真的看見了！」林夏白天和哥哥說這件事，但哥哥不相信她，她晚上作夢，在夢裡也夢到哥哥不相信她，於是她睡不著了，跑去敲哥哥的門，想和他再說一說，勸他相信她。

林寒放下積木，盯著林夏的臉，冷冷道：「妳看見什麼？」

「我看見媽媽背上有張畫。」林夏嘟嘴說道，「那張畫和爸爸長得一模一樣。」

「不對。」他不耐煩地再次糾正了年幼無知的妹妹，篤定道，「媽媽背上沒有畫，妳不能當著媽媽的面說她背上有畫。」

「為什麼啊？」林夏不解極了。

「因為媽媽自己看不到，但妳說了，媽媽就會知道她背上有畫，她會哭，每天都會哭。」

「嘶……」小林夏反應很大的往後倒了一下，小手握住拇指放到胸前倒吸一口涼氣，看樣子被嚇得不輕。

「現在知道了吧？情況嚴重的話，她會忘記我們所有人，不要妳，不要我，也不要爸爸。」

林夏連忙撲上去堵住了她哥哥的嘴，嚇得眼睛裡都充滿了淚，不停跟他「噓噓噓」、「不要再說了」、「嗚嗚嗚萬一被媽媽聽到就不好了」。

林寒嘆了口氣，把妹妹的手拿開，起身牽起了她，「走，我送妳回去睡覺，這件事就當沒發生過，知道了嗎？」

「嗯。」小丫頭乖巧地點了點頭，軟聲應道，「我知道了，我不會再說了。」

出行那天，他們帶著行李抵達機場時，一個身穿白西裝、戴著墨鏡的成熟男人雙手插口袋，熱情洋溢地朝他們走了過來。

「歡迎來到我的地盤作客。」

他帶著墨鏡，陸生生看不清他的眼神，但從他流暢又緊實的下顎弧度還是可以看出他此刻臉上帶著笑，至於是真笑還是假笑就不知道了。

「機場怎麼就是你的地盤了？」她對他的話不明就裡。

男人轉頭看陸生生，注視了很久，這才嘴角上揚，「抱歉，我只是想說不管在哪，妳和妳的家人遇到麻煩都能來找我……好了，這次出行將由我來全程安排，放心，提供的肯定都是最好的服務。」

他說話時給人感覺風度翩翩，有穿著黑西裝的中年男人過來找他，他對他們表示抱歉，轉頭微側過去聽對方彙報情況，聽意思像是說專機和特殊乘務人員都安排好了，隨時可以出發。

小林夏拉了拉陸生生的手指，哼唧道：「媽媽，我害怕。」

陸生生蹲在女兒身前耐心十足看著她眼睛道：「夏夏怎麼害怕了？」

「怕……」她委屈地鑽進陸生生懷裡，還伸手抓住了林秋的褲子，朝林寒喊道，「哥哥也過來。」

林寒沒回答，只是意味深長地看著那個穿白西裝的男人。陸生生從沒見過老大露出過這種表情來，一時也不知道該說什麼。

他們應該不認識才對，怎麼看起來像是早就認識了……

林夏在她懷裡瑟瑟發抖叫媽媽，陸生生這才回了神，看女兒這幾乎是恨不得把全家都拉到一起的害怕樣，不由失笑道：「夏夏，坐飛機沒什麼好怕的。」

「不是怕飛機。」她看林寒沒理她，也不再伸出手去求牽，而是把整個身體都縮到了陸生生懷裡，「媽媽，我怕……」

看到陸生生溫柔背對著他哄女兒，林秋邁開步子向前走了。

那個前來找白西裝說話的男人像是感覺到了什麼可怕的東西，轉頭錯愕看著林秋的同時，腳上已經連退了好幾步。

他退到沒法再退，額頭上都是冷汗，低頭就看到林秋伸出修長手指，沿著他的衣領探進脖子，然後從裡面拽出了一根紅線吊著的金色紙包，上面畫著道道赤符。

他的手指一用力，那道被他家人花重金請高人畫的符就這麼冒出了黑煙，上面的紅字變得模糊不清，像是激烈掙扎跳動了一下，最後還是被邪異的黑色汙漬放肆抹去。

扔下符後就不再管那男人，林秋轉身與白西裝男隔著墨鏡對上視線，「你想幹什麼？」

對方笑了笑：「我發誓我跟隨行的所有人都交代過了，但剛剛那位是機場過來的人。」

林秋收回目光，白西裝擺擺手，被嚇得不輕的男人心領神會，抬腿快步走掉了，像是一秒都不願多留。

林秋又看向了林寒，對他說道：「小寒，去你媽媽那。」

林寒這次倒是難得聽了林秋的話，乖乖走了過去。

「走吧，小朋友們，叔叔帶你們去玩點好玩的東西。」白西裝那渾然天成的風流使人不由猜測，他墨鏡下一定有雙眼尾微微挑起的桃花眼，雙眼皮估計也是燕尾般舒展的流暢扇形。本來不露眼就夠引人注意了，墨鏡一拉下，小姑娘肯定是見一個迷一個。

林秋壓根沒理那男人，他平靜從陸生生懷裡抱過小女兒，讓她能騰出手來牽著兒子。他的世界一直以來都隱祕而堅固，而眼下的他彷彿一頭走出叢林的野獸，死死守著他的妻子和兒女。

身邊的行李都被人拎走了，往登機口走的時候，陸生生看著林秋問道：「為什麼都不用辦登機手續？」

「那人安排人手處理了。」林秋說著頓了一下，繼續道，「每年盈利最多的那家航空公司就是他家開的。」

陸生生詞窮了一下，心想這孔雀還真有錢！她又看了前面那花枝招展的白西裝一眼，問道：「你什麼時候認識這種人了？我看寒寒好像也見過他。」

小男孩牽緊了媽媽柔軟的手哼了一聲：「他就是個大混蛋。」

陸生生一聽驚了，連忙道：「你看，兒子認識他！」說著她又問林夏，「夏夏呢？妳認識前面那個穿白西裝的叔叔嗎？」

「我不認識。」女兒貓在爸爸懷裡直搖頭，陸生生在知道全家不是只有自己一個人不認識那人之後，總算鬆了口氣。

她這才看向了林秋，伸手拉了拉他的耳朵：「你給我說說，到底怎麼回事？有事幹嘛瞞著我？」

林寒一看他爹受罪就一臉幸災樂禍樣，林秋頓了頓，面無表情道：「林寒小時候想換個爸爸，離家出走過一次，當時就是被那個人找回來的。那時候妳醫院事多，所以就沒告訴妳。」

「什麼？林寒，你還敢離家出走？」陸生生氣炸了，鬆開林秋的耳朵轉去揪住兒子的耳朵，「我在醫院上班的時候你才多大？你滿三歲了嗎？你到底多討厭你爸？他是欠你錢了還是哪裡對你不好了？」

「他又害我了！你沒看見他現在就對我很不好嗎！」林寒委屈地大喊，「媽媽妳不能這樣，妳上次還說我才是最特別的。」

聽到這話，林秋眉毛一擰，見陸生生正拎著他耳朵管教後，又悠悠收回了視線。

「別扯這些有的沒的，現在的問題是你離家出走！你知道外面有多危險嗎？萬一遇到壞人了怎麼辦？萬一你被人販子騙去拐賣器官怎麼辦？」

一說到拐賣器官，陸生生當即變得更生氣了，她就連「幫忙找回孩子也不至於再幫忙安排旅行」這事都沒空去想，發火訓了林寒一整路。

小孩被訓得眼眶發紅，一瞥見旁邊裝作什麼都不知道抱著女兒哄得正開心的爸爸，心底更氣噗噗了，小身板不斷往外冒著寒氣。

坐在最前面的白西裝戴著眼罩，沒忍住摸了摸自己的手臂，皮膚上的雞皮疙瘩打從見到他們起就沒消停過。

他沒忍住嘆了口氣，早該想到這家人身上陰氣重，不是一般活人能承受得了的，出門前只想著勸住心心念念惦記她生姐過得怎麼樣的小姑娘，卻忘了自己得先去找身厚點的衣服換上。

他輕嘖一聲，真是色令智昏了。

神祕的靈異論壇今天也在營業，流量比起往常不多也不少，直到論壇裡那個完成委託數量最多、曝光厲鬼生平祕辛最多的業界大神在半夜三更發布了一篇文章，論壇裡才又熱鬧了起來。

也不知道為什麼會有這麼多幹驅魔的大半夜都還不睡，在看到那張一家四口旅遊照後，接二連三都開始留起了言，很快那貼文就被管理員加了精華，飄起了熱度最高的小火苗。

貼文內容很簡單，像是娛樂圈八卦一樣的爆料。

陸生生的遺願被完成後，她養的狗通過某個關鍵道具進入了她最痛苦的記憶世界，在裡面反覆修正，換掉了大批會影響他戀情發展的路人，用一己之力重塑了陸生生的記憶走向。

兩隻厲鬼結婚之前，那男鬼從她的記憶裡出來過一次，為了給陸生生要個孩子，論壇當時發布了一個尋找鬼胎的高難度限時任務，說是讓人在一家醫院裡找出陸生生十八歲那年打掉的孩子。

當年被打掉的男胎怨氣很重，極其擅長詛咒，陸生生還活著的時候就是因為被它詛咒所以才始終無法懷孕。（貼文者：鬼胎那個委託是我完成的）

兩口子結婚第一年就生下了當年那個被流掉的鬼胎，第三年又誕下一個由陸生生想要女兒的執念孕育而成的新生鬼胎（盲猜這就是四年前厲鬼榜上新出現的那個打著一排問號的小女鬼。這傢伙本身倒是不足為懼，一張廬遠寺方丈開過光的符紙就能把她嚇到吐奶，氣息也沒她哥凶。不過對她動手大概需要充分考慮一下她的家庭構成，這應該也是她能登上厲鬼榜的原因。）

這家的大孩子因為當年被流在了醫院裡，一直都在暗地裡詛咒當時逼著他媽去流掉他的爸，不過因為父子倆等級差太多，他再怎麼詛咒爸爸也沒什麼效果。

不去主動招惹的話，林陸兩隻大鬼基本不會出現什麼問題，絕對不要和它們硬碰硬，他們這次出現在陽間也只是出來旅個遊，已經由我全程看護到位了。

結論就是，做驅魔這行這麼久，還是第一次見著日子過得這麼滋潤的厲鬼。

倒是真的有趣。

——番外二〈楚門的世界〉完

番外三　私奔（if線）

外面在下雨，灌木被雨水沖刷著，每片葉子都被水沖得清透。

陸生生獨自一人坐在椅子上，她渾身濕透，目光向下垂落，看著自己的鞋尖。

她趁林秋幫她買魚的時候從飯店裡跑了，為了防止她跑，她的衣服都被他扔掉了，在街上走的時候，她身上就只裹著一件浴袍。

好不容易才從那裡逃出來，這種時候她應該去一個安全的地方，離他遠遠的，甚至應該報警說他非法拘禁，但她現在就只想獨自在外面坐一會兒。

陸生生被他關在飯店好幾天，每天除了跟他做愛，就是被他威脅。

她累了。

陸生生不知道林秋提著魚回到飯店後，發現她已經不在，心裡會怎麼想。但如果她打算和杜俊結婚，是一定要與他減少聯繫的，因為那條狗對她的占有欲很強。

可是她又不能真的丟掉他……

陸生生做不到離開他太久，時間一久，死的那個就會是她。

與其說她是想要和杜俊結婚，不如說她是希望通過這件事情來找回自己的感情。陸生生已經快要麻木了，林秋將她做成了一個華麗的標本盛在水晶罐子裡，她沒辦法從那個人身上得到回應，她甚至很難感受到他口中的愛，她每一天都過得很痛苦，很壓抑。

尋找答案的關鍵永遠都不在於得到對方的一個準確回覆，而在於自己去驗證那件事的過程，她不確定自己的做法對不對，但她知道這樣可以刺激到林秋，讓他來愛她。

很可笑，林秋明明一直都在為她好，為她隱忍了一輩子，到頭來她卻在他的那些付出上感受不到愛了。

失去他是一件很恐怖的事，感受不到愛也是。

雨一直在下，陸生生從中午一直坐到了晚上，這裡沒有太多人路過，可是打著傘匆匆走過的行人，目光還是會在這個穿著浴袍淋雨的女人身上多做停留。

不知道過了多久，天都黑透了，雨才總算緩緩停下來。

陸生生從長椅上站起，疲憊地往家走去，她有些冷，夜風往她身上一吹，渾身就像是被沉重的冰塊給裹住了一樣。

她走了很久才走回家裡，按下密碼要進門的時候，手指突然又頓住了。

她不想一個人待著。

離開大樓，走去了林秋租的那棟，按了電梯，一路到了頂層。

他住的地方是分租雅房，裡面除了他以外，還隔出了好幾個房間，住著來城市裡打工的人。

陸生生在外面等了好久，總算出來了一個女生，對方見她這個模樣被嚇了一跳，愣了愣，想要繞開她走，陸生生卻突然對她開口了。

「不好意思，能打擾妳一下嗎？」

被她叫住後，對方回頭看了看她，遲疑著問道：「怎麼了？」

「妳知不知道一個叫林秋的水電工，他住在這裡面的哪個房間？」

大約是林秋平日裡總是穿著帶標誌的工作服，出門時身上也一直背著工具包，所以那個女生有印象，她伸手指了一個房間：「就是那間，妳是要做什麼？」

儘管陸生生穿著很不得體，但從細膩的皮肉及散發出來的氣質就能看出，她應該是個身分地位不低的人。

「我來找他拿我的手機。」陸生生借著她剛才打開的門往裡面走了，「謝謝妳。」

她進去敲他的門，但是林秋不在，於是陸生生又在他門外等了很久。

夜已深，天上的星星都變得稀薄，陸生生已經蜷在地上睡了好幾覺，身體突然被人給抱了起來，放到床上。

雅房裡很熱，本來快乾的浴袍被她出的一身汗再度弄濕。

有風開始不斷吹來的時候，陸生生醒了。

林秋不知何時回來了，他開了電風扇對著她吹，身上還是那身工作服，大夏天也穿這樣的長衣長褲是因為他總是需要在太陽底下暴曬，如果不防護的話會皮膚曬傷。

他正背對著她收拾自己的行李，陸生生看到地上有個很大的袋子，裡面是他的衣服和一些還能用得上的東西。

這個和陸生生家洗手間差不多大的房間裡放不了多少東西，他很快就收拾好了，拉上了拉鍊，轉身又拿起了桌上的身分證。

「你要去哪？」陸生生終於開口了，她嗓子很疼渾身滾燙，頭部的神經痛，這是在生病的跡象。

林秋看了她一眼，過來伸手摸了摸她的額頭，他看著她因為發燒而變得潮紅的臉頰，開口回答：「我去幫妳買藥。」

「買藥需要帶這麼多行李？」

陸生生像是生氣了，而林秋沒說話，他的脾氣只在特定的時候才會有，其他時候都是憋在心中。

她頭很痛，抬起手按在了自己的太陽穴上，「我生病了，林秋。你要撇下我不管嗎？」

林秋只是猶豫片刻，手裡的身分證就被陸生生一把搶走了，「你到底想去哪？」

林秋沉默了很久，才開口道：「回赤河。」

陸生生把身上的浴袍扯開脫掉了，渾身赤裸地在發熱，很難受，沉默了很久，她咳嗽了幾聲。

「我們走吧。」她扔掉他的身分證，伸手拉住了他的手，「如果不希望我結婚，就帶我走。」

他的喉結上下動了動，像是不知道該說些什麼。

「這是你最後的機會了，狗狗。」陸生生的鼻尖有些酸澀，眼前也蒙上了一層水霧，「高考前我想和你公開，你拒絕了我；十八歲我想給你生孩子，你帶我去墮了胎；二十八歲我要你在我結婚前帶我私奔……」

她的眼淚流了下來，把臉給埋進了自己的手臂裡，低聲嗚咽著：「你還是打算留我一個人嗎？」

林秋的手指在褲縫邊上握緊了，身體像是在微微顫抖。

他三十歲了，身邊一無所有，除了她。

「如果妳願意的話，那我們就走吧……生生，只要妳不會覺得後悔。」

他的嗓音啞得厲害，讓她和另一個男人結婚，繼續眼前這光鮮亮麗但卻一直束縛著她的一切；又或是和他走，去一個他們從未去過的陌生地方，過上另一種未曾設想過的人生。

林秋真的不知道什麼樣的選擇對她來說是對的，可當一切發展到現在這樣，每每回過頭去看，她過得似乎都不快樂，而那些讓她不快樂的決定，都是他替她做下的。

「對不起，生生……我們一起去妳以前最想去的地方吧。」

——番外三〈私奔（if線）〉完

番外四　林秋的情書

我見到的她是一束光，
照進了我狼狽不堪的生命；
她總是眼眸冷清，
她證實了連神聖的存在都擺脫不了悲哀的命運。

我知道她心裡有個可怕的祕密，但她只是沉默地注視著某處，不想說出。
我隱約察覺到她正在走向毀滅。
這個世界上，只有我不願意看她去烈火裡受罪。
我情願受苦。

所以，我嚥下她的自私，擁住她的占有。
我替她承受愛到極致後的濃烈；
替她遮擋結局時終將探出的那份見不得光的罪孽。

我知道，世上再也無人還能如她對我那般。
如她將我輕擁入懷。
如她那般輕聲細語，低低說著——

走吧，去你少年時就想去的地方。
你永遠陪著我，我也永遠不離你而去。
直到太陽燒成灰燼的那一天，你我都不會再有半點孤獨。

——番外四〈林秋的情書〉完

——《生生》全系列完

BH021

生生

作　　者　雪　莉
封面設計　MOBY
封面繪者　蜜　犬
責任編輯　林書宜

發　　行　深空出版
出 版 者　星巡文化有限公司
地　　址　臺北市中正區重慶南路一段 57號 3樓之 5
法律顧問　泓準法律事務所 孫瀅晴律師
電　　話　(02)7709-6893
傳　　真　(02)7736-2136
電子信箱　service@starwatcher.com.tw
官網網址　www.starwatcher.com.tw
初版日期　2025年 02月

總 經 銷　聯合發行股份有限公司
地　　址　新北市新店區寶橋路 235巷 6弄 6號 2樓
電　　話　(02)2917-8022

國家圖書館出版品預行編目 (CIP) 資料

生生 / 雪莉 著 . -- 初版 . -- 臺北市 :
星巡文化有限公司出版 : 深空出版發行 , 2025.02
冊 ;　公分
ISBN 978-626-74124-7-3(第 1 冊 : 平裝). --
857.7　　113018617